KB163003

누드모델

Nude Model

누드모델
Nude Model

초판 1쇄 인쇄일 | 2016년 2월 12일
초판 1쇄 발행일 | 2016년 2월 18일

지은이 | 김경화
펴낸이 | 박성면
펴낸곳 | (주)동아

출판등록 | 제406－2012－000056호
주소 | 경기도 파주시 문발로 115, 세종출판벤처타운 201-A호
전화 | (031)8071－5201
팩스 | (031)8071－5204
E－mail | bear6370@hanmail.net

정가 | 9,000원

ISBN 979－11－5511－549－7 (03810)

수드모델

Nude Model

김경화 장편소설

DONG-A ROMANCE STORY

동아

프롤로그

자주색 가운을 움켜쥐고 있는 연주의 눈동자가 긴장과 두려움으로 흔들렸다.

'그만둔다고 말할까? 이건 아닌 것 같아.'

그녀가 고개를 푹 숙이자 긴 머리카락이 흘러내리면서 얼굴을 반쯤 가렸다. 그녀는 초조한 마음에 아랫입술을 질겅질겅 깨물었다.

똑똑.

문 두드리는 소리가 들리는 순간 그녀는 번쩍 고개를 들었다. 그리고 대답하려는 순간 문이 먼저 벌컥 열렸다.

"왜 안 나와? 준비 안 됐어? 어? 준비 다 된 거 같은데 왜 안 나오고 있어?"

대학교 연극부 동아리 선배인 효진이 그녀의 몸을 훑었다.

"저, 선배! 도저히 안 되겠어요."

연주는 들릴까 말까 한 작은 목소리로 말했다.

"뭐? 다시 한 번 말해 봐."

"도저히 못 하겠어요."

그녀는 마치 죄지은 사람마냥 어깨를 잔뜩 웅크렸다.

"후우, 우리 얘기 좀 하자."

효진은 한숨을 크게 내쉬고는 문을 등 뒤로 닫았다.

"죄송해요."

"그런 문제가 아니잖아. 까놓고 말해서 네가 나한테 먼저 와서 하겠다고 한 거 아니야? 내가 강제적으로 널 시킨 게 아니라고."

효진의 눈빛이 차가워지면서 가늘어졌다.

"아, 알아요. 그래서 더 죄송해요. 할 수 있을 거라고 생각 했는데 도저히 용기가 나지 않아요."

연주는 효진과 눈도 마주치지 못하고 고개를 떨어뜨렸다.

"그래, 본인이 할 수 없다고 하는데 어쩌겠어? 하지만 벗는다는 것이 부끄러운 건 아니야. 그리고 여러 명의 화가 앞에 서는 게 아니라 단 한 명의 화가 앞에서만 서는 거야. 그화가는 대한민국 아니 전 세계적으로 잘 알려진 분이고. 널보고 네 이미지가 마음에 들어서 선택하신 건데…… 이런 기회가 또 올 거라고 생각하는 건 아니지?"

"죄송해요."

연주는 연거푸 고개를 숙이면서도 가운을 쥐고 있는 손을 놓지 않았다. 그런 그녀의 손은 하얗게 변색될 정도로 힘이 잔뜩 들어가 있었다.

"알았어, 하지만 이건 노출이 아니라 예술이라는 사실만 기억해. 그리고 네가 못 한다면 선생님한테 죄송하다고 해야지 뭐. 네 이미지를 보고 선택한 건데 내가 할 수는 없잖아. 네 이미지와 내 이미지는 완전 다르니까. 그래도 준비까지 다 마치신 상태인데 꼭 그리셔야 한다면 나라도 괜찮으냐고 여쭤 봐야지. 옷 갈아입고 나와. 난 선생님한테 가서 말씀드릴 테니까."

냉담한 눈빛으로 매몰차게 효진이 말하자 연주는 아랫입술을 지그시 깨물면서 옅은 신음을 뱉어냈다.

"선배!"

효진이 나가려고 문손잡이를 잡아당기자 연주는 눈을 질끈 감고 소리쳤다.

"왜?"

효진은 고개도 돌리지 않은 채 싸늘하게 대꾸했다.

"할게요."

"뭐?"

효진은 얼굴을 살짝 찡그리면서 퉁명스럽게 말했다.

"……할게요."

"진심이야?"

효진이 천천히 몸을 돌려세우면서 연주의 눈을 뚫어지게 응시했다.

"네."

연주는 잔뜩 경직된 얼굴로 고개를 끄덕거렸다.

"억지로 하려는 거라면 그만해."

"아니에요."

"지금은 한다고 했다가 선생님 앞에서 또 마음이 바뀌는 거 아니야? 그럴 거면 차라리 지금 포기해. 나 때문이라면 그러지 마. 솔직히 지금은 내가 화났지만 우리 사이가 그렇게……."

"아니에요. 절대 바뀌지 않아요."

연주는 스스로에게 다짐하듯 확신에 찬 목소리로 대답하면서 효진을 똑바로 응시했다.

"좋아, 믿어 볼게. 그리고 연주야."

효진이 성큼성큼 다가와 그녀의 손을 잡았다.

"……"

"알아, 이 일이 결심은 해도 행동으로 옮기는 게 쉽지 않다는 거. 지금에서야 고백하는데 나도 처음엔 너처럼 그랬어. 뭐든지 시작은 힘든 법이야. 게다가 이건 더하면 더했지 쉽지 않은 일이라 당연히 갈등이 생길 수밖에 없어. 그래도 여기까지 왔잖아. 그럼, 도전해야지. 그리고 지금까지 널 꽁꽁 묶어 놨던 줄을 끊어 버리는 거야. 나도 네가 여기까지 온 이유를 알기 때문에 하는 말이야. 오케이?"

효진은 복잡한 감정이 담긴 눈빛으로 연주의 눈을 응시했다.

"……."

연주의 눈동자에 물기가 피어오르더니 눈물이 흘러내렸다. 효진은 그런 그녀의 눈물을 닦아 주고는 애틋한 마음으로 포옹하면서 머리를 쓸어내렸다.

"너무 여리다니까. 울어서 콧등이 붉어졌어."

효진이 연주의 얼굴을 쓰다듬었다. 쌍꺼풀은 없지만 크고 가는 눈매, 통통한 뺨, 오뚝한 콧날과 갸름한 턱 라인이 동양적이면서도 서구적인 이목구비였다. 아직 앳된 연주는 21살 그 나이의 청순함과 귀여움이 동시에 존재했다. 그리고 통통하지만 균형이 잘 잡힌 몸매는 아리따웠다.

"……네."

"메이크업 다시 고쳐야겠다. 내가 봐 줄게."

효진은 화장품을 꺼내 연주의 얼굴을 매만졌다.

"고마워요, 선배!"

"알았으면 됐어. 선생님이 눈이 빠지도록 기다리시겠다. 하지만 네가 처음이라고 말했으니까 이해는 하실 거야. 그리고 처음엔 포즈 취하는 게 쉽지 않을 거야. 초보자라면 누구나 겪는 일이니까 초조해 하지 마. 연주야, 내 말 듣고 있는 거야?"

"네? 네, 듣고 있어요, 선배!"

연주는 간신히 입꼬리를 올린 채 대답했다.

"그럼, 됐어. 가자."

효진이 그녀의 등을 토닥이고는 팔을 잡았다.

"잠깐만요."

연주는 팔을 잡고 있는 효진의 손목을 다른 손으로 잡았다.

"또 마음이 바뀌었다는 말을 하려는 건 아니지?"

"그건 아니에요. 전……."

"그래, 말해."

"그러니까 제가 뱃살도 좀 나오고, 허리도 두루뭉술해요. 팔뚝 살도 장난이 아니고요."

연주는 횡설수설했다.

"훗. 지금 몸매 때문에 걱정하는 거야?"

효진은 그런 연주가 귀여워 웃음을 참기가 힘들었다.

"……그러니까…… 네. 제 몸을 다 보여 줘야 하는데 혹시라도 아니라면……."

"걱정 마. 이럴 땐 진짜 귀엽다니까."

효진은 연주의 뺨을 잡아당겼다가 놓으면서 어깨를 감싸 안았다.

"아얏. 어?"

"지금 네 모습이 얼마나 예쁘고 사랑스러운지 모르지? 그리고 진짜 누드모델이 되려면 너 자신을 먼저 사랑할 줄 알아야 해. 넌 자꾸만 움츠러드는데 그러지 마. 자신감을 가져.

네가 누드모델이 되려고 하는 이유가 뭔데? 너 자신을 감싸고 있는 그 딱딱한 껍질을 벗어 던지려는 거 아니야?"

"네."

연주는 효진의 정확한 지적에 얼굴이 붉게 달아올라 고개를 끄덕거렸다.

"그만 고민하고 가자. 이번 기회에 네 소심한 성격을 벗어 던지는 거야. 그리고 연주야!"

효진이 그녀의 어깨를 양손으로 잡고 똑바로 응시했다.

"네?"

"너 자신에 대해 자긍심, 자신감을 가져. 너 괜찮은 애야. 알았지? 가자."

효진이 연주의 손을 잡아 이끌었다.

흰색 철재 유럽 앤틱 의자에 앉아 있는 누드의 여인. 등에서 허리 그리고 엉덩이로 이어지는 뒷모습. 살짝 돌린 옆얼굴, 긴 머리카락을 하나로 모아 왼쪽 어깨로 늘어뜨린 여인.

우윳빛 속살로 살집이 있지만 늘씬한 몸매가 아름다운 곡선을 이뤘다. 볼살이 소녀와 여인 사이의 풋풋하면서도 묘한 분위기를 연출했다. 그리고 윤기가 돌면서 촉촉한 티끌 하나 없는 피부가 굉장히 사랑스러웠다. 하지만 긴장으로 몸이 경직되어 예쁜 선이 살지 못했고 부끄러운 듯 등이 살짝 꾸부정했다. 또 그녀의 눈동자는 초조한 듯 이리저리 흔들렸다.

"긴장 풀어요."

화가는 그리던 팔을 내리면서 모델인 연주에게 부드럽게 말했다.

"……네."

"계속 그 포즈 취할 필요 없어요. 조금씩 움직여도 괜찮아요. 몸의 긴장을 풀어 주도록 해요."

"알겠습니다."

그녀는 화가라지만 남자 앞에 다 벗고 앉아 있는 이 순간이 힘겨웠다. 하지만 최대한 좋은 포즈를 만들기 위해 등을 곧게 펴고 배에 힘을 줬다.

"효진한테 들으니까 돈 때문에 모델 서는 게 아니라던데 맞아요?"

"제가 소심한 성격이라서 제 성격을 바꾸고 싶어서 선택했어요."

"성격이라…… 과감한 선택 같군. 반말해도 되지? 한참 어린 친구인데."

"네."

"그런데 이런다고 성격이 바뀔까?"

화가는 고개를 갸웃거렸다. 그녀도 그 점이 의심스럽긴 했지만 한 번쯤 시도해 보고자 선택한 일이었다.

"……."

"하하하. 그렇다고 그렇게 심각한 표정 짓지 마. 혹시 내 작품 본 적 있어?"

"죄송합니다만 없어요."

그녀는 어색한 표정으로 미안한 마음을 담아 대답했다.

"그렇게 정색하니까 질문한 내가 다 미안해지는데."

"아니에요."

"귀엽군. 사심 없이 그리는 거니까 부끄러워하지 마. 의사가 환자의 몸을 진찰하듯이 화가도 모델의 몸을 볼 뿐이야. 그리고 김연주라고 했지?"

"네."

"연주는 먼저 자신을 사랑하도록 해. 그럼, 자연스럽게 자신감이 생기고 세상을 보는 눈도 달라질 거야. 오늘은 오랫동안 붙잡지 않을게. 첫날은 익숙하지 않아서 이런 일이 힘들 거야. 그리고 앞으로 일주일에 한 번씩 와."

"저 합격인가요?"

"그래. 연주가 맘에 들어."

"제가 많이 부족하지 않아요? 효진 선배처럼 늘씬하고 카리스마 있고 섹시한……."

"내가 방금 한 말 잊은 건가? 자신감을 가지라던 말? 지금 자신이 얼마나 예쁜지 모르지? 알면 그런 식으로 말 못 할 텐데. 그리고 현재를 살아. 과거는 벗어던지고."

그는 그녀에게서 시선을 떼지 않은 채 충고했다.

"……."

"지금 연주의 얼굴은 나이에 걸맞지 않게 슬퍼 보여. 물론, 그런 언밸런스가 내 작품에 녹아든다면 좋은 그림이 될 것 같지만 말이야. 그리고 연주에게는 좋은 모델로서의 자질이 엿보여."

"그, 그런가요?"

그녀의 목소리가 잘게 떨렸다.

"내가 모델 보는 눈이 얼마나 정확한지 모르지? 나이가 들면 사람 보는 눈이 정확해져. 그리고 내가 원하는 모델이 바로 연주야. 내가 첫눈에 알아봤으니까 앞으로 잘 부탁할게."

그는 진지한 얼굴로 말했다.

"감사합니다."

"고마우면 앞으로 내 모델이 되어 주는 거야. 도중에 그만두겠다는 말은 하지 말고. 그런데 조금 살을 빼면 연주의 분위기가 훨씬 달라질 것 같아. 이목구비가 또렷해지면…… 아하, 그렇다고 어깨와 배에 잔뜩 힘주지 마. 부드러운 곡선이 살지 않으니까."

"네."

연주는 불룩 튀어나온 아랫배, 살이 많은 옆구리, 팔뚝이 신경 쓰였지만 그의 충고에 힘을 주지 않으려고 노력했다. 하지만 그녀의 손은 제멋대로 아랫배를 어루만졌다.

'다이어트부터 해야겠어.'

하지만 그의 부드러운 말에 긴장이 풀리면서 그녀의 얼굴에 처음으로 편안한 미소가 번졌다.

"그래, 바로 그 미소야. 미소 지으니까 나까지 기분이 좋아지는 거 같아. 그렇게 웃어."

그는 이젤 위에 놓인 캔버스의 그림을 쳐다봤다. 의자에 앉아 있는 여자의 우울한 옆얼굴이 그려져 있었다. 신화 속에 등장하는 통통한 몸매의 여인 같기도 했다. 그는 그녀에게서 특별한 느낌을 받았다. 모델로서는 어설픈 구석이 많지만 그녀만의 독특한 색깔이 있어서 그녀의 미래가 기대되었다. 그래서 그녀의 변화를 그의 작품에 그대로 녹여내고 싶어졌다. 그녀는 그의 예술적 감각을 자극했다.

"자, 다시 포즈 취해 볼까?"

"네."

연주는 심호흡을 크게 하고는 포즈를 취했다. 그렇게 그녀는 인생의 새로운 길에 한 발을 내디뎠다. 그러면서 그녀의 눈빛과 풍기는 기운이 달라졌고 이윽고 화가 김태준의 뮤즈가 되었다.

1. 연구원 김연주

로비에 들어서자마자 게시판에 사람들이 잔뜩 몰려 서 있었다. 연주는 갈색 톤 뿔테안경을 손가락으로 밀어 올렸다. 그녀의 발걸음도 자동적으로 게시판으로 향했다.

"어? 연주 씨!"

등 뒤에서 그녀를 부르는 목소리에 고개를 돌리자 동기인 이진욱이 손을 크게 흔들며 뛰다시피 하면서 다가왔다.

"네."

"후우, '네'가 뭡니까? 같이 근무한 지 4년이 되어 가도록 이렇게 가까워지기 힘든 동기도 없을 겁니다. 그런데 직원들이 왜 저기에 다 몰려 있는 거죠? 무슨 일인지 알아요?"

그가 게시판에 몰려 있는 직원들을 쳐다봤다.

"아직 저도 잘······."

"갑시다. 궁금한 건 참을 수 없으니까. 실례합니다. 잠시만요."

그는 그녀 곁을 스쳐 지나 사람들을 헤집고 게시판으로 다가갔다. 연주는 그런 그의 뒷모습을 지켜보면서 그 자리에 우뚝 서 있었다. 그녀 대신 그 궁금증을 해결해 줄 이진욱이 있었으므로 사람들과 부대끼면서 보고 싶지 않았다. 코를 풀지 않아도 대신 풀어 줄 사람이 있으니 그녀는 느긋하게 기다렸다.

"다 알고 있는 사실이네요."

진욱이 확인을 하고는 그녀 곁으로 다가오면서 말했다.

"뭔데요?"

"마케팅 팀장하고 연구소장 인사발령이에요."

"그래요?"

"갑시다."

그녀는 진욱과 함께 걸음을 옮기다가 옆에서 떠드는 직원들의 말을 자연스럽게 듣게 되었다.

"기존에 있는 직원을 승급시켜 주면 안 되는 거야? 그럼, 우리도 덩달아 직위가 올라갈 텐데."

"성과도 없는데 기존 직원을 무조건 진급시키겠어?"

"하긴 화장품 업계에서 5위니······ 언제쯤 우리도 1위로 올라설 수 있을까?"

"그래서 외부 인사를 데리고 오는 거잖아."

연주는 그들의 대화 내용에 얼굴이 살짝 일그러졌다.

"연주 씨!"

"네?"

그녀의 팔을 툭 치는 진욱의 손길에 그녀는 화들짝 놀라 눈이 커졌다.

"뭘 그렇게 골똘히 생각해요? 내 말이 안 들려요?"

"아, 미안해요. 잠시 딴생각을 하느라고요."

연주는 멋쩍은 미소를 지었다.

"연주 씨는 멍을 잘 때리는 거 같아요. 그런데 새로 오시는 소장님이 김용태 소장님 같은 분이라면 좋을 텐데 걱정이에요. 그런데 회사도 너무한 거 아닙니까? 최근 1, 2년을 제외하고는 그분이 만드신 제품이 히트 친 게 한두 개가 아니잖아요."

연주는 그의 말에 무언으로 동조했다.

"……."

"이번에 오는 소장님이 쥬리 화장품에서 스카우트되어 오는 거라니 김용태 소장님이 얼마나…… 내 입으로 말해 봐야 내 입만 아프지."

진욱은 씁쓸한 미소를 지은 채 머리를 흔들었다.

"……."

"그런데 새로 오시는 소장님이 굉장히 까칠하고 여자 직원은 별로…… 아이, 그만두죠. 그건 어디까지나 소문에 불과하니까 벌써부터 선입견을 가질 필요는 없겠죠."

"그 회사 이번에 탄력크림으로 히트를 크게 쳐서 직원들에게 성과급을 엄청나게 뿌렸다고 하는데 왜 우리 회사에 왔을까요?"

"그만큼 거부할 수 없는 제안을 했다는 뜻 아니겠어요?"

"그렇긴 하겠네요."

"어떤 제안을 했을까요? 진짜 궁금하지 않아요, 연주 씨?"

그는 턱을 매만지면서 눈동자를 돌렸다. 그들은 이야기를 나누면서 엘리베이터로 걸어갔다. 그런데 엘리베이터 앞에는 이미 직원들이 길게 줄지어 서 있었다. 그녀는 자연스럽게 시선이 비상계단으로 향했다.

"오래 기다려야 할 것 같은데 계단으로 갈래요?"

"오우, No! 난 못해요. 어제 친구들과 밤새도록 달려서 다리에 힘이 하나도 없어요. 그리로 올라가면 멀미나고 속이 울렁거릴 거예요."

그는 과장되게 헛구역질을 해댔다.

"그럼, 저 먼저 갈게요."

"아니, 그래도 7층인데…… 그래요, 이따 봅시다."

그녀는 비상구 문을 열고 들어갔다. 그녀처럼 계단으로 올라가는 사람들이 한두 명 눈에 띄었지만 그래 봤자 3층까지였고 그 위로 올라가는 사람은 그녀 혼자뿐이었다.

또각또각.

그녀의 발소리만이 들렸다. 그녀의 호흡은 전혀 흐트러짐이 없었다. 출근 전에 새벽 수영을 하고 집에서는 요가와 러닝을 하는 탓에 이 정도는 가벼운 산책 수준이었다.

"하아."

하지만 몸에 열이 나면서 안경에 습기가 차올랐다. 그녀는 안경을 벗어 가방에 넣었다. 그러자 뿔테안경에 가려져 있던 그녀의 큰 눈이 시원스럽게 노출되면서 오뚝한 콧날, 살짝 올라간 입꼬리, 갸름한 턱선이 드러났다.

"후우."

6층까지 올라온 그녀는 힘들지는 않았지만 계단에 서서 호흡을 가다듬었다. 그러고 나서 7층으로 올라가려고 6층 비상구를 지나가려는 순간 갑자기 문이 벌컥 열렸다.

"어머."

피할 새도 없이 시커먼 남자와 몸이 부딪쳤다. 그 충격에 연주의 몸이 균형을 잃으면서 쓰러지려는 순간 남자의 단단한 손이 그녀의 허리를 부여잡으면서 그들의 몸이 밀착되었다. 그녀는 낯선 감촉에 머리카락이 곤두서는 느낌이 들었다. 그녀의 동공이 커지고 머리를 말아 꽂아둔 핀이 떨어지면서 그녀의 긴 머리카락이 흩날렸다.

"괜찮아요?"

그녀는 반사적으로 그의 목에 팔을 둘렀다. 그들의 얼굴이 정면으로 마주치면서 그의 숨결이 고스란히 그녀의 얼굴에

와 닿았다. 연주의 눈이 휘둥그레지면서 그의 얼굴을 똑바로 응시했다. 남자의 체취가 그녀의 코에 스며들었다. 그녀의 숨결이 거칠어지면서 숨쉬기가 버거워졌다.

"아, 읍."

그녀의 입술이 살짝 벌어진 순간 그의 입술이 그녀의 입술에 닿았다. 그녀의 눈이 더 이상 커지려야 커질 수 없을 정도로 커졌다. 그녀의 호흡이 거칠어지면서 가슴이 크게 오르락내리락했다. 그가 그녀에게서 입술을 뗀 순간 그녀의 얼굴에 아쉬운 감정이 드러났다. 그러다 처음 본 남자랑 키스했다는 사실을 깨달은 그녀의 얼굴에서 핏기가 사라졌다.

'내가 무슨 짓을……'

그녀는 혼란스러운 감정에 빠져들었다.

"첫 대면에서 이런 식으로 키스를 하게 될 줄은 몰랐는걸요. 레이디!"

저음의 매력적이면서도 감미로운 목소리가 그녀의 정신을 일깨웠다.

"전……"

그녀는 뭔가 변명을 해야 하는데 머릿속이 진공상태가 되어 그 어떤 말도 떠오르지 않았다.

"회사에 출근하자마자 들이대는 여자라니 신선한데요. 그리고 이런 매력적인 여자라면 대환영이죠."

그가 그녀의 허리를 더 강하게 잡아당기면서 그의 몸으로 바짝 끌어당겼다. 그의 넓은 가슴이 그녀의 가슴에 밀착되었다. 그의 품에 안겨 있게 되자 그녀는 자신이 한없이 작고 여린 존재처럼 느껴지면서 눈빛이 흔들렸다.

"전……."

"쉿! 아무 말 마요. 난 이것저것 재지 않는 적극적인 여자가 좋으니까. 하지만 여긴 회사니까 자제해 주었으면 좋겠군요."

그녀는 그의 이어지는 말에 얼굴이 창백해지면서 새침한 표정이 되었다.

"제 몸에서 손 좀 떼어 줄래요?"

"아쉽지만 그래야겠죠. 그럼, 내 목에 두르고 있는 이 팔도 떼어 줄래요? 안 그러면 계속 이러고 있어야 할 거 같은데."

그가 짓궂은 표정으로 윙크를 했다.

"어머나."

그녀는 서둘러 그의 목에서 팔을 풀고는 한 걸음 뒤로 물러서려다 균형을 잃을 뻔했다. 그녀의 얼굴은 저녁노을처럼 붉게 활활 타오르고 있었다. 그런 그녀를 바라보는 남자의 눈빛이 날카로워졌다. 그녀가 입고 있는 폭이 넓은 블라우스, 긴 바지만 보고는 그녀의 체형을 알 수 없었지만 조금 전 그가 감싼 그녀의 몸은 탄탄하면서도 탄력이 있었다. 그리고 그녀의 이목구비는 또렷하면서 자꾸만 시선이 가게 만들었다. 그녀의 눈, 코, 입술로 내려가는 그의 눈매가 가늘어지면서 눈빛이 유독 반짝거렸다.

'어?'

그는 생각에 잠긴 듯 고개를 갸웃거렸다. 분명히 어디선가 본 얼굴이었다. 그런데 감질나게 기억이 날 듯 말 듯 떠오르지 않았다. 그래서 답답한 마음에 그의 눈살이 저절로 찌푸려졌다.

"우리 만난 적 있나요?"

그가 단도직입적으로 그녀에게 질문을 던졌다.

"아뇨."

연주는 1초의 망설임도 없이 대답했다. 그를 만난 적이 있다면 절대 잊히지 않을 얼굴이었다. 그녀도 그와 마찬가지로 그를 머리부터 발끝까지 훑어 내렸다. 그는 라펠이 큼지막하고 가는 흰색 줄이 들어간 클래식한 그레이 슈트를 입고 있었다. 그리고 타이와 행커치프로 타이드 업했고, 고급스런 시계를 차고 있었다. 골격이 다부진 모델과도 같은 늘씬한 체형, 짧은 헤어스타일, 그의 날렵한 턱선과 가늘지만 또렷한 눈매, 높은 콧등의 긴 코, 단정하지만 시원스런 입매. 남성적이면서도 지적인 서늘한 분위기를 풍기는 매력적인 얼굴이었다. 첫 만남에서부터 강렬한 인상을 남기는 남자였다. 그런 그 때문에 연주의 긴 속눈썹이 잘게 떨렸다.

"으음."

그의 눈매가 가늘어지면서 옅은 신음을 뱉었다.

"이제 실례해도 될까요?"

그녀는 떨리는 마음을 가다듬으면서 간신히 목소리를 쥐어짜냈다. 하지만 그녀의 목소리는 갈라졌고 거칠었다.

"어느 부서죠?"

그가 질문했다.

"그걸 제가 밝힐 필요가 있나요?"

그녀는 이 낯선 남자와 자신이 벌인 일을 용납할 수 없어 퉁명스럽게 대꾸했다. 빨리 이 자리를 벗어나고 싶었지만 바로 그녀 앞을 가로막고 서 있는 그 때문에 지나갈 수 없었다.

"그럴 필요는 없죠. 하지만 알려주지 않아도 곧 알게 될 겁니다. 이 회사에 다니는 한은. 그런데 왜 그런 우스꽝스러운 옷을 입고 다니는 거죠? 예쁜 몸매를 가리고 있잖아요. 화장품 회사에 다니면서 메이크업도 전혀 신경 쓰지 않고. 물론, 안 해도 예쁜 얼굴이긴 하지만. 그만큼 자기 얼굴에 자신이 있다는 건가요?"

그가 몸을 숙여 그녀에게 그의 얼굴을 바짝 드밀었다. 그녀는 깜짝 놀라 얼른 몸을 뒤로 뺐다. 그런 그녀의 반응에 그의 입가에 묘한 미소가 번졌다.

"초면에 이런 말을 한다는 게 우습지 않은가요? 저에 대해 얼마나 안다고 그런 무례한 말을 하시는 거죠?"

그녀는 그와의 강렬한 첫 만남에 심장이 떨렸지만 그의 말에 유리파편을 맞은 듯 가슴이 아팠다.

"안타까운 마음에 나도 모르게 말이 먼저 나왔네요. 기분 상하게 했다면 미안해요."

"비켜 주시겠어요?"

그녀는 칼같이 냉정하게 말했다.

"아, 그래야죠."

그는 여전히 미소를 지은 채 옆으로 한 발자국 물러섰다. 그 순간 연주는 도망치듯 그에게 눈길 한 번 보내지 않고 계단을 밟았다. 등 뒤로 그의 따가운 시선을 의식했지만 한 번도 돌아보지 않고 올라갔다. 그렇지만 계단 코너를 돈 순간 기진맥진해서 벽에 기대고 섰다.

"후우."

그녀는 가쁜 숨을 내쉬면서 가슴에 손을 얹고 눈을 감았다.

'도대체 어디서 나타난 남자야? 한 번도 회사에서 본 적이 없는 얼굴인데. 설마 이번에 새로 온다는 연구소장? 아니야, 저렇게 젊은 남자일 리가 없잖아. 많아 봤자 30대 초반일 텐데. 아니지. 내가 이 회사 직원들 얼굴을 다 아는 건 아니잖아. 그런데 내가 처음 본 남자랑 키스를……'

그녀는 자신의 입술에 손을 가져다 댔다.

"아!"

그녀는 얼굴을 감쌌다가 머리로 손을 뻗었다. 핀으로 고정시켜서 업스타일을 만든 머리카락이 풀어져 있자 한숨을 내쉬었다. 그녀는 여유분으로 항상 가지고 다니는 머리핀을 찾아 머리카락을 모아 핀을 꽂았다. 그리고 가방에서 안경을 꺼내 썼다. 그러자 여려 보였던 얼굴은 사라지고 새침한 직장여성으로 탈바꿈했다. 그녀는 아무 일도 없었다는 듯이 문 손잡이를 잡아당겼다.

회의실에 연구실 직원 일곱 명이 마주하고 앉았다.

"오늘 새로 온 소장님과 인사하는 자리라지?"

"네, 그런데 김용태 소장님이 지방으로 발령받았다니 믿겨지지 않아요. 앞으로 우리도 실적 없으면 팽 당하는 거 아니에요?"

"회사는 이익을 추구하는 곳이야. 실적을 못 올리면 당연히 내리막길이겠지. 그러니 다들 열심히 해. 아니, 열심히만 해도 소용없어. 좋은 제품을 만들도록 해."

"저희가 못 한 게 뭐 있어요? 제품이 좋아도 마케팅을 잘못하면 도로아미타불이죠."

"우리끼리 이러면 뭐하겠어? 다 위에서……."

그때 문이 열리면서 인사부장과 낯선 남자 한 명이 들어섰다. 그들은 대화를 멈추고 반사적으로 자리에서 일어섰다.

"다들 모였습니까?"

인사부장이 직원들을 훑어보고는 마지막으로 강현수 과장에게 고개를 돌렸다.

"네, 다 모였습니다."

"여러분, 이미 소식을 들었으리라 생각됩니다. 이번에 저희 에스테 화장품에 새로 오신 고현우 소장을 소개하겠습니다. 인사하시죠?"

인사부장은 한 발 뒤에 서 있던 고현우 연구소장을 앞으로 불렀다. 그는 통통한 몸매에 이마가 살짝 까진 50대 초반의 남자였다. 하지만 그의 치켜 올라간 눈매 덕분에 꽹장히 깐깐하고 성깔 있어 보였다. 그는 살짝 고개를 숙여 보이고는 뒷짐을 진 채 직원들을 천천히 둘러봤다.

"여러분, 만나서 반갑습니다. 앞으로 여러분과 함께 에스테 화장품을 이끌어 갈 연구소장 고현우입니다. 지금 이 회사가 당면한 과제를 여러분도 잘 알고 있으리라 생각합니다. 제가 이 자리에 서게 된 것은 여러분들의 능력을 최대한으로 이끌어 내기 위해서입니다. 그리고 히트 상품을 개발해서 국내 1위를 해야겠죠. 저만 믿고 따라온다면 그런 날이 곧 올 겁니다. 앞으로 잘해 봅시다. 자, 인사를 나눠 볼까요?"

신임 연구소장은 연구실 최고참인 강현수 과장에게 다가갔다.

"강현수 과장입니다."

"만나서 반가워요."

"서인욱 대리입니다."

"네."

연구소장은 직원들과 악수를 나누면서 움직였다. 그때 인사부장이 사무실을 나가자 연구소장의 눈빛이 순식간에 바뀌었다.

"김경미 대리입니다."

"흐음. 임신 중인가 보군요."

그는 악수 대신 그녀의 불룩 튀어나온 배를 쳐다보면서 입술을 살짝 비틀었다.

"네."

"출산예정일이 언제죠?"

"2달 반 정도 남았습니다."

"앞으로 새 제품을 출시하려면 밤샘작업도 많이 해야 할 텐데 걱정이군요. 다른 직원들한테 피해가 가겠는데요. 아, 물론 임신한 걸 탓하는 건 아닙니다. 업무 효율성 때문에 말하는 겁니다."

하지만 연구소장의 말과 달리 눈빛은 차갑기만 해 경미의 얼굴이 경직되었다. 연구소장의 눈이 경미에게서 연주에게로 옮겨졌다. 그의 시선이 제일 먼저 그녀의 배로 향했다. 그녀의 헐렁한 옷과 흰색 가운 때문에 몸매가 드러나지 않자 그의 얼굴이 살짝 일그러졌다.

"이쪽도 결혼한 유부녀는 아니겠죠? 아니면 임산부가 두 명?"

연주의 얼굴에서 핏기가 사라지면서 할 말을 잃었다.

"아닙니다. 이쪽은 미혼입니다. 김연주 씨입니다."

"김연주? 내가 아는 그 김연주하고는 차원이 다르군요. 그 이름에 먹칠한다는 생각 안 해요? 대한민국을 대표하는 영화배우하고는 스타일이 완전 다른데."

연구소장이 그녀의 몸을 야리꾸리하면서도 느끼한 눈빛으로 쳐다보자 그녀의 몸이 저절로 떨렸다.

"……."

"남자친구 있습니까? 남자친구가 있으면 여자들은 일에 소홀해지는 경향이 있던데."

서슴지 않고 여자를 무시하는 그의 발언에 연주의 낯빛이 창백해졌다.

"……없습니다."

그녀는 대꾸조차 하기 싫었지만 과장의 애원하는 눈빛에 무뚝뚝하게 대답했다.

"아! 그래요? 다행이군요. 하긴 그런 외모로는……."

연구소장의 목소리가 작아지면서 누구나 그 뜻을 알 수 있는 듯한 냄새를 물씬 풍겼다. 그러면서 그는 그녀의 몸을 재빠르게 훑었다. 연주는 그런 그의 시선에 흠칫 몸을 떨었다. 마치 징그러운 벌레가 그녀의 온몸을 기어 다니는 듯한 느낌이었다.

"안녕하십니까? 김태균입니다."

후배인 태균이 그녀를 가리려는 듯 한 발 나서면서 인사를 했다.

"인사는 다 끝났나요? 식사하러 가시죠."

바깥에 나갔던 인사부장이 들어오면서 말했다.

"네, 그래야죠. 그 전에 오늘 회식 어떤가요? 서먹서먹한 관계를 빨리 없애야 하지 않겠어요?"

"죄송합니다. 소장님! 제가 오늘은 취소할 수 없는 일이 있습니다."

강현수 과장이 유감스럽다는 표정으로 말했다.

"업무적인 일인가요?"

소장은 기분 나쁘다는 내색을 숨기지 않았다.

"그건 아닙니다. 하지만……."

"아니면 취소하시죠. 첫 대면부터 이런 식이면 좋지 않은데요."

연구소장이 오만하고 강압적인 태도로 눈살을 찌푸렸다.

"아버님 제삿날입니다."

강현수 과장은 잔뜩 굳은 얼굴로 말했다.

"헛흠. 진작 그렇게 말했어야죠. 말을 그렇게 하니까 내가 그런 거 아닙니까? 내일은 다들 약속 정하지 마세요. 오늘은 다시 연구실로 못 올 거 같으니까 내일 아침 미팅을 하기로 하죠. 그때 우리가 앞으로 어떤 방향으로 나아갈지 자세히 이야기 나눕시다."

연구소장은 헛기침을 하고는 인사부장과 함께 나갔다. 직원들만 남은 회의실에 정적이 흘렀다가 곧바로 소란스러워졌다.

"과장님, 앞날이 훤한 것 같은데요."

"벌써부터 김용태 소장님이 그리워지는 것 같아요."

"어떻게 저런 사람이 소장으로 온 거예요? 저분 어디에서 스카우트되어 온 거라고 했죠?"

경미는 의자에 앉으면서 아랫배를 어루만졌다.

"대리님, 못 들었어요? 쥬리 화장품이에요."

"그래? 그런데 인간성은 안 보나 봐. 앞으로 힘들어질 것 같은 불길한 예감이 들어."

그들은 그 말에 서로 동조하면서 고개를 끄덕거렸다.

"자, 일합시다. 지금 연구 중인 거 작성해서 내일 미팅 때 제출하도록. 우리가 해야 할 일은 제대로 해야 하지 않겠어? 그래야 할 말도 할 수 있는 거고."

강현수 과장이 말하고는 테이블 위에 있는 수첩을 챙겼다.

"네."

그들은 자리에서 일어섰다. 연주도 직원들을 따라 나가려고 하는데 경미가 그녀의 팔을 잡았다.

"앞으로 힘들어질 것 같지 않아? 내가 임신 중인 거 안 순간 그 눈빛 봤어? 널 보는 눈빛도 그렇고."

"그렇죠?"

연주도 그의 눈빛을 떠올리고는 온몸에 소름이 돋았다.

"조심해야겠어. 그런데 웃기지 않아? 임신했다고 눈살이나 찌푸리고? 자기는 어떻게 태어났대? 흥. 출산휴가를 내면 날 잡아먹으려고 할 것 같아. 첫날부터 이러니 내 앞날에 먹구름이 잔뜩 드리워진 것 같아."

경미는 나오려는 한숨을 꿀꺽 삼켰지만 심란한 감정을 감추지는 못했다.

"대리님, 걱정하지 마세요. 회사규정이 있는데 어떻게 하겠어요?"

"그렇긴 한데. 첫인사에서부터 저렇게 안하무인으로 행동하는 거 보면 솔직히 걱정이 돼. 그리고 여자들한테 더 까칠한 거 같지 않아? 여자는 연애도 하지 말라는 거야?"

"우리 할 일만 제대로 하면 터치는 못 할 거예요."

연주는 말은 그렇게 했지만 경미와 마찬가지로 불안하기는 마찬가지였다. 하지만 울적한 말을 하게 되면 분위기가 더 침체될 것만 같아 말하기가 조심스러웠다.

"두 사람, 그만 수다 떨고 일해. 수다는 점심시간에 하도록."

과장이 나가다가 그들을 보고는 한마디 했다.

아파트 현관문을 열고 들어선 순간 연주는 작은 목소리로 속삭였다.

"아빠, 엄마! 퇴근했어요."

그런 그녀의 목소리가 공허하게 울리면서 37평 아파트에 휑하고 차가운 바람이 함께 휩쓸고 지나갔다. 그녀는 구두를 벗고 거실로 들어갔다. 그러고는 가방을 소파에 아무렇게나 툭 던졌다.

"오늘 하루 너무 힘들었어. 새로 온 소장이라는 작자가 날 쳐다보는 눈빛이…… 으으으. 너무 싫어."

그녀는 몸을 부르르 떨었다.

"그리고……."

곧이어 계단에서 마주쳤던 남자를 떠올리자 심장이 제멋대로 빠르게 뛰면서 얼굴이 화끈거렸다.

"어머, 내가 왜 이러는 거야?"

그녀는 뺨을 감쌌다. 그 남자의 하얀 피부와 매력적인 눈매, 서늘한 눈빛 그리고 붉은 입술을 떠올린 순간 그녀는 자신도 모르게 입술을 혀로 핥았다.

"쳇. 숙맥처럼."

그녀는 뿔테안경을 벗어 탁자 위에 올려놓고는 묶었던 머리를 풀었다. 그녀의 어깨 아래까지 긴 머리가 흘러내렸다. 그러자 그녀의 날카로워 보였던 이미지가 사랑스러운 여인으로 바뀌었다. 그리고 블라우스를 벗자 감춰졌던 풍만한 가슴과 잘록한 허리라인이 나타났고 바지를 벗자 알통 하나 없는 늘씬한 다리가 드러났다. 회사에서의 있는 듯 없는 듯한 무채색의 여직원이 아닌 색깔 있는 여인으로 변신했다. 또 그녀의 눈동자 깊숙이 자리 잡고 있는 애틋하면서도 설명할 수 없는 눈빛이 묘한 느낌을 줬다. 그녀는 노래를 흥얼

거리며 스스럼없이 속옷을 벗으면서 욕실로 들어갔다. 그리고 욕조에 물을 받고는 주방으로 걸어갔다. 그녀는 누드 자체가 자연스러운 듯 와인과 잔을 챙겨 욕실로 들어갔다. 물의 온도를 확인한 그녀는 욕조에 몸을 담갔다.

"아아아."

그녀의 입에서 신음이 흘러나오면서 만족스런 미소가 입가에 번졌다. 그녀는 와인을 잔에 따라 입에 가져다 댔다. 달콤하면서도 쌉싸래한 와인을 입안에 머금고 있다가 부드럽게 목으로 넘겼다.

"좋다."

그녀가 거품목욕을 끝낸 후 욕조에서 일어서자 물에 젖은 탱탱하고 늘씬한 몸매가 노출되었다. 그녀의 풍만한 가슴에서 납작한 배로 이어지는 라인이 매끈했고, 업된 힙라인이 탄력적이면서 각선미가 늘씬했다. 그녀는 목욕타월로 몸을 감싸고 젖은 머리카락을 수건으로 닦으면서 거실로 나갔다. 그녀는 머리카락의 물기를 없앤 후 마스크 팩을 하고는 목욕타월을 풀고 바디로션을 정성스럽게 발랐다. 넓은 아파트에는 오직 그녀 한 명뿐이었다. 그녀가 핫팬티에 탑을 입자, 그녀의 건강미 넘치는 몸매가 돋보였다. 그녀는 지금의 몸매를 만들기 위해 많은 시간을 운동에 투자했다. 출근 전에 수영장에 가서 수영을 했고, 회사에서 돌아와서는 요가를 해서 유연성과 균형미를 키웠다. 그리고 가끔 혼자서 산행도 다녔다. 그녀는 바닥에 매트를 깔고 요가를 했다. 숲 소리가 섞인 명상곡이 직장에서 쌓인 스트레스를 해소시켜 줬다. 연주는 숨을 깊이 들이마시고 뱉으면서 천천히 근육을 이완시켰다.

"후우."

그녀는 요가를 끝낸 후 매트를 정리하고 물을 마신 후 침실로 들어갔다.

"아악."

비명과 함께 연주는 식은땀을 흘리며 벌떡 몸을 일으켰다.

"하아. 하아."

그녀는 가쁜 숨을 몰아쉬면서 흐릿한 눈으로 주위를 두리번거렸다. 어젯밤에 끄지 않은 스탠드가 실내를 밝히고 있었다. 그녀는 다리를 가슴으로 끌어당긴 후 얼굴을 묻은 채 웅크렸다. 그녀의 뺨을 타고 눈물이 흘러내렸다. 아직도 그날의 악몽이 사라지지 않았다.

"흐흐흐."

* * *

8년 전.

대학교 입학이 확정된 연주는 부모님과 함께 입학축하 기념으로 부산 여행을 떠났다. 그들은 그곳에서 즐거운 2박 3

일을 보낸 후 고속도로를 타고 서울로 향했다. 아버지는 운전대를 잡고 엄마와 그녀는 뒷좌석에 앉아 수다를 떨었다. 그때 그들 차 뒤에서 스포츠카 한 대가 엄청난 굉음을 내며 차들 사이를 요리조리 파고들면서 속도도 줄이지 않은 채 달렸다.

"아니, 고속도로에서 무법자처럼 저렇게 운전하면 어떡해?"

아버지는 백미러와 사이드미러로 보면서 조심스럽게 운전을 했다.

"연주야, 넌 절대 저런 식으로 운전하지 마. 차는 무기야."

"엄마, 걱정 마. 난 저렇게 운전 안 해. 그리고 저런 남자들하고도 엮이지 않을 거야. 엄마 딸을 뭐로 보는 거야?"

연주는 어깨를 으쓱거렸다.

"미안!"

"그러게 당신이 실수한 거야. 누구 딸인데?"

"당연히 아빠 딸이지."

"하하하. 당신보다 날 더 닮은 게 확실해."

아버지가 크게 웃음을 터뜨렸다.

"무슨 말을 그렇게 해요? 연주는 날…… 꺄악!"

"조심……."

그들이 탄 차 앞으로 스포츠카가 갑자기 끼어들었다. 반사적으로 아버지가 브레이크를 밟자 차가 덜컹거리더니 균형을 잃었고 오른쪽 담벼락으로 돌진했다. 연주는 두려움에 눈을 질끈 감았다. 그런 그녀의 몸을 어머니가 감싸 안았다.

쾅!

그들이 탄 차는 범퍼가 완전히 찌그러졌고 뒤따르던 차가 미처 피하지 못하고 그들의 차를 연달아 박았다.

콰쾅.

연주는 그대로 기절했다. 몇 분 후 경찰차와 119 그리고 견인차가 출동했다.

"으으음."

연주의 눈이 떠졌다. 그녀의 얼굴엔 핏물이 흐르고 있었고, 엉망진창이었다.

"정신 들어요?"

"엄마…… 아빠는…….."

그녀는 고개를 돌렸다가 말을 잇지 못했다. 그녀의 눈앞에 어머니의 얼굴이 피범벅이 된 채 있었다. 그리고 아버지의 몸이 기괴하게 꺾여 피를 흘리고 있는 모습을 본 순간, 그녀는 비명을 지르면서 그대로 다시 실신해 버렸다. 그 후 5일 만에 깨어난 그녀는 부모님의 사망소식을 듣게 되었다. 부모님의 사망소식에 그녀는 정신을 차릴 수 없었고, 미국에서 살던 외삼촌이 와서 장례식을 치러 주었다. 나중에 외삼촌에게서 어머니가 그녀를 온몸으로 보호한 덕분에 충격이 고스란히 어머니에게 가서 그녀는 큰 피해를 입지 않았다는 말을 듣게 되었다. 그 교통사고 이후 연주는 말을 잃었고, 그

곁에서 외숙모가 지극정성으로 돌봐 줬다. 하지만 한국에 오래 머물 수 없었던 외숙모는 미국으로 같이 가자고 했지만 그녀는 단호히 거절했다. 어머니, 아버지가 계신 한국을 떠날 수 없었다.

<싫어요.>

그녀는 종이 위에 글을 썼다.

"같이 가자. 너 혼자 어떻게 지내려고 그래? 그리고 지금 말도 제대로 못 하잖아?"

외삼촌은 안타까운 마음으로 그녀를 토닥였다. 한국에는 일가친척이 한 명도 없었다. 연주의 친가는 증조할아버지가 6.25 때 홀로 남한으로 내려왔고, 같은 실향민인 증조할머니와 결혼해 할아버지를 낳았다. 그런데 할아버지도 고아 출신 여자를 만나 아버지를 낳았다. 그리고 미국 교포였던 어머니는 외삼촌과 단 둘뿐인 남매였고, 한국에 영어 학원 강사로 왔다가 아버지와 사랑에 빠져 결혼하게 되었다.

<퇴원시켜 주세요.>

"안 돼. 아직은 무리야."

외삼촌은 단호하게 말했다.

<집에서 지내고 싶어요.>

그녀가 전혀 물러설 기미가 보이지 않자 외삼촌은 어쩔 수 없이 집으로 그녀를 데려갔다. 그 후 외삼촌은 보험금, 상속 등 모든 법률적인 문제들을 해결해 주고 미국으로 떠났

다. 그녀는 홀로 남겨진 후 견딜 수 없는 고통으로 폭식을 한 덕에 살이 엄청 쪘다. 그러다 아버지와 어머니의 유품을 정리하던 중 아버지의 일기를 우연찮게 보게 되었다. 그 일기를 읽으면서 그녀는 눈물이 더 이상 나오지 않을 때까지 펑펑 울었다. 그녀가 태어나고 성장해 가는 과정을 꼼꼼히 기록한 아버지의 일기장이었다. 그녀와 어머니에 대한 아버지의 사랑이 고스란히 전해져 왔다.

"그래, 이렇게 있으면 안 돼."

그 일을 계기로 그녀는 부모님을 위해서라도 이렇게 살아서는 안 되겠다는 결심을 하게 됐다. 그녀는 정신을 차리고 새로운 삶을 살려고 노력했다. 공부를 다시 시작했고, 연극 동아리에 들어가 단역배우로 백스테이지에서 일하면서 가슴 밑바닥에 들끓고 있는 분노와 우울, 화를 치유해 나가기 시작했다. 그러다 그녀는 효진 선배가 누드모델 일을 한다는 얘기를 듣고 도움을 요청했다. 그렇게 시작된 그녀의 누드모델 일은 그녀의 상처를 치료하는 데 도움이 됐고, 졸업한 후에는 그녀의 전공을 살려 에스테 화장품 연구원으로 취직했다. 그렇게 겉보기에는 평화롭고 순탄해 보이는 생활이 이어졌지만 여전히 언제 터질지 모르는 시한폭탄이 그녀 안에 숨어 있었다. 그렇게 그녀는 자신을 드러내지 않고 하루하루를 버텨 나갔다. 그런 그녀에게도 자신을 드러내는 유일한 탈출구가 있었는데, 그것이 바로 누드모델이었다. 그때만은 그녀의 가면이 벗겨지고 민낯을 완전히 드러낼 수 있었다.

* * *

"아아아."

그녀는 얼굴을 감싼 채 호흡을 가다듬었다. 가족을 덮쳤던 그 참혹한 교통사고는 그녀가 힘들거나 우울할 때, 또는 불안할 때 악몽으로 되살아났다.

"하아."

그녀는 몸을 일으켰다. 축축하게 젖은 속옷을 벗고는 욕실로 들어갔다. 어젯밤 목욕을 했지만 악몽을 꾸느라 온몸이 땀으로 흥건했다.

'오랫동안 악몽을 안 꿨는데······.'

2. 희비

    연구소장실에 연구원이 부름을 받아 한 명씩 들어갔다. 그들이 하고 있는 업무를 파악하기 위해 한 명씩 대화를 나눌 필요가 있다는 신임 연구소장의 말 때문이었다. 들어갔다 나오는 경미의 얼굴이 울긋불긋해서 숨소리가 거칠었다.

    "젠장."

    경미가 신경질적으로 말했다. 태교를 위해서라도 좋은 말, 좋은 생각만 하겠다고 다짐했는데 경미의 눈빛은 살벌하게까지 느껴졌다.

    "괜찮아요?"

    연주는 조심스럽게 말했다.

    "지금 내가 괜찮아 보여?"

    "아, 아뇨."

"지금까지 한 태교가 다 헛수고가 된 것 같아. 오늘 다 내려놨어. 이진욱, 들어가 봐."

"아, 네."

진욱은 경미의 낯빛을 살피고는 소장실로 들어갔다.

"뭐라고 해요?"

"후우, 우리 앞날이 훤한 거 같아. 여자를 우습게 보는 거 같고. 어떻게 저런 남자가 소장으로 올 수 있는 거야? 실력도 중요하지만 인품도 봐야 하는 거 아니야? 미안하다, 아가야! 오늘만은 이 엄마를 용서해 줘."

경미는 불룩한 배를 쓰다듬으면서 속삭였다.

"⋯⋯."

"연주도 들어가 보면 알 거야. 그런데 솔직히 업무적인 부분에 관해서 날 몰아쳤다면 이렇게까지 기분이 나쁘지는 않았을 거야. 나한테 출산휴가를 얼마나 가질 계획이냐고 묻더라고. 그러면서 그만두는 게 어떠냐고 물으면 노조에 걸릴까 봐 그런지 말을 빙빙 돌려서 말하는 거 있지? 출산휴가를 갖게 되면 나머지 직원들이 얼마나 힘들겠냐는 둥, 그 후에도 아기 때문에 일에 몰두를 못 해서 일의 능률이 떨어질 거라는 둥⋯⋯. 자기도 자식이 있을 거 아니야? 그런데 어떻게 이럴 수 있어? 자기는 누구 배에서 태어났는데? 여자를 왜 무시해? 아직도 저런 사고방식을 가지고 있다는 자체가 놀라워."

연주는 경미의 말에 어제 자신을 바라보던 그 끔찍한 눈빛을 떠올리고는 몸을 부르르 떨었다.

"으음."

"너도 조심해. 어제 널 보던 시선이 야리꾸리하던데. 물론 연주는 처신을 잘할 테지만."

"걱정 마세요. 만약 그랬다가는 박치기해 버릴 테니까요."

연주는 주먹을 불끈 쥐었다.

"네가?"

경미는 믿기지 않는다는 표정을 지었다가 피식 웃었다.

"안 믿겨져요?"

"당연하지. 내가 널 아는데."

"말이 그렇다는 거죠. 그런데 설마 이상한 짓이야 하겠어요? 그런 일이 생기면 남자직원들한테 도움을 청하죠."

"남자들 믿지 마. 그 남자들이 문제니까. 여자보다 더 몸 사리는 존재들이야."

경미가 시니컬하게 말했다.

"정 안 되면 그만두면 되죠."

"와, 부럽다. 그런데 연주는 아직 세상물정 모르는 어린아이 같아. 부모님이 돌아가셨는데도 아직…… 아, 미안!"

경미는 말실수를 깨닫고는 입을 얼른 다물었다. 연주는 씁쓸한 미소를 지었다.

"괜찮아요. 벌써 몇 년 전 일인데요. 이제 상처자국도 꾸덕꾸덕해져서 아무 감각도 없어요."

연주는 안경을 만지작거렸다.

"미안해. 나 화장실에 다녀올게. 배가 점점 더 불러오니까 화장실을 그만큼 자주 가게 되는 거 같아."

"다녀오세요."

경미는 힘겹게 의자에서 일어나더니 뒤뚱거리는 걸음으로 연구실을 나갔다. 연주의 시선은 자연스럽게 소장실로 향했다. 그녀는 마른 입술을 혀로 핥고는 신음을 뱉었다.

"그래, 조금만 이상하게 나오면 이 회사 때려치우는 거야. 그리고 다른 거 하면 되지. 돈도 있겠다. 가게 차리면 돼. 사장 되는 거야, 까짓것. 그런데……."

그녀의 눈빛이 어둡게 가라앉으면서 눈동자가 촉촉이 젖어들었다. 그녀는 관계를 맺는 것을 어려워해 마음을 열고 진심으로 대화할 수 있는 사람은 손가락에 꼽을 정도로 적었다. 하지만 그들조차도 시간이 맞지 않아 만나기가 쉽지 않았다.

"연주 씨! 김연주 씨!"

"네?"

그녀의 어깨에 닿는 손길에 깜짝 놀라 눈이 휘둥그레졌다.

"무슨 생각을 그렇게 골똘히 하는 거예요?"

"잠깐 딴생각 좀 했어요. 그런데 벌써 끝난 거예요?"

"끝났으니까 이 자리에 서 있는 거겠죠?"

그가 어깨를 으쓱거렸다. 연주는 그런 그의 모습에 바보

같은 질문을 했다는 생각이 들어 어설픈 미소를 지었다.

"……."

"들어가 봐요."

그녀는 자리를 털고 일어나 연구서류를 챙겨 들고 기세 좋게 연구소장실까지 걸어갔지만 문 앞에서 걸음이 우뚝 멈췄다. 그녀는 심호흡을 크게 하고는 노크를 했다.

"들어오세요."

문을 열고 들어서자 소장이 소파에 앉아 서류를 보는 옆모습이 보였다. 유독 반들거리는 이마와 툭 튀어나온 배가 눈에 띄었다.

'화장품 회사에 다니는 스타일은 아닌데. 이것도 외모차별적인 건가? 그래, 사람은 외모로 판단하면 안 돼.'

그녀는 가지고 온 연구서류를 연구소장 앞에 내려놓았다.

"지금 제가 하고 있는 업무입니다."

"자, 자리에 앉아요. 내가 이렇게 올려봐야 하는 거 아니죠? 그런데 이름이 뭐였더라……."

연구소장이 허리를 쭉 펴고는 작은 눈으로 그녀의 몸을 순식간에 훑었다. 순간 연주의 몸을 타고 기분 나쁜 전류가 흘렀다.

"김연주입니다."

"아, 맞아. 김연주. 이름은 똑같은데 완전히 다른. '막돼먹은 영애 씨' 같은 느낌인데."

'그 정도는 아니거든요.' 하는 말이 혓바닥을 간질였다.

"……."

"애인 없다고 했지?"

연주의 얼굴이 일그러졌다. 상사라지만 반말에 개인적인 질문까지 던지자 표정이 굳어졌다.

"사실은 있습니다."

그녀는 방어막이 필요하다는 생각에 거짓말을 했다.

"그럼 그땐 왜 없다고 한 거지?"

그가 의심스럽다는 듯이 그녀의 눈을 쳐다봤다.

"몰래 하는 연애라서 다른 직원들 앞에서 말할 수 없었습니다."

"몰래 하는 연애라…… 에스테 화장품 직원은 아니겠지?"

그가 입술을 만지작거리면서 그녀를 흘낏 쳐다봤다.

"……."

그녀는 어떻게 대답하는 게 좋을지 몰라 입술이 떨어지지 않았다.

"그런 건가? 사내연애라…… 그건 추천하고 싶지 않은데. 혹시 연구실 직원 중 한 명?"

"아, 아닙니다."

"아니야? 그럼, 다행이고."

그의 눈매가 가늘어졌다.

"……."

그녀는 그가 오해하도록 내버려 뒀다.

"지금 하고 있는 연구는 뭔가?"

그는 그녀가 테이블 위에 올려놓은 연구서류를 들고는 읽는 둥 마는 둥 휙휙 넘겼다. 그녀는 그런 그의 성의 없는 태도에 아랫입술을 깨물었다.

"피부의 리프팅과 탄력을 주는 고기능 앰플을 만들고 있습니다."

"리프팅? 탄력? 식상하군. 메리트가 없는 것 같은데."

"천연재료를 사용해서 민감하고 예민한 피부를 가진 고객도 편하게 사용할 수 있고, 에스테틱에서 마사지할 때 큰 효과를 줄 수 있는……."

"그만! 무슨 말인지 알겠네. 그건 시간이 많이 소요되는 장기적인 프로젝트 아닌가? 난 지금 당장 센세이션을 일으킬 수 있는 상품을 원해. 내가 이 회사에 스카우트된 이유가 뭐라고 생각하나? 아니, 그 전 연구소장이 좌천된 이유가 뭘까? 지금 이 회사는 내년에 당장 보여 줄 수 있는 강력한 펀치 한 방을 기대하고 있다고. 그래서 나뿐만 아니라 마케팅 팀장도 새로 온 거고."

그녀는 그의 지적에 아무 대꾸도 하지 못했다.

"……."

"지금 하고 있는 연구는 접고……."

"네? 그래도 제가 벌써 7개월 동안이나 연구한 건데 여기서 끝낸다는 건⋯⋯."

"내 말을 귓등으로 들은 건가? 영양가 없는 연구를 계속 붙잡고 늘어지겠다고? 그 제품을 완성한다고 해도 테스트까지 하게 되면 제품이 언제 출시될지 몰라. 그리고 그런 유사 제품은 시중에 이미 많이 나와 있어."

"소장님 말씀이 맞긴 하지만⋯⋯."

"그만! 윗사람이 하라고 하면 듣기만 해. 내 말에 토 달지 말고. 그리고 외모에 좀 신경 써."

"네?"

"자네가 근무하는 회사가 무슨 회사인지 아나? 화장품 회사야. 그러면 그 회사에 다니는 직원은 그 격에 맞게 외모를 꾸며야 하는 거 아닌가?"

"⋯⋯."

그녀는 그의 지적에 아무런 말도 하지 못했다.

"옷도 그렇고, 얼굴도 그렇고. 도대체 누가 자넬 화장품 회사 다니는 직원이라고 생각하겠어? 솔직히 자넬 보면 누가 우리 회사 제품을 쓰고 싶겠냐 말이야."

그는 그녀의 얼굴과 몸을 훑어 내렸다. 그러자 연주의 눈빛이 차가워지면서 얼굴이 경직되었다.

"제 업무에만 충실하면⋯⋯."

"충실하려면 외모에도 신경 써. 그런 모습으로 돌아다니는데 남자친구가 아무 말 하지 않나? 그러다 남자친구와 사이가 멀어질 수도 있어. 상관으로서, 아니 남자로서 충고 한마디 해 주는 거야. 내 말을 허투루 듣지 말게. 뼈와 살이 되는 금과 같은 말이니까."

"말씀 다 끝나신 건가요?"

그녀는 나오려는 욕을 꿀꺽 삼킨 채 인내심을 발휘해 최대한 부드럽게 말하려고 노력했다.

"그래, 오늘은 여기까지 하지. 다른 직원들한테 오늘 회식 있는 거 잊지 말라고 하고 한 명도 빠지면 안 된다고 전해 주게. 아, 임산부는 예외로 쳐 준다고 하게. 내일은 전체적 미팅을……."

"토요일입니다. 쉬는 날이에요."

"하아, 쉰다고? 왜 하필이면 주5일 근무제가 된 거야? 옛날에는 쉬는 날 없이 열심히 일했는데. 알았네, 다음 주 월요일에 미팅 있다고 하게. 어? 여기에 이상한 게 묻어 있는데."

그가 갑자기 몸을 일으키더니 그녀에게 손을 뻗었다. 그 순간 연주는 놀라 몸을 뒤로 뺐다.

"무슨……."

"머리카락이 떨어져 있어서 떼어 주려고 한 것뿐이야. 그런데 이거 너무 과민반응 아닌가?"

"제가 떼겠습니다."

그녀는 자리에서 일어섰다.

"하아, 나만 이상한 사람 된 것 같군. 다음으로 김태균 씨

들어오라고 해요. 나가 봐."

그는 헛기침을 하면서 손짓했다.

"네."

그녀는 연구소장실을 나와 김태균에게 들어가라고 말했다. 그러고는 기진맥진해서 의자에 털썩 주저앉았다. 그러자 경미가 기다렸다는 듯이 그녀 옆으로 의자를 밀고 다가왔다.

"사람 속을 팍팍 긁는 소리 하지 않았어?"

"네."

"그럴 줄 알았어. 인간성이 완전 제로야. 진짜 오늘 회식 가고 싶지 않아. 밥 먹더라도 소화도 안 될 것 같아. 난 분위기 봐서 슬쩍 빠질 거야."

"저도 그래야겠어요."

"여자라고는 달랑 우리 둘뿐인데 그게 가능할까? 난 임산부라서 신경도 안 쓸 테지만 연주는 다르잖아."

"안면 까는 거죠."

연주는 시니컬하게 말했다.

"연주답지 않게 왜 그래? 그럼, 진짜 일하기 힘들어져."

"그만두면 되죠."

"참 말 쉽게 한다. 부럽다. 나는 연주처럼 말하고 싶어도 그럴 수가 없어. 그런데 말이야."

경미가 얼굴을 바짝 가져다 댔다.

"네?"

"절대 회사 그만두지 마. 연주가 있어서 내가 얼마나 의지가 되는지 모르지?"

"저도 선배가 있어서 든든해요."

"역시 예쁜 말을 잘한다니까. 그런데 왜 이렇게 남자가 안 생기는 거야? 예쁘고, 성격 좋고, 뭐 하나 부족한 게 없는데. 연주가 좀 더 멋 부릴 줄 알고 적극적이면⋯⋯."

"꾸미고 다니라고요?"

"그래, 그 안경부터 벗어. 시력도 좋은 거 알아."

"⋯⋯."

연주는 움찔해서 경미를 쳐다봤다.

"왜? 내가 알아서 놀랐어? 그런데 혹시 남자한테 상처받은 적 있어?"

"아뇨."

"그럼, 20대답게 좀 살아 봐. 연주도 언제까지 20대일 줄 알아? 금방 30대 돼. 나도 이렇게 임산부에 30대가 될 줄은 몰랐어."

경미는 배를 쓰다듬으면서 씁쓸한 미소를 지었다.

"⋯⋯."

"30대 되기 전에 즐기면서 살아. 30대 되면 체력부터 달라져. 그리고 연주는 혼자라서 식구를 많이 가지고 싶지 않아?"

"그렇긴 한데⋯⋯."

연주는 말을 잇지 못한 채 경미의 배를 쳐다봤다. 그녀도 부모님처럼 행복한 결혼생활을 하고 싶었다. 하지만 동시에 두렵기도 했다. 행복한 가정이 얼마나 쉽게 산산조각이 날 수 있는지를 잘 알기에. 그런 일이 자주 일어나지 않는다는 걸 이성적으로는 잘 알고 있지만 그래도 연주는 두려웠다.

"내가 좋은 남자 소개시켜 줄까? 가벼운 마음으로 한 번 만나 봐. 첫발을 떼기가 힘들어서 그렇지, 그러고 나면 다음은 쉬워지는 법이야, 오케이?"

경미는 손가락으로 동그라미를 만들어 보였다. 하지만 연주는 쉽게 '예'라는 대답이 나오지 않았다.

"……"

"무응답은 긍정이라고 했으니까 오케이로 받아들일게. 걱정 마. 아무 남자나 소개시켜 주지 않을 테니까. 이것저것 다 따져서 연주와 잘 어울릴 수 있는 남자를 소개시켜 줄 거야. 나만 믿어 봐. 알았지?"

경미는 자리에서 일어서면서 연주의 어깨를 토닥였다.

"……"

"진짜 기대해도 좋아, 내가 눈에 불을 켜고 알아볼 테니까. 혹시 남자 보는 기준 있어? 특별히 원하는 스타일이라든가? 알려 주면 그 범위에서 골라볼게."

"글쎄요. 마음이 따뜻하고 가정적인 남자였으면 좋겠어요."

그녀는 망설이다가 아버지를 떠올리면서 말했다.

"능력 있는 남자보다?"

"네."

연주는 주저 없이 대답했다.

"알았어, 걱정 마. 내가 출산하러 가기 전에 연주의 짝은 꼭 찾아 줄 테니까."

"너무 무리하지 마세요. 스트레스 때문에 아이한테 안 좋을 수 있어요."

"걱정 마. 그건 스트레스가 아니라 행복한 바이러스니까."

"그렇다면 다행이고요."

그때 문득 계단에서 만난 남자랑 키스했던 일이 떠오르자 그녀의 얼굴이 발그레해졌다.

'그 남자는 누굴까? 그리고 내가 키스한 게 아니라 그 남자가 키스한 건데. 난 바보같이 아무 말도 못 했어. 따졌어야 하는 건데.'

"무슨 생각을 그렇게 골똘히 해?"

"아, 아니에요."

"김연주 씨!"

"네?"

그때 강현수 과장이 그녀를 불렀다.

"이거 마케팅 부서에 전해 줘요. 추석 선물로 기획한 마스크팩 세트랑 분석 자료예요. 그런데 연주 씨가 사용해 보니 느낌이 어때요?"

"제 경우에는 피부가 촉촉해지면서 탄력이 생기는 것 같아요. 그리고 여기 턱라인을 잡아 줘서 V라인이 되는 느낌도 들고요. 꾸준히 하면 효과가 좋을 것 같습니다."

"역시! 경미 씨도 사용해 봤어요?"

"저는 트러블이 심한 피부라서 함부로 사용할 수 없어요. 임신 전이라면 한 번쯤 시도해 보겠는데 지금은……."

"그렇겠군요. 연주 씨, 마케팅 부서에 전해 주고 와요."

"네, 다녀오겠습니다."

연주는 연구복을 벗고 서류와 제품을 챙겨 마케팅실로 갔다. 마케팅실은 바로 한 층 아래라 엘리베이터를 이용하지 않고 비상계단으로 향했다.

마케팅실에 들어서자 여직원 한 명만이 자리를 지키고 앉아 있었다.

"안녕하세요?"

"안녕하세요?"

"이번 추석시즌에 사은품으로 제공할 팩 세트하고 분석 자료예요."

"네, 거기에 두고 가세요."

여직원은 건성으로 대답하면서 컴퓨터 자판을 두드렸다.

"다른 직원분들은 안 보이시네요."

"마케팅 팀장님이 새로 오신 거 아시죠?"

"네."

"아, 연구실도 새로 소장님이 오지 않으셨어요?"

"네, 오셨어요."

연주는 한숨을 삼키면서 대답했다.

"연구소장님은 어때요? 멋있으세요?"

"멋있다고는 말 못 하겠는데요. 팀장님은요?"

연주는 소장의 대머리를 떠올리면서 머리를 흔들었다. 그리고 그냥 나가려고 하다가 예의상 질문을 했다.

"아직 못 보셨어요?"

"네."

"딱 제 스타일이에요. 남자란 이렇게 생겨야 한다는 정석을 보여 준다고 할까요? 보기만 해도 빛이 나는 거 있죠? 오늘 저희 회식 있어요. 이번 기회에 눈도장을 확실히 찍어 놓으려고요."

여직원은 은근한 목소리로 말했다. 그녀는 여직원의 소녀 감성을 엿보는 것 같아 입가에 저절로 미소가 번졌다.

"응원할게요."

"고맙습니다. 그럼, 경쟁자 한 명이 사라진 건가요? 저희 팀장님한테 눈길 주지 마세요. 저랑 척지기 싫으시면요. 물론 그런다고…… 아니에요."

여직원이 그녀를 위아래로 훑어보더니 자신감 넘치는 미소를 지었다. 연주는 여직원의 태도에서 자신을 경쟁자로 여기지 않는다는 사실을 깨닫자 기분이 묘하게 나빠졌다.

"수고하세요."

하지만 그녀는 그 어떤 반응도 보이지 않고 마케팅 부서를 나섰다.

'하아, 내가 왜 이렇게 된 거야? 진짜 내가 이런 걸 원했던 걸까? 매력 없는 여자? 일만 하는 여자? 나를 너무 감추고 산 거 아니야? 그래, 더 이상 사람들에게 후줄근하게 보이고 싶지 않아. 언제까지 이렇게 살 수는 없잖아. 좋아, 나 자신을 찾자.'

연주는 부모님이 돌아가신 뒤 방황하다가 정신을 차린 이후에는 공부만 죽어라 파고들었다. 그럼에도 채워지지 않는 허탈한 마음을 달래기 위해 연극동아리에 가입해서 활동하다가 효진을 만나면서 인생의 곡선이 달라졌다. 누드모델이라는 길에 한 발을 내디딘 것이다. 그녀는 아직도 김태준 화가 앞에 누드모델로 선 날을 또렷이 기억했다. 알에서 깨어났다고나 할까, 웅크리고만 있던 그녀의 어깨가 펴진 날이었다. 그렇게 시작된 누드모델 일은 지금까지 계속 이어졌다. 그녀는 오직 단 한 명 김태준 화백 앞에서만 섰다. 그 순간만은 편안하게 그녀 자신을 온전히 드러낼 수 있었다. 누드모델이라면 색안경을 끼고 볼 수 있겠지만 김태준 화백과 그녀 사이에는 설명하기 힘든 둘만의 끈끈한 뭔가가 존재했다. 그녀는 그에게 뮤즈 같은 존재였고, 그녀에게 누드모델은 숨 쉴 수 있게 만드는 일이었다. 그리고 그들은 남녀상열

지사 같은 감정은 전혀 존재하지 않는 순수한 사이였다. 그녀는 너무 깊은 생각에 잠겨 걷다가 계단을 헛짚으면서 몸이 뒤로 쏠렸다.

"어어."

그녀의 동공이 커지면서 반사적으로 새처럼 날갯짓을 퍼덕였다. 그리고 계단 손잡이를 잡으려고 팔을 뻗었지만 이미 몸이 뒤로 한껏 기울어지면서 손이 닿지 않았다. 최악의 상황을 떠올리는 순간 그녀의 심장이 멈춘 것처럼 죄어 왔다.

"으음!"

그녀는 곧이어 닥칠 고통을 떠올리면서 입을 꾹 다물었다.

"허."

갑자기 남자의 목소리가 뒤에서 들리더니 그녀는 콘크리트 계단이 아닌 단단하면서도 푹신한 몸에 안겼다.

"어머."

그녀는 안도의 숨을 내쉬었다가 익숙한 향에 그녀의 콧등이 실룩거리면서 눈을 번쩍 떴다.

"이 계단에서 날 기다리고 서 있었어요? 그쪽을 구해 주는 슈퍼맨이나 배트맨으로 날……."

"당신은……."

"하이!"

"왜 당신이 여기에 있어요?"

"허? 기껏 도와줬더니 오히려 따지는 겁니까? 이럴 땐 감사하다는 말이 우선 아닌가요?"

"아, 아니 그게…… 고맙습니다."

연주는 그의 말이 타당하기에 쑥스러운 표정으로 말했다.

"그런데 우리가 인연은 인연인가 본데요. 정식으로 인사하는 거 어때요?"

그는 장난스럽게 손가락을 까닥거리면서 윙크를 했다. 그녀는 그런 그의 짓궂은 반응에 얼굴을 찡그렸다.

"실례하겠습니다."

그녀는 그를 무시하고 쌀쌀맞게 말하고는 아무 일도 없었다는 듯이 그를 스쳐 지나가려 했다. 그런데 그녀가 가려는 방향으로 그의 몸이 먼저 움직였고, 다시 반대방향으로 옮기자 그도 같이 움직였다. 그녀가 고개를 들자 그가 장난스럽게 씩 웃고 있었다.

"비켜 주시겠어요? 아니면 제가 옆으로 옮길 테니까 가만히 서 계세요."

그녀는 그렇게 말하고는 옆으로 움직였다. 그런데 그도 같이 움직였다. 그 순간 그녀는 그가 의도적으로 그녀의 길을 막고 있다는 걸 깨달았다. 그러자 그를 쳐다보는 그녀의 눈빛이 냉랭해졌다.

"지금 뭐 하자는 거예요?"

"두 번씩이나 구해 줬으면 고맙다는 뜻으로……."

"그래서 고맙다고 말했잖아요."

그녀는 그의 말을 싹둑 잘랐다.

"그런 영양가 없는 말 말고요."

"뭘 원하는 건데요?"

그녀는 자신을 보호하듯 팔짱을 꼈다.

"차든 밥이든 사야 하는 거 아닌가요?"

"네?"

"한 번이라면 말 안 하겠지만 두 번째인데 그 정도는 해야지 않겠어요? 길 가는 사람 아무나 붙잡고 말해 봐요. 다들 그렇게 말할 겁니다."

연주는 묘하게 그의 말에 설득당하는 기분이 들었다.

"지금 당장 로비로 가서……."

"미안하지만 지금은 내가 바빠서 안 될 것 같고 퇴근시간에 봅시다. 휴대폰 줘요. 내가……."

"휴대폰 없어요."

"휴대폰이 없다고요? 지금이 어느……."

"그런 뜻이 아니라 휴대폰이 지금 제 수중에 없다고요. 사무실에 두고 왔어요."

"핑계도 여러 가지군. 걱정 마요. 자! 여기 내 휴대폰에 번호 찍어요."

그는 호주머니에서 휴대폰을 꺼내 내밀었다. 그녀는 얼떨결에 그 휴대폰을 받았다.

"……."

"틀린 번호 누르지 마요. 이 회사에 다니면 얼굴 마주칠 텐데 서로 얼굴 붉히는 짓은 하지 맙시다. 이틀 사이에 벌써 두 번씩이나 부딪쳤는데 안 그래요? 그런데 어느 부서에 근무해요?"

"연구실이에요."

그녀는 말하기 싫었지만 감춘다고 감춰지는 일이 아니라 솔직히 말했다.

"연구실? 어쩐지."

"무슨 의미죠?"

그녀는 그의 말투에서 기분 나쁜 느낌이 들자 목소리도 눈빛도 날카로워지면서 입술이 뾰족이 튀어나왔다.

"오해하지 마요. 연구실에 틀어박혀 있으니 외모 관리를 하지 않는 거 같아서요. 설마 유부녀는 아니죠? 보기에는 모 태솔로 같은데."

그가 그녀를 훑어보더니 냉정하게 말했다.

"무슨 그런 막말을 해요? 만났던 남자가 여럿 있었거든요."

그녀는 울컥해서 소리쳤다.

"과거형으로 말하는 거 보니까 지금은 만나고 있는 남자가 없다는 거군요."

"그건……."

그녀는 남자에게 당했다는 생각에 아랫입술을 깨물었다.

"하하하. 나중에 봅시다. 아차차."

그는 가려다가 다시 발을 멈췄다. 그와 눈이 마주친 순간 그의 서늘하면서 깊은 눈동자에 그녀는 마른침을 꿀꺽 삼켰다. 그의 또렷하면서도 도시적인 분위기가 그녀의 숨을 죄어 오면서 그에게서 풍기는 시원한 향과 체취가 그녀를 사로잡았다.

"……."

"참, 오늘 회식이 있다는 걸 깜빡했어요. 약속은 다음으로 미루죠. 이름이 뭐죠? 휴대폰에 저장해 놓으려면 이름을 알아야 하는데. 아니면 키스 걸? 유혹녀? 연구원? 이런 걸로 저장해야 할까요?"

"김연주예요."

그녀는 무뚝뚝하게 말했다.

"김연주? 예쁜 이름인데요."

"네?"

그녀가 이름을 밝히면 항상 반응이 비슷했다. 그녀가 배우 김연주보다 나이가 더 많은데도 불구하고 김연주라는 스타의 이름을 따서 지은 거 아니냐고 묻는 건 기본이고 외모 비교까지 말도 안 되는 농담을 서슴지 않고 하는 경우가 대부분이었다. 물론, 배우 김연주를 모르는 연세가 많으신 어르신이나 영화, 드라마에 관심 없는 사람들을 제외하고는 대부분 반응이 비슷했다. 하지만 지금 그녀 앞에 있는 남자라면 배우 김연주를 모를 리가 없었다.

"그 멋대가리 없는 안경은 벗어요. 못 알아볼 뻔했잖아요. 그리고……."

그가 계단을 올라왔다. 연주는 마른침을 꿀꺽 삼킨 채 눈을 동그랗게 떴다. 그가 잽싸게 그녀의 안경을 벗기고는 뺨을 감쌌다.

"……."

"이 얼굴 숨기지 마요."

"어머."

그가 그녀의 허리를 잡아당겼다.

"키스하기 불편하잖아요."

그녀가 거부하기도 전에 그의 입술이 그녀의 입술에 닿더니 아랫입술을 살짝 깨물었다.

"아앗."

그녀의 입술이 벌어진 순간 그의 입술이 밀착되면서 혀가 쏙 들어왔다. 그녀의 눈이 커지면서 깜빡거렸다. 그러자 그가 그녀의 눈을 감기고는 혀를 움직였다. 그의 감각적인 혀 놀림에 그녀는 서서히 키스에 빠져들었다. 그들의 몸이 밀착되자 그녀는 더 강렬한 걸 원하게 되었다. 그녀의 입에서 신음이 흘러나왔다. 그때 그가 그녀에게서 입술을 뗐다.

'안 돼.'

그녀는 반사적으로 떨어지지 않으려고 손을 뻗다가 놀라서 멈췄다.

"아주 마음에 든 모양인데요?"

"아, 아니에요."

"지금 말과 얼굴 표정이 다른 거 알아요? 1부는 여기까지. 2부는 다음에. 기대해도 좋아요."

그의 은근한 말에 그녀의 얼굴이 화끈 달아올랐다.

"아, 안경 줘요."

그녀는 그런 마음을 감추기 위해 엉뚱한 말을 했다.

"이렇게 매력적인 얼굴을 왜 이런 뿔테안경으로 가리려고 해요? 사랑스러운 얼굴인데. 그런데 왜 이렇게 연주 씨 얼굴이 낯설지 않을까요?"

그의 눈은 그녀의 얼굴에서 떨어질 줄 모르면서 고개를 갸웃거렸다.

"네?"

"분명 어디서 봤는데."

그녀는 그의 말에 눈살을 찌푸렸다 폈다.

"보는 여자마다 그런 식으로 접근하는 거 아니에요?"

"지금 나한테 플레이보이라고 하는 거예요?"

그는 기가 차다는 듯이 웃음을 터뜨렸다.

"그럼, 아닌가요?"

그녀는 평소답지 않게 시니컬하게 말했다.

"그렇게 말해도 할 말이 없어요. 하지만 이상하게도 김연주 씨가 낯설지 않아요. 알고 있던 느낌이랄까?"

그러면서 그가 다시 한 번 그녀의 몸을 잡아당겼다. 그녀의 몸이 그의 품에 쏙 들어갔다. 그의 손이 그녀의 얼굴을 쓰다듬자 야릇한 전율이 그녀의 몸을 훑고 지나갔다. 그의 얼굴이 다가오면서 클로즈업되자 그녀는 본능적으로 눈을 감고 입술을 내밀었다. 그런데 아무리 기다려도 전혀 닿는 느낌이 들지 않자 한쪽 눈을 떴다. 그 순간 그가 씩 웃더니 입술을 겹쳤다. 그의 높은 콧날이 그녀의 코를 눌렀다.

"으음."

그녀는 그의 감미로운 키스에 눈을 감으면서 그의 목에 양팔을 둘렀다. 이젠 될 대로 되라는 심정이었다. 그의 힘에 의해 그녀의 등이 벽에 닿았다. 그녀는 그가 리드하는 대로 키스를 했다. 그의 혀는 그녀의 입안을 헤집고 다녔다. 그녀의 숨이 가빠오면서 격렬한 키스가 이어졌다. 그는 그녀의 단정하게 올린 머리카락 속으로 손가락을 밀어 넣었다. 머리끈이 풀어지면서 그녀의 머리카락이 부채꼴처럼 흩날렸다. 그녀의 윤기 있는 머리카락이 그녀의 얼굴을 사랑스럽게 감쌌다. 비상계단에는 그들의 키스소리와 가쁜 숨소리만이 울렸다.

"아아아."

그가 입술을 떼려는 움직임이 느껴지자 연주는 본능적으로 발꿈치를 들고는 그에게 더 몸을 밀착시켰다. 그리고 그의 목을 감싼 손에 힘이 들어갔다.

"하아, 여기까지."

그는 그런 그녀의 손을 잡고 강제적으로 떼어내고는 허스키한 목소리로 말했다.

"으으응."

그녀는 아쉬운 눈길로 어미 잃은 강아지처럼 자신도 모르게 끙끙대는 소리를 냈다.

"여기에 침대를 설치하고 싶어요?"

그가 그녀의 입술을 손가락으로 만지면서 은근한 목소리로 속삭였다. 하지만 그 말이 그녀에게는 청천벽력같이 들리면서 뺨을 세게 얻어맞은 것처럼 머릿속이 윙윙거렸다.

"내가 지금 무슨……."

"회사만 아니라면 이대로 끝나지 않았을 텐데."

"저, 전…… 그렇게 쉬운 여자 아니에요."

그녀는 마치 뭔가에 홀린 듯 낯선 남자라 할 수 있는 이 남자랑 첫 만남부터 키스를 하더니 또 그 다음 날도 키스했다는 사실에 스스로도 놀라웠다.

"그 말은 믿기 어려운데요."

그가 장난스럽게 눈을 찡긋했다.

"내가 지금 무슨 짓을 한 거야?"

그녀는 얼굴이 벌겋게 되어 뺨을 감싼 채 고개를 폭 숙였다.

"……."

하지만 몇 초 후 그녀는 도발적인 눈빛으로 다시 고개를 들고 그를 빤히 응시했다.

"당신 바람둥이죠? 여자를 능숙하게 이끄는 거 보면 틀림없어요."

"남자는 누구나 바람기가 있어요. 그리고 이런 촌스러운 안경은 벗어 던져요. 이 부대자루 같은 옷도 쓰레기통에 집어넣고요. 불우이웃돕기에 보내도 입지 않을 옷 같으니까."

그녀의 얼굴이 핼쑥해졌다.

"……."

"우리가 계속 만나려면 수준은 맞춰 줘야 하지 않아요? 내일 첫 데이트 합시다. 약속시간과 장소는 내가 문자로 보낼게요."

"전 승낙하지 않았어요."

"싫어요?"

그가 그녀에게 얼굴을 바짝 들이댔다.

"……."

그녀는 아무 대꾸도 못 하고 벽에 등을 딱 붙인 채 눈만 멀뚱멀뚱 떴다. 그런 그녀를 향해 그가 윙크를 날리고는 계단을 내려갔다.

"아차차."

그가 또 멈추더니 자신의 머리를 손가락으로 찌르고는 그녀에게 고개를 돌렸다. 그 순간 그녀는 흠칫 몸을 떨었다.

"……."

"그땐 절대 이런 모습이면 안 돼요."

"난……."

"내일 봅시다."

그는 그녀가 거절할 새도 없이 비상문으로 나가 버렸다. 홀로 남겨진 연주는 헛웃음을 토했다. 그런데 아이러니하게도 그런 그가 전혀 싫지 않았다.

"바보! 어느 부서에서 근무하는지 묻지 못했어. 이름도 말해 주지 않고. 내가 미친 게 틀림없어. 어떻게 내가…… 후우."

3. 회식에서

"위하여!"

잔들이 부딪치고 그들은 폭탄주를 마셨다. 회식 1차는 고 깃집에서, 2차는 가라오케로 왔다. 임산부인 경미는 2차는 합류하지 않고 일찍 집으로 귀가했다. 그 덕에 단 한 명의 여직원인 연주는 자연스럽게 새로 온 연구소장의 옆자리를 차지하게 됐다.

"김연주 씨!"

"네?"

연주는 입술에 살짝 술잔을 가져다 댄 후 테이블 위에 내 려놓았다.

"술은 그렇게 마시면 안 되는 거야. 단숨에 원샷을 해야지."

연구소장은 눈을 가늘게 뜬 채 묘한 빛을 발하면서 들고 있던 폭탄주를 단숨에 들이켜고는 빈 잔을 큰 소리 나게 테이블 위에 내려놓았다. 연주는 그런 그를 복잡하고 심란한 눈빛으로 쳐다봤다.

"……"

"안 마시고 뭐해? 자, 빨리 마셔. 첫 잔인데 안 마시는 건 예의가 아니지 않은가? 마셔라. 마셔."

연구소장이 박수를 치면서 그녀를 재촉했다. 그 모습에 다른 직원들도 어쩔 수 없이 따라 박수를 치면서 소리쳤다.

"마셔라. 마셔."

"마셔라. 마셔."

연주는 흘낏 강현수 과장을 쳐다봤다.

"그래. 연주 씨, 이 잔만 마셔. 소장님! 연주 씨가 술이 약합니다. 그러니 이 한 잔만 마시라고 하죠."

강현수 과장은 연구소장이 그녀에게 술 마시도록 강요하는 걸 막았다.

"요즘 여자들이 얼마나 술을 잘 마시는데. 그렇다고 마시기 싫은 여직원한테 술을 강요하는 그런 나쁜 상사는 아니야."

연주는 방패막이가 되어준 과장에게 고맙다는 미소를 지어 보이고는 단숨에 들이켰다. 그리고 흘낏 연구소장을 쳐다봤다. 그는 말과 달리 뜻대로 안 된다는 듯 못마땅해 하는 표정을 드러냈다.

"그렇게 잘 마실 수 있으면서 뒤로 빼기는. 여자가 내숭 떨어야 한다는 말은 다 옛말이야. 이런 회식자리에서도 잘 어울려야지."

그러면서 연구소장이 슬며시 그녀의 허벅지 위에 손을 얹었다. 연주의 눈빛이 차가워지면서 몸이 경직되었다.

'당장 이 손 치우시죠'라는 말이 목구멍까지 치밀어 올라왔다.

"소장님! 노래 한 곡 뽑으시죠. 가수 뺨칠 정도로 잘 부르신다는 소문 들었습니다."

그녀의 동기인 진욱이 그녀에게 눈짓을 하고는 소장의 팔을 잡아 일으켰다.

"허어, 벌써 소문이 여기까지 났나? 알았어, 한 곡 뽑지. 내 18번이……."

소장은 진욱의 부축을 받아 스테이지 위에 올라가 마이크를 건네받았다. 강현수 과장이 연주의 빈 잔에 맥주를 따랐다.

"연주 씨, 참아."

"이런 것도 참아야 해요? 성추행……."

"참아서는 안 된다는 거 알지만 사회생활이 다 그렇잖아. 고리타분한 말이라는 거 아는데, 지금 회사 돌아가는 사정 알잖아? 이번에 회사에서 저 소장을 스카우트하려고 얼마나 애썼는데. 그런데 성추행이다 뭐다 소문이 돌면 회사 이미지만 나빠져. 내가 말 안 해도 무슨 말인지 알지? 솔직히 심적으로는 연주 씨한테 동정표를 줄지는 모르지만 회사의 이익

앞에서는 저 소장 편을 들어야 해. 최대한 내가 아니, 여기 남자직원들이 보호막 역할을 할 테니까 참아. 그리고 앞으로 이런 술자리에는 오지 않아도 좋아. 내가 책임질게. 그러니 날 봐서라도 오늘만 참아."

"……네, 알았어요."

연주는 고개를 끄덕이고는 답답한 마음에 맥주를 단숨에 들이켰다. 폭탄주 한 잔 마시고 맥주를 마시자 술이 약한 그녀는 취기가 금방 돌아 눈이 풀렸다.

"다들 나와. 내가 노래를 부르면 부하직원들은 따라 나와야 하는 거 아니야?"

연구소장이 자리에 앉아 있는 직원들에게 나오라고 손을 까닥거렸다.

"네."

그러자 다들 기다렸다는 듯이 우르르 몰려 나갔다.

"연주 씨!"

강현수 과장이 눈짓했다.

"후우."

그녀는 무거운 몸을 이끌고 나갔다.

"김연주 씨는 이리 와."

연구소장이 그녀의 팔을 잡아당기면서 허리를 감쌌다. 그 순간 연주의 표정이 잔뜩 굳었다.

"소장님, 제가……."

"야! 징그럽게 사내새끼가 얼굴을 드밀어? 내가 부를 노래는 '무조건'이야. 내가 상사로서 한마디 하겠는데 내가 시키면 이 노래처럼 무조건 해. 내가 하자고 해서 안 되는 일은 하나도 없었어. 난 여러분을 이끄는 선장이자 수장이야. 무조건 따라."

"네, 알겠습니다."

그녀를 제외한 모든 직원들이 군인처럼 한 목소리로 대답했다. 그리고 반주가 흘러나왔다.

"좋았어. 연주 씨, 우리 홍일점. 같이 노래 부를까?"

"잠시만요, 소장님! 제가 속이 안 좋아서요. 잠시 화장실에 다녀오겠습니다. 으엑."

연구소장이 그녀의 몸을 더 끌어당기자 연주는 자신의 허리를 잡고 있는 연구소장의 손가락을 떼어냈다. 그러고는 한대 패고 싶은 마음을 간신히 억누르고 당장이라도 토할 것처럼 연기했다.

"여기서 토하면 안 되지. 얼른 다녀와."

연구소장은 그녀의 몸을 얼른 밀쳐냈다.

"네."

그녀는 화장실을 가는 대신 밖으로 뛰어나갔다. 텁텁한 실내에서 밖으로 나오자 한결 숨쉬기가 편안해졌다. 그녀는 열나는 얼굴을 손으로 부채질했다.

"여자하고 놀고 싶으면 차라리 룸살롱으로 가든가. 왜 나한테 치근대는 건데? 그냥 집에 가 버려? 후우, 이럴 줄 알았으면 가방을 가지고 나오는 건데."

그녀는 뒤늦게 가방을 챙겨 나오지 않은 걸 후회했다.

"그런데 한 번만 더 내 몸에 손을 대봐? 그땐……."

그녀는 주먹을 불끈 쥐었다. 연구소장이 그녀를 만질 때마다 징그러운 뱀이 그녀의 몸을 휘휘 감는 듯한 기분이었다. 연구소장의 엉큼한 시선과 스킨십에 그녀는 한 대 패고 싶은 충동을 느꼈다.

"유부남이 감히…… 한 번만 더 그래 봐? 집으로 전화하고 감사실에 신고하고 아니, 방송국에 고발할 거다. 회사고 뭐고 얄짤없어."

그녀는 입사 4년차로 회사에 대한 애사심이 깊었지만 연구소장의 몰지각한 행동을 용납할 수는 없었다. 그녀가 참고 가만히 있으면 그 나쁜 버릇이 다른 여직원들한테 이어질 게 분명했다.

"그래, 초장부터 확실히 잡아야 해. 무서워서 여자한테 함부로 굴지 못하게 만들어야 해."

그녀는 여전사처럼 가라오케로 다시 들어갔다. 노랫소리, 말소리, 잔 부딪치는 소리 등 잡다한 소리가 겹쳐지면서 가라오케는 시끌벅적했다. 그녀는 스테이지로 가지 않고 자리에 앉았다.

"연주 씨, 왜 이렇게 오래 있다가 온 거야? 속이 그렇게 안 좋아? 그럴 땐 알코올로 소독해 줘야 해. 그중에서도 양주가 굿이지. 자!"

연구소장이 그녀 옆에 털썩 앉더니 빈 잔에 양주를 가득히 따랐다. 그녀는 말도 안 되는 논리를 세우는 연구소장과 양주가 가득 찬 잔을 번갈아 쳐다봤다.

"……"

"자, 마셔. 이 정도는 여자든 남자든 다 마실 수 있어야 해. 사회는 밀림정글이야. 끝까지 살아남는 자만이 승리하는 거라고. 자!"

연구소장이 술잔을 그녀에게 내밀었다.

"저기……"

"어허, 상관이 술을 주면 마셔야 하는 거야. 내 사랑을 듬뿍 담아서 주는 건데, 지금 그걸 마다하는 거야?"

그가 눈살을 찌푸렸다.

"제가 술이 약해서……"

"술이 약해? 지금 여자라고 봐 달라고 하는 거야? 여자들이 말이야. 꼭 불리할 때만 남녀 차이점을 강조하는데 모순 아니야? 언제는 남녀차별하지 말라고 하더니 이럴 땐 꼭 약한 척 군다니까."

"마실게요."

'스킨십만 하지 마'라고 속으로 말하면서 연주는 연구소장의 도발적이고 비아냥거리는 말에 참지 못하고 잔을 입에 가져다 댔다. 될 수 있는 한 술을 마시지 않고 도망치려고 했는데 여의치 않았다.

"으음."

그녀는 단숨에 술을 마시고는 잔을 내려놓았다.

"이렇게 술을 잘 마시면서 뒤로 뺀 거야? 자, 한 잔 더 마셔. 내일 쉬는 날인데 달려도 괜찮잖아. 그런데 지금 부모님하고 같이 살고 있나?"

연주의 얼굴에서 핏기가 사라졌다.

"연주 씨 혼자 살고 있습니다. 어렸을 때 부모님이 사고로 일찍 돌아가셨대요."

태균이 혀 꼬부라진 목소리로 말했다.

"이런 이런, 몰랐어. 미안하네. 괜한 소리를 했군."

하지만 말과 달리 연구소장의 눈동자에 음흉한 기운이 감돌았다.

"……."

"집에 가도 반겨 줄 사람이 없겠어. 외롭게 살았겠는데. 그런데 그러면 그럴수록 외모에 투자해야 하는 거 아닌가? 누군가 기댈 수 있는 남자가 있으면 좋을 텐데. 어? 있다고 했지. 다들 나가서 노래 부르는 거 어때?"

연구소장이 직원들에게 말했다.

"네?"

"어서 나가서 노래 부르라고. 난 연주 씨와 이야기 좀 할 게 있으니까. 여기에 여직원이라고는 지금 한 명뿐인데 여직원으로서 고충이 얼마나 많겠어? 이런 자리여야 속내를 털어놓을 수 있지 않겠어? 다들 어서 나가 봐. 나 신경 쓰지 말고."

연구소장은 나가라고 직원들을 재촉했다.

"네? 네."

강현수 과장은 불안한 눈빛으로 연주를 쳐다보고는 다른 직원들에게 나가라고 손짓했다.

"……."

"연주 씨, 괜찮겠어?"

강현수 과장은 연구소장의 눈을 피해 슬며시 걱정스런 어투로 그녀의 귀에 속삭였다.

"걱정 마세요."

그녀는 술기운에 몸이 나른해지면서 늘어졌지만 정신력으로 버텼다. 술이라고는 가끔 집에서 와인 한두 잔 정도 마실 뿐이기에 양주를 마시자 술기운이 확 돌면서 몸을 가누기가 힘들었다. 그런데 오늘은 폭탄주에 양주까지 마신 탓에 그녀의 눈꺼풀이 무거웠다. 그녀는 숨을 크게 내쉬었다.

"이상한 기미가 보이면 손짓해. 바로 달려올 테니까."

"네. 걱정 마세요."

연주는 강현수 과장의 걱정하는 마음이 가슴에 와 닿자 미소를 지어 보였다. 테이블에는 연구소장과 연주 단 둘이 남았다. 스테이지로 나간 남자직원들의 시선이 걱정스럽게 그녀에게 향했지만 도움의 손길은 주지 못했다.

"연주 씨는 왜 그런 옷을 입고 다니지? 남자한테 크게 뒤통수 맞은 적 있어? 펑퍼짐한 옷 속에 늘씬한 몸매가 숨어 있고 그 안경만 벗어 던지면 꽤 미인일 것 같은데."

연주의 눈썹이 꿈틀거리며 시니컬하게 한쪽 입꼬리가 올라가면서 헛웃음을 토했다.

왜 예쁜 모습을 감추고 있느냐고 언급했던 다른 남자의 얼굴이 떠올랐다. 그러고 보니 우스웠다. 두 남자에게 이 말을 들었는데 한 남자는 그녀의 여심을 두근거리게 휘저어놓은 매력적인 남자였고, 다른 한 남자는 바로 그녀 앞에 있는 재수 없는 능구렁이 같은 상사였다.

"소장님!"

그녀는 크게 심호흡을 하고는 눈에 잔뜩 힘을 준 채 입을 열었다.

"그래, 하고 싶은 말 있으면 편하게 말해. 직장이 아닌 회식자리잖아. 이래 봬도 내가 꽉 막힌 상사는 아니야. 오픈 마인드라고."

그는 가슴을 두드리더니 은근슬쩍 탁자 위에 있는 그녀의 손 위에 그의 손을 얹었다. 그러면서 엉덩이를 움직여 그녀의 몸에 바짝 그의 몸을 밀착시켰다. 연주의 눈빛이 싸늘하게 바뀌었다.

"이 손 치워 주세요. 제 몸 건드리지 말라고요."

"왜 그러나? 다 알면서."

"뭘 알아요? 난……."

"그 손 치우시죠."

그녀가 입을 뗀 순간 그녀 머리 위에서 냉랭한 목소리가 들렸다. 그들은 동시에 고개를 들었다.

"어? 당신이 여기에 어떻게?"

연주는 냉기를 풀풀 뿜어 대며 서 있는 그를 본 순간 얼음물을 뒤집어쓴 것처럼 체온이 급격하게 내려갔다.

"아는 사람인가?"

연주는 연구소장의 질문에도 대답 못 하고 그의 등장이 믿겨지지 않아 마른침만 꿀꺽 삼켰다.

"스토커 아니니까 그런 눈으로 보지 마요. 저쪽 룸에서 회식 중이었으니까."

그가 몸을 숙이더니 그녀만 들을 수 있게 속삭였다.

"누군데 남의 회식에 함부로 끼어드는 건가?"

연구소장은 상대방이 나이가 어려 보이자 반말을 했다. 그러자 그는 대답 대신 냉기가 도는 눈빛으로 연구소장을 위아래로 훑어 내렸다.

"누구냐고 질문한 건가요?"

"그, 그런데요."

연구소장은 반말을 했다가 그의 범상치 않은 분위기에 눌려 말투가 조심스러워졌다.

"전 괜찮아요. 그러니까……."

그녀는 그가 회사에 입사한 지 얼마 안 된 신입직원이라는 생각에 걱정되어 끼어들었다.

"내가 본 게 있는데 괜찮아요? 혹시 남자가 스킨십해 주면 무조건 오케이입니까?"

"무슨 그런 말을 해요?"

그녀는 발끈해서 소리쳤다.

"아니면 가만히 있어요. 직장상사라지만 여자의 손을 함부로 잡으면 안 되죠. 게다가 몸까지 밀착시키고."

연주는 그의 지적에 고개를 들지 못할 정도로 수치스러워졌다.

"지금 오해가 있으신 거 같은데, 그건 연주 씨를 위로하다 보니까 그렇게 된 거예요. 안 그래, 김연주 씨? 내가 강제적으로 스킨십한 거 아니잖아요."

연구소장은 지금까지 반말하다가 그의 등장에 말투가 달라졌다.

"전 괜찮아요."

연주는 자신 때문에 그가 추후 불이익이라도 받게 될까 봐 말을 함부로 할 수 없었다.

"자네 뭐지? 누군데 함부로 끼어드는 거야?"

그녀의 소극적인 태도에 자신감을 얻었는지 연구소장의 말투가 달라지면서 언성이 높아졌다. 그 순간 우빈의 눈빛이 무서울 정도로 일렁거렸다.

"……."

"내가 누군지 알아? 그리고 내가 내 여직원 손 한 번 잡는
게 무슨 죄야? 이런 술자리에 오면 닿을 수도 있는 거지. 네
여자라도 돼?"

"내 여자 맞습니다."

그는 단호하면서도 확고한 목소리로 대답했다.

"뭐?"

"전……."

연주는 그의 말에 심장이 벌렁거리면서 호흡이 거칠어졌
다. 그가 그런 그녀의 손을 잡아 일으키더니 자신의 품으로
끌어당겼다.

그녀는 그의 남자다운 기백에 아무 말도 하지 못했다. 아
니, 생각 자체가 멈췄다. 그는 위기에 빠진 공주를 구해 주는
백마를 탄 멋진 왕자님이었다.

"김연주 씨, 일부러 남자친구를 회식 장소에 부른 건가?"

연구소장의 화살이 그녀에게로 향했다.

"회식 때문에 저도 이곳에 왔다고 말한 거 기억 안 나시나
요? 정식으로 인사하죠. 김연주의 남자 이우빈입니다."

"이우빈? 사회생활을 오랫동안 한 경험자로서 자네에게
충고 한마디 하지. 김연주 씨를 위한 말이기도 해. 이런 식으
로 회식자리에 끼어들면 김연주 씨 진급에 악영향을 미칠

수도 있어. 그리고 손을 잡게 만든 건 김연주 씨야. 알려면 똑바로 알아."

연구소장은 어디선가 들은 듯한 이름에 눈을 찡그렸지만 생각이 나지 않자 서슴없이 말했다.

"뭐, 뭐라고요? 누가 누구 손을 잡게 만들었다는 거예요?"

연주는 연구소장의 말에 어이가 없어 헛웃음도 나오지 않았다.

"난 김연주 씨가 여동생 같아서 토닥여 줬을 뿐이야. 그런데 그걸 이상하게 받아들인 사람이 바로 김연주 씨 아닌가?"

"하아."

연주는 연구소장의 얼토당토않은 말에 대꾸할 가치도 느끼지 못했다.

"자네들도 보지 않았어?"

직원들이 스테이지에서 내려오자 연구소장은 천군만마를 얻은 장군처럼 당당하게 말했다. 그러자 직원들은 난감한 표정으로 누구의 편도 들지 못하고 어정쩡한 표정을 지었다.

"글쎄요."

"허어, 어서들 말해. 난 직장상사이자 먼저 사회에 나온 선배로서 김연주 씨한테 충고 몇 마디 했을 뿐이야. 그러다 우연찮게 신체접촉을 하게 됐을 뿐이라고. 아무런 사심도 없어. 그런데 자네들이 가만히 있으면 나만 이상한 사람이 되잖아."

연구소장은 눈을 부라리면서 억울하다는 듯이 말했다.

"연주 씨는 제가 데려가겠습니다."

우빈은 연구소장의 대답도 기다리지 않고 그녀의 가방과 재킷을 챙기고는 그녀에게 손을 내밀었다.

"난……."

연주는 억울해서 말도 제대로 나오지 않았다.

"연주 씨, 갑시다."

연주는 그의 손에 이끌려 가라오케를 나섰다.

"고마워요."

밖으로 나오자 그녀는 마음을 다스리고는 말했다.

"상사가 성추행을 하면 단호하게 행동해야 하는 거 아닌가요? 아니면 그런 상황을 즐기는 겁니까?"

그녀는 그의 말에 얼굴에서 핏기가 사라졌다.

"내가 그런 여자로밖에 안 보이는 거예요? 내가 아무 남자나…… 남자가 손가락만 까닥이면 좋다고 달라붙는 그런 값싼 여자로 보이는 거예요? 난……."

그녀는 감정이 격해져서 말을 잇지 못했다.

"미안해요. 그런 의도로 말한 건 아닌데 속상하다 보니 말이 잘못 나왔습니다."

"아뇨, 날 쉬운 여자로 본 게 틀림없어요. 안 그러면 그때 그렇게 쉽게……."

그녀는 머리를 흔들었다. 그리고 그가 그녀를 그렇게 여길 수밖에 없게 만든 게 자신이라는 생각에 표정이 굳어졌다.

"연주 씨, 난 연주 씨를 한 번도 쉬운 여자라고 생각한 적 없어요. 집까지 데려다줄게요."

"아뇨, 혼자 갈 수 있어요."

그녀는 그가 잡은 팔을 강하게 뿌리쳤다.

"무슨 힘이 이렇게 세요?"

"치한이 나타나도 제 몸 하나 정도는 지킬 수 있어요."

그녀는 화가 나는데도 불구하고 그의 말에 또박또박 대답했다.

"그럴 것 같군요."

그는 아픈 듯 손목을 만지작거렸다.

"그럴 것 같다고요? 하아, 갈게요. 더 이상 날 건드리지 말아요."

그녀는 그가 들고 있는 자신의 가방을 빼앗아 가방끈이 생명줄이라도 되는 듯 꼭 쥔 채 바닥에 질질 끌면서 걸음을 옮겼다.

그녀의 걸음이 비틀거렸다. 그는 그런 그녀를 아무 말도 없이 뒤따랐다. 휘황찬란한 간판과 불빛, 시끄러운 차 소리, 음악소리 등이 그녀를 멀미가 날 정도로 어지럽혔다.

"우욱."

그녀는 뱃속에서부터 치밀어 오르는 구역질에 입을 틀어막았다. 그녀의 동공이 흔들리면서 주위를 두리번거리다가

가로수로 뛰어가 토했다.

"헉. 꾸억."

뱃속이 느글거렸다.

투닥 투닥.

그런 그녀의 등을 두드리는 손길이 있었다. 그녀는 그쪽으로 고개를 돌렸다. 그녀의 눈동자는 촉촉하게 젖어 있었고, 초점을 잃어 흐릿했지만 우빈의 얼굴이 눈에 들어왔다. 그런 그녀의 입가에는 토한 찌꺼기가 묻어 있었다.

"누구?"

"이젠 얼굴도 못 알아보는 건가? 엄청 취하긴 했나 보네. 자, 봐요."

그가 그녀의 얼굴 앞에 바짝 얼굴을 드밀었다.

"어?"

그녀는 눈을 가늘게 뜨고는 손을 뻗었다. 그는 그녀에게 얼굴을 잡힌 채 씩 웃었다. 하지만 그녀 입에서 시큼한 냄새가 풍겨 오자 곧바로 콧등을 찡그리면서 몸을 뒤로 뺐다.

"잠깐만!"

그는 자리에서 벌떡 일어나 주변을 두리번거렸다.

"흥, 누가 키스해 준대? 나도 싫다고. 집에 갈 거야."

그녀는 심드렁하게 소리치면서 일어섰다.

"그 모습으로 어딜 간다고? 이리 와요."

그는 그녀의 어깨를 감싸고는 편의점으로 걸음을 옮겼다.

"나 건드리지 마. 갈 거야. 집에 갈 거라고."

그녀는 그의 손을 뿌리쳤지만 그는 그녀의 몸을 놓지 않았다.

"가더라도 지금 그 모습은 아닌 것 같은데."

"갈 거야."

그녀는 거리에 세워 놓은 사람 모형의 거대한 풍선 인형처럼 마구 팔을 휘둘렀고, 발로 그의 다리를 찼다.

"아얏. 알았어요. 집에 데려다줄게요. 택시!"

그는 어쩔 수 없이 도로변으로 나가 빈 택시를 향해 손을 번쩍 들었다. 택시가 그들 앞에 멈추자 그녀를 뒷좌석에 태웠다.

"지, 지금 뭐예요?"

그녀는 그대로 밀려 쓰러지면서 뺨과 의자가 밀착되고 엉덩이가 위로 향했다.

"훗. 집까지 바래다줄게요. 똑바로 앉아요."

그는 웃음을 간신히 참으면서 말했다.

"나 건드리지 마. 나 혼자 집에 갈 수 있어."

그녀는 발음도 정확하지 않게 횡설수설했다. 그는 그런 그녀의 어깨를 잡아 똑바로 앉히고는 그 옆에 앉았다.

"알아요, 혼자 갈 수 있다는 거. 그런데 나도 집에 가야죠. 이 근처에서는 빈 택시 잡기가 하늘에 별 따기만큼 힘들어요. 먼저 연주 씨 집에 내려 주고 우리 집에 갈게요."

"애인 분이 많이 취하셨나 보네요."

택시기사는 연인들이 술 취해서 토닥거리는 모습을 걱정스러우면서도 다 그럴 때지 하는 얼굴로 미소 지었다.

"연주 씨, 집 주소 말해 줘요. 안 그럼 우리 집으로 갈 거예요."

"내가 왜? 아저씨, 강남 해밀 아파트로 가 주세요."

"네, 알겠습니다."

술 취했으면서도 주소를 정확히 말하는 연주의 모습에 우빈은 씩 웃었다. 그러면서 재킷 안주머니에서 손수건을 꺼내 내밀었다.

"뭐예요?"

그녀는 통통 부은 아이처럼 입술을 쑥 내밀었다.

"지금 본인의 얼굴이 어떤 상태인지 모르죠? 알면 이러고 있지 않겠죠?"

"내 얼굴이 어떻다고요?"

그녀는 머리를 좌우로 흔들고 나서 가방에서 거울을 꺼내 얼굴을 보고는 신음을 토했다. 입술 주변에 음식물과 지저분한 거품이 잔뜩 묻어 있었다. 술이 확 깨는 기분이었다. 그녀는 그가 내민 손수건을 빼앗아 입가를 닦았다. 그러고는 창피한 마음에 그를 외면하고는 아랫입술을 깨물었다.

'어휴, 이게 뭐야? 얼마나 내가 꼴불견이었을까?'

그녀는 그 자리에서 당장 사라지고 싶었다. 아니, 꿈이었으면 좋겠다고 생각했다. 하지만 바뀔 수 없는 현실이었다.

"내일 만나기로 한 약속 잊지 않았죠?"

"네?"

그녀는 미간에 주름을 잡고는 인상을 썼다.

"난 한 번도 연주 씨를 우습게 본 적 없어요. 그리고 그 연구소장 손버릇이 안 좋은 것 같은데 조심해요."

"맞아요, 그 손을 싹둑 잘라 버려야 해요. 재수 없어. 남녀 차별적인 언사나 남발하고."

그녀는 화가 나서 씩씩거렸다.

"그래요?"

그의 눈빛이 매서워졌다.

"첫날부터 그랬어요. 아니, 지금 내가 무슨 말을 하고 있는 거야? 신경 쓰지 마요."

"아니, 계속해요. 나한테 말 안 하면 누구한테 합니까?"

그녀는 그의 말에 감정이 울컥해졌다.

"고마워요. 하지만 됐어요."

"알았어요. 그런데 우리 오늘부터 첫날 하는 거 어때요?"

"네?"

그녀는 찬물을 뒤집어쓴 것처럼 술이 확 깼다.

"우리 사귑시다. 아니, 어제가 첫날이라고 해야 하나? 아무 느낌도 없는 여자한테 키스를 했을 거라고 생각해요?"

그녀는 그의 직설적인 말에 얼굴이 발그레해졌다. 택시는 그런 그들을 태우고 막힘없이 달려 해밀 아파트 단지에 들어섰다. 택시가 멈춰 서자 우빈은 차에서 내려 그녀가 내릴 수 있게 차 문을 열었다.

"됐어요. 혼자 내릴 수 있어요."

"이건 남자로서 해야 할 임무예요. 아저씨!"

"네?"

"잠시만 기다려 주세요. 저기 안쪽까지만 바래다주고 오겠습니다."

"네, 천천히 하세요."

택시기사는 알겠다는 듯 의미심장한 눈빛을 보냈다. 우빈은 연주의 몸을 부축했다.

"저 혼자 걸어갈 수 있어요. 술 깼어요. 그러니 그냥 가요."

"알아요. 하지만 요새 얼마나 많은 범죄가 일어나는지 모르죠? 집에 들어갈 때까지는 조심해야 돼요."

"칫."

그녀는 여자로서 대접을 받게 되자 기분이 묘해졌다.

"내일 아침 8시까지 데리러 올게요."

"네?"

"우리 첫 데이트는 놀이동산이에요."

"놀이동산요?"

"편안한 복장으로 나와요. 그럼, 내일 봅시다."

그는 그녀의 대답도 기다리지 않고 아파트 엘리베이터에

태워 주고는 손을 흔들었다.

"하아."

그녀는 엘리베이터 문이 닫히자 벽에 기대고 섰다. 그러다 층수를 누르지 않은 걸 뒤늦게 깨닫고는 10층을 눌렀다.

'이 감정은 뭐지? 내가 저 남자를 좋아하는 걸까? 그런데 이렇게 빨리 좋아해도 되는 걸까? 몇 번이나 봤다고. 내가 얼마나 이성적인 사람인데. 그래, 내가 너무 오랫동안 혼자여서 그럴 거야. 그래서 첫 만남에 키스까지…… 아, 미쳤나 봐.'

그녀의 손이 입술에 닿았다.

'하아, 내가 진짜 미친 건가? 아니면 외로워서 이런 일이 일어난 걸까?'

그녀는 혼란스러웠다. 하지만 주변에 그녀의 속마음을 시원하게 털어놓고 이야기할 친구가 없었다. 있다면 효진 선배나 김태준 화백뿐이었다. 하지만 그들은 지금 한국에 없었다. 효진 선배는 친구들과 미국 여행을 갔고 김태준 화백은 전시회 때문에 유럽에 가 있었다.

"으아암."

그녀의 그런 마음과 달리 졸음이 몰려오면서 하품이 나왔고 눈꺼풀이 무겁게 내려앉기 시작했다. 연주의 몸이 휘청거렸다. 당장 푹신한 침대에 눕고만 싶었다.

'그래, 내일 생각하자. 지금은 자야 해.'

4. 빠져드는 블랙홀

띠링 띠리링.

알람시계가 울렸다. 연주의 얼굴이 일그러지면서 옆으로 돌아누웠다. 그리고 이불을 머리끝까지 뒤집어썼다.

"아아아."

몸부림을 쳤다. 알람시계가 계속 울려대면서 그녀를 괴롭혔다.

"아, 제발 좀더…… 어어, 맞아."

그녀는 몸부림을 치다가 뒤늦게 떠오른 생각에 표정이 순식간에 바뀌면서 머리까지 뒤집어썼던 이불을 거칠게 젖혔다. 이불을 젖히자 그녀의 떼꾼한 얼굴과 부스스한 머리카락이 드러났다. 그녀는 힘겹게 몸을 일으켜 알람시계를 껐다.

새벽 5시였다.

기운이 없고 아직도 잔뜩 졸렸지만 수영을 해야 하루가 제대로 시작되는 기분이 들어 일어나야만 했다. 연주는 비몽사몽 상태의 얼굴로 수영가방을 챙기고 냉장고에서 우유, 견과류, 바나나를 꺼내 가방에 넣었다.

수영장은 아파트 단지에서 바로 5분 거리여서 산책 삼아 걷기 좋았다. 새벽거리는 한적하고 조용했다. 부지런하게 아침을 여는 사람들이 보일 뿐이었다. 거리를 청소하는 청소부, 신문과 우유 배달부, 버스 타러 가는 사람들이 가끔 보였다. 연주는 그런 그들에게서 삶의 부지런함을 엿보는 것만 같았다. 그녀는 챙겨 온 바나나를 먹으면서 천천히 걸음을 옮겼다.

"어서 오세요."

수영장에 들어서자 안내데스크 직원이 반겼다.

"안녕하세요?"

연주는 인사를 하고는 탈의실에서 수영복으로 갈아입고 나왔다. 호리병 같은 몸매로 가슴은 C컵이었고, 잘록한 허리와 긴 다리가 인상적이었다. 그리고 평상시와 달리 안경을 벗고 있어 그녀의 큰 눈과 또렷한 이목구비가 시원스럽게 드러났다. 그녀는 풀 근처에 서서 스트레칭을 하고는 물안경을 썼다.

파악.

물속으로 뛰어 들어간 그녀는 인어처럼 앞으로 쑤욱 나아갔다. 그녀는 규칙적인 속도로 수영장을 왕복했다.

"후우."

그녀는 수영장 가장자리로 올라와 발만 담근 채 심호흡을 했다. 이른 새벽시간이라 수영장에는 사람들이 많지 않았다.

"저기……."

그때 그녀의 등 뒤에서 낯선 남자 목소리가 들렸다. 고개를 돌리자 한 남자가 어색한 포즈로 서 있었다.

"네?"

"새벽에 항상 수영하러 오시죠?"

"그런데요?"

그녀의 말투가 무뚝뚝해졌다. 남자들이 가끔 다가와 말을 걸었지만 그럴 때마다 그녀는 차갑게 반응했다. 안 그러면 바로 옆으로 다가와 친한 척 떨어지지 않았다. 그래서 그녀는 그런 귀찮은 상황이 일어나지 않도록 처음부터 차갑게 대했다.

"이영민입니다. 2주 전에 이 동네로 이사 왔습니다."

"그래서요?"

"잠시 앉아서 이야기 좀 나눌 수 있을까요?"

"죄송한데요. 전 수영하러 왔어요. 비켜 주세요."

그녀는 건드리지 말라는 티를 팍팍 내면서 물안경을 끼고는 물속으로 뛰어들었다. 그러고는 힘차게 팔을 뻗어 수영을 했다. 그녀는 숨이 차오를 때까지 수영장을 왕복했다.

"하아, 하아. 푸우."

그녀는 풀을 나와 수영모자와 물안경을 벗고는 머리를 흔들었다. 그러고는 흘러내린 젖은 머리카락을 뒤로 넘겼다.

"저, 실례합니다."

그녀의 미간에 살짝 주름이 잡혔다. 아까 그녀에게 말을 건넨 그 남자가 서 있었다.

"전……."

"제가 우습게 보인다는 거 압니다. 그리고 이렇게 여자 앞에서 소심해지는 것도 얼마 만인지 모르겠습니다. 제 명함입니다."

그는 그녀가 뭐라고 말하기도 전에 불쑥 명함을 내밀었다.

"필요 없어요. 전 전혀 관심이……."

"네, 압니다. 사귀자고 하는 거 아닙니다. 친구로 지내고 싶습니다."

"무슨 말인지 알겠는데 전 누군가를 만나고 싶은 마음이 전혀 없어요."

그녀는 쌀쌀맞게 말했다.

"아, 부담 갖지 마십시오. 그냥 수영장에 오면 인사만 나누는 사이여도 좋습니다. 저 때문에 수영을 그만두지는 않을 거죠?"

"제가 왜 수영을 그만둬요?"

"그럼, 됐습니다. 내일 뵙겠습니다."

그는 그녀에게 90도 각도로 허리 숙여 인사를 하고는 돌아섰다. 그녀는 그런 그의 뒷모습을 쳐다보다가 여자 탈의실로 들어갔다. 그러고는 쓰레기통에 명함도 확인하지 않고 던져 버렸다.

"남자들이란……."

그녀는 수영장을 나섰다. 몸이 떨릴 정도로 차가운 기운을 머금은 공기였지만 오히려 기분은 상쾌했다.

'이 안경은 벗어던지는 게 낫겠지. 도수도 없는 건데. 훗.'

그녀는 안경을 만지작거리며 천천히 걸음을 옮겼다. 그런 그녀를 뒤쫓는 시선이 있었다. 모자를 깊이 눌러 쓴 그 남자는 그녀에게 들키지 않으려는 듯 소리도 내지 않고 발걸음을 내디뎠다. 혹시라도 그녀가 뒤돌아볼까 봐 긴장을 멈추지 않았다. 하지만 그녀는 한 번도 뒤돌아보지 않고 해밀 아파트 단지로 들어섰다. 남자는 그녀가 들어간 아파트 동수를 확인하고는 뒤돌아서면서 모자를 벗어 머리카락을 뒤로 넘겼다. 그 남자는 바로 수영장에서 그녀에게 말을 건넸던 그 남자였다. 그는 휘파람을 불며 어깨를 들썩이면서 걸어왔던 방향으로 다시 걸음을 옮겼다.

흰 티에 색 바랜 청바지를 입은 연주는 긴 머리를 하나로 묶었다. 평상시에는 업스타일에 고지식한 사감 스타일이었다면 지금은 20대의 청순하고 발랄한 여인이 되었다. 그녀는 거울 속에 비친 자신의 모습을 이리저리 살피면서 콧등 위에 걸쳐 있는 안경을 만지작거렸다. 지금까지는 외모에 별 신경을 안 썼는데 우빈을 만나고부터 거울을 보는 횟수가 늘었다. 그녀는 안경을 벗고는 거울에 비친 자신의 얼굴을 이리저리 살폈다. 외까풀인 눈이지만 큼지막한 눈, 날렵한 콧날과 적당한 크기의 입술, 갸름한 이목구비와 볼살. 나이에 비해 앳돼 보였다. 그녀는 검지로 뺨을 눌렀다 뗐다 했다.

"이게 뭐야? 볼살이 빠져서 갸름해 보이면 얼마나 좋아. 여기 이렇게 선이 생기면 우아해 보일 텐데."

그녀는 못마땅한 표정을 지었다.

"내가 너무 많은 걸 바라나? 김태희, 송혜교 정도는 아니어도 안경만 벗으면 남들한테 꿀릴 정도는 아니잖아."

그녀는 피식 웃고는 옷방에 걸어 놓은 자신의 누드 그림을 쳐다봤다. 집에 손님을 초대할 일이 없어 침실이나 거실에 걸어 둬도 괜찮을 텐데 차마 부끄러워 걸 수 없었다. 그래서 선택한 장소가 그녀만 드나드는 옷방이었다. 20대 초반부터 김태준 화백의 모델로만 서다 보니 고맙다는 의미로 그가 그녀에게 선물해 준 그림이었다.

'그래, 어떤 사람들은 20대의 예쁜 모습을 누드사진으로 남기기도 한다잖아. 그런 면에서 그림은 좀 더 멋스럽고 고급스럽지 않아?'

연주는 처음 누드모델로 섰던 때의 긴장과 어설픈 표정,

포즈가 떠올라 웃음이 저절로 나왔다. 하지만 서서히 적응해 가면서 그녀는 부끄러움을 극복하고 모델로서의 자질을 갖추기 시작했다. 누드모델로 서는 것은 온전히 그녀 자신을 드러낼 수 있는 순간이기도 했다. 그 덕에 그녀는 건강하고 아름다운 몸매와 얼굴을 만들려고 노력했다. 또 화장품회사 연구원이라는 타이틀을 달게 되면서 자기 관리를 하는 데 더 도움이 되었다. 하지만 그 외 일상생활에서는 전혀 그런 티를 내지 않고 평범한 연구원이자 일반인으로 지냈다. 그런데 그런 그녀의 평화로운 삶에 우빈이 커다란 돌을 던져 파문을 일으켰다. 그녀를 흥분시키면서 여자임을 자각하게 하고 끊임없이 그를 떠올리게 했다.

'내가 미쳤나 봐. 후. 내가 왜 이러는 거야?'

그녀는 열나는 뺨을 토닥였다.

딩동.

문자가 왔다.

[도착했어요. 내려와요.]

[네]

그녀는 짧게 답장을 보내고는 스카프를 목에 두르고 가방을 어깨에 멨다. 그리고 아파트를 나서면서 안경을 벗을까 망설였지만 그대로 썼다. 그에게 신경 쓰는 모습을 들키고 싶지 않았다. 그녀는 입구에 차를 세워 놓고 기다리고 서 있는 우빈을 발견했다. 남성잡지의 표지 주인공 같은 그의 멋진 모습에 그녀의 심장이 다시금 빠르게 뛰기 시작했다.

"어, 잘 잤나본데요. 누군 한 여자 때문에 잠을 설쳤는데."

그녀의 생기 넘치는 모습에 그는 얄밉다는 듯이 말했다.

"미안해요. 전⋯⋯."

그녀는 어쩔 줄 몰라 하며 말을 잇지 못했다.

"농담이에요. 자, 타요."

그는 그런 그녀가 귀엽다는 듯이 웃으면서 조수석 문을 활짝 열고 옆에 섰다. 그녀가 조수석에 타려고 하는 순간 그가 그녀의 귀에 입술을 가져다 댔다.

"아름다워요."

그녀의 뺨이 발그레해졌다.

"⋯⋯."

그녀는 숨이 막혀 아무 말도 하지 못했다.

"그런데 안경은 왜 쓴 겁니까? 그 안경이 연주 씨의 옥의 티라는 거 몰라요?"

"이건⋯⋯."

그녀는 안경을 만지작거렸다.

"하하하. 농담이에요. 둘 다 예뻐요."

"저 삐지면 오래가는 성격이에요. 어머, 죄송해요."

그녀는 자신이 너무 가까운 친구처럼 대했다는 생각에 깜짝 놀라 얼른 입을 다물었다.

"아니에요. 거리를 두지 않는 것 같아서 기분이 좋아지는데요. 다른 사람은 몰라도 저한테만은 연주 씨의 진짜 모습을 보여 주길 바라요. 그리고 이런 연주 씨의 모습이 인간적이고 살아 있는 사람 같아요. 인형이 아니라. 앞으로 그럴 거죠?"

"네."

그는 조수석 문을 닫고는 운전석에 올라탔다.

"출발할게요. 안전벨트 매요."

"네."

그녀는 안전벨트를 맸다.

"커피하고 쿠키 준비했어요."

"고, 고마워요."

연주는 그의 세심한 배려에 마음까지 따뜻해졌다. 그녀는 커피를 한 모금 마셨다. 쌉싸래한 커피 맛이 혀끝에 감돌면서 입안에 퍼졌다.

"쿠키도 먹어 봐요. 얼마 전에 발견한 카페인데 진짜 맛있어요. 연주 씨가 맛있다고 하면 제가 아침마다 배달해 줄 수 있어요."

그가 눈을 찡끗했다. 연주는 쿠키를 한 입 깨물었다. 아몬드가 들어간 쿠키라 바삭거리면서 고소한 맛이 부드러웠다.

"맛있어요."

그녀는 감탄사를 발했다.

"그렇죠?"

그도 그럴 줄 알았다는 듯이 흡족한 표정을 지었다.

"작고 아담한 카페인데 쿠키가 너무 맛있어요. 커피도 괜찮고요. 인테리어도 독특한 게 분위기가 좋아요. 나중에 연주 씨도 함께 가요."

"집 근처에 마음에 드는 카페가 있다는 건 참 행복한 일이에요."

"연주 씨, 이사 올래요?"

"그럴까요?"

그녀는 이상하게도 이 남자 앞에서는 장난기 많은 소녀가 되어 버렸다.

"그렇게 가볍게 말하지 마요. 진지하게 생각해 봐요."

"미안해요, 농담이었어요. 솔직히 그러고 싶지만 그건 안 될 것 같아요."

부모님과의 추억이 고스란히 남아 있는 집을 두고 이사를 간다는 건 현재의 그녀로서는 절대 용납할 수 없는 일이었다.

"그렇게 말할 줄 알았어요. 한국에서는 결혼 전에 독립하지 않는다면서요? 그런데 한 번도 부모님으로부터 독립하고 싶다는 생각, 해 본 적 없어요?"

연주는 그가 그녀의 대답을 오해했다는 걸 알자 씁쓸한 미소를 지은 채 창밖으로 시선을 돌렸다.

"……."

"내가 말실수한 거 있어요?"

그녀의 낯빛이 순식간에 바뀌자 그는 조심스럽게 말을 건 넸다.

"아니에요."

그에게 아직은 그녀의 가정사를 다 밝히고 싶지 않았다. 그녀가 고아나 마찬가지라는 사실을 알게 되는 순간 남자들의 반응은 둘 중에 하나였다. 동정하거나 맛있는 생선을 바라보는 욕심 많은 고양이 같은 눈빛으로 돌변했다.

"혹시 내가 혼자 사는 여자를 원해서 그런 말을 했다고는 오해하지 마요. 하지만 남자들의 로망은 역시 혼자 사는 여자죠."

그가 능청스럽게 말하면서 웃음을 터뜨렸다.

"뭐예요?"

그녀는 그에게 눈을 흘겼다.

"하하하. 농담이에요. 그러니 그렇게 털을 곤두세울 필요 없어요. 연주 씨가 싫어하는 행동은 절대 하지 않을 테니까."

'흥. 그 말을 어떻게 믿어요? 키스도 제멋대로 해 버리고 서는.'

하지만 그녀는 그 말은 차마 입 밖으로 뱉어내지 못하고 시큰둥한 표정으로 정면만 뚫어지게 응시했다.

"치."

"그런데 연주 씨는 몇 살이에요?"

"몇 살처럼 보이는데요?"

"으음. 스물 넷? 다섯?"

"지금 제 기분 상하지 말라고 나이 줄인 거죠? 스물여덟이 에요."

"정말요? 한참 동생인 줄 알았는데 나이가 꽉 찼는데요. 전 서른둘입니다. 제가 오빠인데요. 그런데 내 맘대로 데이 트 코스를 놀이동산으로 정해서 기분 나쁜 건 아니죠?"

"지금 와서 그런 질문을 하면 뭐해요? 싫다고 하면 바꾸기 라도 할 거예요?"

"싫다면 바꿔야죠. 차를 돌릴까요?"

그가 당장이라도 핸들을 꺾을 것처럼 말했다.

"됐어요. 하지만 솔직히 첫 데이트를 놀이동산에서 하게 될 줄은 몰랐어요."

"제가 나이는 많아도 놀이기구 타는 걸 좋아해요. 그런데 일하느라 바빠서 그럴 기회가 없었어요. 그래서 연주 씨와의 데이트 장소를 놀이동산으로 정한 거예요. 내가 좋아하는 걸 연주 씨와 같이 해 보고 싶었거든요."

연주는 중·고등학교 시절 남자를 사귀어 본 적은 있지만 성인이 되어서는 제대로 된 연애를 해 본 적이 없었다. 아주 짧게 썸을 탄 상대는 있었지만 연애로 이어지지는 않았다. 그녀는 운전하고 있는 우빈을 흘낏 쳐다봤다. 그런 그녀의 눈동자 색깔이 짙어졌다.

"후우."

그녀는 자신도 모르게 한숨을 내쉬고는 놀라서 입술을 움츠렸다.

"놀이동산 싫어요?"

"아, 아니에요."

그녀는 당황해서 시선을 돌렸다.

"아니긴요? 한숨까지 쉬고서는."

"그런 거 아니에요. 저도 놀이동산에 오랜만에 와서 좋아요. 제가 한숨을 쉰 건 데이트가 어색해서 그래요. 좋아하는 남자랑 제대로 된 데이트를 한 적이 없었거든요."

"고백인가요?"

"네?"

"좋아한다는 고백을 이런 식으로 듣게 되다니 기쁜데요."

"어머나."

뒤늦게 그녀는 자신이 무슨 말을 했는지를 깨닫고는 얼굴에서 핏기가 사라졌다. 그가 섭섭해 하는 것 같아 아니라고 위로해 준다는 것이 그만 그녀의 속내를 드러내고 말았다.

"하하하. 지금이라도 당장 차를 세우고 키스해 주고 싶은데요. 어디 세울 데 없나?"

그가 과장되게 몸을 앞으로 숙이면서 주위를 살폈다.

"빨리 가기나 해요. 주말이라서 놀이동산에 인파가 많이 몰릴 거예요. 놀이기구 많이 탈 거 아니에요?"

"아, 그렇죠. 얼마 만에 가는 놀이동산인데 이러면 안 되

죠. 연주 씨 각오하는 게 좋을 거예요. 문 닫을 때까지 하나
도 빼놓지 않고 놀이기구는 다 탈 거니까요."

"거기에서 저는 빼 주세요. 저는 옆에서……."

"No! 그건 절대 안 되죠. 놀이기구는 혼자 타는 게 아니
라 둘이 타는 거예요. 내 곁엔 연주 씨가 꼭 붙어 있어야
해요."

우빈은 핸들을 잡고 있지 않은 오른손으로 그녀의 손을
잡아 입맞춤을 했다. 그녀의 심장이 엄청나게 빠른 속도로
내달렸다.

"저 그만……."

그녀는 그의 손에서 자신의 손을 빼내려고 했지만 그는
놓아주지 않았다.

"가만히 있어요."

그는 그녀의 손을 잡은 손에 힘을 줬다.

"아파요."

"아, 미안해요. 연주 씨와 있으면 나도 모르게 과잉반응을
하게 되는 것 같아요."

"그게 다 제 탓이라는 건 아니겠죠?"

"완전히 아니라고는 말 못 하겠는데요."

그녀는 뽀로통한 표정을 지었지만 그만큼 가슴이 설렜다.
이상하게도 그 앞에만 있으면 평상시 그녀의 모습과 다르게
행동하게 되었다. 조용하고 감정을 잘 드러내지 않는 그녀

자신은 사라지고 그의 말 한마디에 감정의 기복이 큰 여인으로 바뀌었다.

"도착했습니다."

그는 주차장에 차를 세웠다. 이미 주차장은 차들로 꽉 차 있어 비어 있는 공간은 몇 개 남아 있지 않았다.

"부지런한 사람들이 꽤 많은데요. 역시 가족 단위로 많이 왔네요. 우리 같은 연인들도 많지만."

그녀는 그의 말에 부모님 손을 붙잡고 걸어가는 아이들을 보고는 가슴이 아려 왔다. 어렸을 때 부모님 손잡고 저 아이들처럼 놀이동산에 왔던 추억이 떠올랐다.

'엄마, 아빠. 좀 더 내 곁에 계셔 주셨다면 얼마나 좋았을까요? 함께하고 싶은 일이 얼마나 많은데.'

그녀의 눈동자가 촉촉이 젖어 들었다.

"들어갑시다."

그가 그녀의 어깨를 감싸자 연주는 정신이 번쩍 들면서 흠칫 몸을 떨었다.

"아, 깜짝이야."

"놀랐어요? 이젠 이 정도의 스킨십은 놀라면 안 되는 거 아닌가? 키스까지 한 사이인데."

그가 은밀한 어투로 속삭였다.

"이상한 말하지 마세요."

그녀는 그의 손을 툭 치고는 서둘러 걸음을 옮겼다. 그런 그녀의 반응에 그는 크게 웃음을 터뜨렸다.

"같이 갑시다, 김연주 씨!"

그가 빠른 걸음으로 다가왔다.

"진도가 빠르지 않았으면 좋겠어요."

그녀는 그가 옆으로 다가오자 말했다.

"연주 씨한테서 그런 말을 들을 줄은 몰랐는데요."

"왜요?"

그녀는 발걸음도 멈추지 않고 반문했다.

"정말 몰라서 묻는 겁니까?"

그가 그녀를 앞질러서는 그녀를 향해 돌아서서 뒷걸음으로 걸으면서 질문했다. 그러다 갑자기 우뚝 걸음을 멈추더니 그녀의 얼굴에 그의 얼굴을 드밀었다. 그의 눈동자에 가득한 웃음을 발견한 순간 그녀의 눈살이 찌푸려졌다.

"몰라요."

"진짜 몰라요? 그럼, 그걸 알 때까지 기다려야겠죠. 그래도 이렇게 물러서는 건 남자답지 않으니까, 키스가 좋아요? 아니면 포옹이 좋아요? 둘 중에 하나만 선택해요. 키스? 포옹?"

그는 웃음기 가득한 목소리로 그녀의 대답을 재촉하면서 그녀에게 한 발자국씩 다가왔다.

"이상한 짓 하지 마요. 안 그러면 비명 지를 거예요."

그녀는 그의 시선을 피해 고개를 돌렸다가 그들을 호기심 어린 눈으로 쳐다보는 사람들을 보고 얼굴이 홍당무가 되었다.

"내가 무슨 이상한 짓을 한다는 거예요? 구체적으로 말해볼래요?"

"그러니까…… 어, 다가오지 마요."

그가 한 걸음 더 다가오자 그녀는 그만큼 뒤로 물러서려고 했다. 그런데 그가 그런 그녀의 팔을 먼저 잡아 그의 몸 쪽으로 끌어당겼다. 그녀는 그대로 그의 품에 안겼다.

"도망칠 생각하지 마요. 연주 씨가 믿을지 안 믿을지 모르겠지만 첫눈에 누군가에게 반해 보기는 처음이에요."

그녀는 그의 고백에 숨이 막혔다가 심장이 벌렁거리면서 호흡까지 거칠어졌다. 그때 그의 커다란 손이 그녀의 등에 부드럽게 닿았다.

"아아."

그녀의 입에서 만족스런 신음이 흘러나왔다. 그녀는 자신이 어디에 서 있는지조차 잊어버렸다.

"연주 씨. 나도 계속 이렇게 있고 싶은데, 우리가 여기 온 목적은 달성해야 하지 않겠어요? 그리고 지금 우릴 지켜보고 있는 눈이 너무 많아요. 여기에서 침대를 깔 수는 없잖아요."

그가 그녀의 귀에 입술을 바짝 가져다 댄 채 속삭였다. 그녀는 그의 입김이 목덜미에 닿자 어깨를 움찔하고는 눈을 번쩍 떴다. 동시에 주위를 둘러보고 놀라서 그의 가슴을 강하게 밀쳐내고는 빨갛게 달아오른 얼굴로 헛기침을 했다. 그러고는 고개를 푹 숙인 채 빠른 걸음으로 뛰다시피 놀이동산 입구로 걸어갔다. 그런 그녀를 그는 느긋하게 지켜보면서 뒤따랐다. 그는 그녀의 행동 하나하나가 미치도록 사랑스러워 견딜 수가 없었다.

"왜 안 들어가요?"

입구에 서 있는 그녀를 본 순간 그는 짓궂은 표정으로 말했다.

"정말 이러기예요? 표가 없잖아요."

"아, 내가 가지고 있죠? 여기 있습니다."

그는 놀리듯 그녀에게 말하고는 직원에게 표를 건넸다.

"즐거운 시간 되십시오."

직원이 표를 확인했다.

"자, 이제부터 신나게 즐겨 볼까요?"

그는 박수를 치고는 어린아이처럼 눈을 반짝거렸다. 요즘 키덜트들이 많다더니 그도 그중 한 명처럼 보였다. 하지만 그녀는 그런 그가 전혀 싫지 않았다.

"……"

"그 전에 제일 먼저 들러야 할 곳이 있죠?"

"네? 어머."

그가 그녀의 손을 덥석 잡더니 상점으로 데려갔다. 어린아이들이 좋아할 장난감과 화려한 액세서리가 가득했다. 그 앞에 동화 속 소녀처럼 분장을 한 여직원이 서 있었다.

"자!"

그는 머리띠가 장식되어 있는 벽에서 토끼 머리띠를 찾아 그녀의 머리에 씌웠다.

"이, 이게 뭐예요?"

그녀는 어이없다는 표정을 지으면서 벗으려고 했다.

"가만히 있어요. 드라마도 안 봤어요? 놀이동산에 오면 필수품 같던데. 역시 귀엽군요."

"드라마도 봐요?"

"그럼, 난 대한민국 사람 아닌가요? 나도 남들 하는 건 다 합니다. 그런데 내 국적은 독일로 되어 있어요."

"네?"

"독일 이민 3세대예요. 그런데 한국말 잘하지 않아요? 모국어를 잊지 않기 위해 얼마나 피나게 노력했는지 모를 거예요. 대학생 때 한국에 언어연수도 왔었고, 집에서는 할아버지, 할머니와 한국말로 대화를 나눠요. 그래도 약간 발음이 어설프거나 이상하지 않았어요?"

"아뇨, 전혀."

그녀는 그가 말하기 전까지 전혀 그 사실을 눈치채지 못했다.

"그 말을 들으니까 안심이 되는데요. 그런데 솔직히 말하는 건 괜찮은데 글 쓰는 건 아직도 서툴러요. 특히, 받침은 더 힘들어요. 소리 내서 말하는 거랑 쓰는 게 왜 다른 거예요?"

"저도 한국 사람이지만 가끔 헷갈릴 때 많아요. 띄어쓰기도 그렇고요. 그럼, 지금 누구랑 살고 있어요? 가족들과 들어온 거예요?"

"아뇨, 저만 한국으로 들어왔어요. 들어온 지 얼마 안 돼서 호텔에 머물고 있어요. 집을 구해야 하는데 적당한 집을 구하기가 힘들어요. 연주 씨 집 근처에 괜찮은 집 없어요? 연주 씨 집 근처라면 출퇴근하기에도 딱 좋은 거리던데. 그리고 연주 씨와 가까운 데 살면 출퇴근도 같이 할 수 있고 좋잖아요."

"첫 직장은 아니죠? 나이가 있으니까……."

그녀는 그의 말에는 대꾸하지 않고 다른 질문을 던졌다.

"내 질문에는 대답을 피하겠다? 좋아요. 그건 천천히 이야기하기로 하죠. 그럼, 연주 씨 질문에 대한 대답부터 할까요? 이곳 에스테 화장품이 두 번째 직장이고, 마케팅 부서에서 근무해요."

"마케팅 부서요?"

연주는 깜짝 놀라 눈을 깜빡거렸다.

"네."

"제가 마케팅 부서에 자주 가는 편이라 거기 직원들을 다 아는데 그쪽은 한 번도 본 적이 없어요."

"마케팅 부서에 출근한 지 이틀밖에 안 됐어요."

"아!"

"자, 그런 골치 아픈 회사 이야기는 여기에서 그만 접고.

뭘 탈 건지부터 의논해 볼까요?"

"뭐부터 타고 싶은데요? 우빈 씨가 선택하세요."

연주는 그가 그토록 오고 싶어 한 장소이기에 그의 선택에 맡기기로 했다.

"나한테 맡긴다면 첫 번째 코스로 청룡열차 타고 싶은데요. 그리고 바이킹도 같이 타고 또⋯⋯."

"잠깐만요. 전⋯⋯."

"연주 씨는 무조건 나와 함께 타야 해요."

그는 그녀의 손을 잡아 손깍지를 꼈다. 연주는 그런 그의 손에 이끌려 놀이기구를 하나씩 섭렵해 나가야만 했다. 그런데 예상 외로 스릴 있고 즐거웠다.

"배고프지 않아요? 밥 먹으러 갈까요?"

"네, 배고파요. 뭐든지 다 먹을 수 있을 것 같아요."

"내가 연주 씨를 몇 끼는 굶긴 사람처럼 말하는데요. 핫도그도 먹고, 아이스크림도 먹고, 떡볶이도 먹었는데. 아, 그리고 커피도 마셨고. 쉬는 틈틈이 계속 먹었잖아요?"

"그건 식사가 아니라 군것질이죠. 식사하고는 차원이 다르잖아요. 그런데 왜 그런 눈으로 쳐다봐요?"

그녀는 그의 부담스런 눈빛에 말을 더듬거렸다.

"장난치는 거죠?"

"아닌데요."

그녀는 웃음이 나올 것만 같아 아랫입술을 깨물었다.

"하하하. 난 잘 먹는 여자가 좋아요. 그리고 놀이기구 탈 때 연주 씨 완전 어린아이 같은 거 알아요? 도대체 그 나이가 될 때까지 어떻게 이렇게 순진할 수 있는 겁니까? 날 기다리고 있었던 거예요? 연주 씨가 이토록 사랑스러운데 지금까지 싱글이었다니 믿겨지지가 않아요. 내가 복 받은 남자 같은데요. 한국에 오자마자 이렇게 내 인생의 반려자가 될지도 모를……."

"저에 대해서 얼마나 안다고 그러세요? 이제 만난 지 3일밖에 안 됐어요. 데이트도 오늘이 처음이고요. 또 저 보기처럼 그렇게……."

"지금까지 봐 온 모습만으로도 충분해요. 시간은 그렇게 중요한 게 아니에요. 이렇게 느닷없이 파도처럼 몰아닥치는 게 사랑이죠."

그의 단호하면서도 신념 어린 말에 연주는 가슴이 벅차 기쁜 마음을 숨길 수 없었다. 하지만 그녀가 누드모델 일을 하고 있다는 말을 한다면 과연 그가 순수하게만 받아들일지 불안했다. 그녀는 지금이라도 당장 그 말을 해야 한다고 생각했지만 입 밖으로는 차마 꺼내기가 쉽지 않았다.

"이리 와요."

그가 그녀의 손을 잡더니 건물 뒤편으로 끌어당겼다. 그러고는 그녀를 벽에 기대게 한 다음 그녀의 안경을 벗겼다.

"이건……."

그녀는 반사적으로 안경을 뺏으려고 손을 뻗었다.

"가만히 있어요."

그가 그녀의 뺨에 손을 가져다 댔다. 그의 입술이 그녀의 입술에 겹쳐졌다. 그의 촉촉하면서도 부드러운 입술 감촉에 그녀의 입술이 벌어졌다.

"으으음."

그가 그녀의 뒤통수를 손으로 감쌌다. 그의 호흡이 거칠어졌다. 그녀는 그의 목에 팔을 둘렀다.

"하아."

"으음, 여기까지."

연주는 발뒤꿈치를 든 채 그에게서 떨어지지 않으려고 했지만 그가 그녀의 어깨를 잡고는 떼어 놓고 한 발자국 뒤로 물러섰다.

"……."

"귀엽군."

그는 그런 그녀에게 안경을 씌워 주었다.

"정말 제멋대로야."

그녀는 입술을 삐죽거렸다.

"하하하. 우리 새우튀김우동 먹으러 갈까요?"

"……."

그녀는 그의 말이 전혀 귀에 들어오지 않았지만 무의식적으로 고개를 끄덕거렸다.

"연주 씨와 함께 있으니까 시간 가는 줄 모르겠어요. 하루가 너무 짧아."

그들은 식사를 하고 나서도 놀이기구를 계속 탔다. 그리고 주위가 어둑해질 때쯤 놀이동산에서 출발했다.

"내가 머물고 있는 호텔로 갈까요? 아, 이상한 생각하지 마요. 호텔에 있는 식당에 가자고 하는 거니까."

그가 장난스럽게 말했다.

"이런 복장으로 호텔 식당에 들어가면 싫어할 거예요."

"으음, 그렇다면 이탈리아 식당으로 갈까요? 시원한 맥주와 함께 먹으면 좋을 거 같은데. 거기 스파게티와 피자 엄청 맛있어요."

"그래요? 기대되는데요."

"진짜 기대해도 좋아요. 절대 실망할 일은 없을 테니까."

그는 호텔 지하주차장에 차를 주차하고는 먼저 차에서 내려 조수석 문을 열었다.

"이렇게까지 하지 않아도 돼요."

"이건 남자로서의 매너예요. 자!"

그가 그녀에게 손을 내밀었다. 그녀는 멋쩍은 얼굴로 그의 손을 잡고 차에서 내렸다. 그러자 그가 그녀의 손을 잡아 팔짱을 꼈다.

"내 방에 들렀다 갈래요?"

그가 의미심장한 눈빛으로 말했다.

"혹시 혼자만 옷 갈아입고 멋쟁이가 되려는 건 아니죠? 저는 이 모양인데."

연주는 그가 다른 의도로 말하는 건가 하는 의심이 들었지만 그 말을 차마 내뱉을 수 없어 엉뚱한 말을 했다.

"지하 아케이드에서 연주 씨 옷 살까요? 첫 데이트 기념으로 사주고 싶어요."

"아뇨, 아직 우린……."

"쉿! 그만! 내가 선물해 주고 싶어서 그래요. 그 정도 능력은 돼요. 그리고 이럴 때 여자들은 좋아해야 하는 거 아닌가요?"

"그게……."

그녀는 20대 되어서 남자한테 제대로 된 선물을 받은 기억이 전혀 없었다. 그래서 이 상황이 어색했다.

"옷만 선물할 거예요. 구두는 연주 씨가 사요. 한국에서 구두 사주면 도망간다는 속담 있다면서요?"

"난……."

그녀는 무슨 말을 해야 할지 몰라 눈만 깜빡거렸다.

"어서 들어갑시다."

그가 그런 그녀의 등을 밀고 옷가게로 들어섰다.

"어서 오십시오."

직원이 그들에게 인사했다.

"연주 씨, 마음에 드는 옷으로 골라요. 고르기 힘들면 여기 직원분한테 골라 달라고 할까요? 이 여자분한테 어울릴 만한 옷 좀 추천해 주시겠어요?"

그는 그녀의 대답도 기다리지 않고 직원에게 말했다.

"네, 알겠습니다."

직원은 연주를 스캔하더니 옷을 몇 가지 골라 그들에게
건넸다.

"자, 입어 봐요."

"아, 알았어요."

연주는 직원이 건네준 옷을 받아 탈의실로 들어가 갈아입
고 나왔다. 그녀의 가슴라인이 보일 정도로 깊게 파인 검정
원피스였다.

"그 옷엔 이 구두가 잘 어울리겠는데요."

"남자분이신데 안목이 꽤 높으세요."

여직원이 놀랍다는 듯이 말했다.

"그런가요? 그런데 구두는 연주 씨가 직접 계산해야 돼요.
자, 한 번 신어 보겠어요?"

우빈은 한쪽 무릎을 꿇고 앉아 그녀 앞에 구두를 내려놓
았다. 그녀는 멋쩍은 미소를 짓고는 그 구두에 그녀의 발을
넣었다. 그녀는 지금 그들의 모습이 영화 속 로맨틱한 한 장
면처럼 느껴졌다. 그는 자리에서 일어나 그녀의 어깨에 손을
얹었다. 그러고는 그녀의 목에 손을 가져다 대더니 그녀의
머리끈을 잡아당겼다.

"어?"

그녀의 머리카락이 어깨 위에 내려앉았다.

"이 안경도 벗어요."

"그건……."

"어? 도수가 전혀 없는데."

그는 그녀의 안경을 써 보고는 그녀를 쳐다봤다.

"안경을 쓰면 편안해서요."

그녀는 멋쩍은 표정을 지었다.

"앞으로는 안경 쓰지 마요. 이런 예쁜 눈을 감추는 건 죄악이에요."

그가 감탄 어린 눈빛으로 그녀의 얼굴을 빤히 쳐다봤다.

"……."

"저기요?"

"네?"

여직원이 그들의 묘한 분위기에 어색하게 서 있다가 그가 부르자 얼른 다가섰다.

"이걸로 계산해 주시겠습니까? 구두는 제외하고요."

그는 연주에게 윙크를 했다.

"진짜 그런 미신 믿는 거예요?"

"하지 말라는 건 안 하는 게 좋아요."

"후훗. 옷 선물 고마워요."

그들은 옷가게를 나섰다. 그런 그녀의 허리를 그의 팔이 감쌌다. 그녀는 만난 지 얼마 안 된 남자와 이러고 있는 자신이 믿겨지지 않아 미간에 주름이 잡혔다.

"미간에 미운 주름 생겼어요. 펴요."

그가 그녀의 미간에 손가락을 가져다 대고 문질렀다.

"네."

그녀는 그의 손을 밀어내고는 만지작거렸다.

"그럼, 이번엔 내가 옷을 갈아입어야겠죠? 이렇게 아리따운 여인과 함께하려면 그 격에 맞춰야죠. 그런 표정 짓지 마요. 연주 씨한테 약속하는데 저녁식사를 마치면 안전하게 집까지 데려다줄게요. 절대 19금 터치는 하지 않겠습니다."

그가 그녀의 귀에 대고 속삭였다.

"걱정 안 해요."

연주는 그의 입바람이 귀와 목덜미를 간질이자 살짝 목을 뒤로 뺐다.

"진짜? 연주 씨 섭섭해지지 않겠어요?"

"아뇨."

그녀는 대답은 그렇게 했지만 그의 체취와 숨결을 온몸으로 느끼면서 달콤한 한숨을 내쉬었다.

'오늘은 19금 이상이어도 좋은데. 어머, 내가 무슨 생각을······.'

그녀는 자신의 생각에 깜짝 놀라 호흡이 거칠어졌다.

5. 여자의 변신

연주의 눈동자가 불안정하게 흔들리며 뺨에 홍조를 띠었다.

"안녕하세요?"

그녀는 회사 로비 경비원에게 인사를 했다.

"네, 안녕하세요? 신입사원인가요?"

"네? 아닌데요."

"한 번도 뵌 적 없는 거 같은데……."

경비원이 고개를 갸웃거렸다. 연주는 경비원의 말에 대답 대신 미소를 지어 보이면서 직원 명찰을 보여 줬다. 그러고 는 엘리베이터로 걸어가 길게 늘어선 줄 맨 뒤에 섰다. 평상 시 그녀라면 엘리베이터를 기다리지 않고 주저 없이 비상계 단을 이용했겠지만 오늘은 한껏 멋을 부린 탓에 7층까지 올 라가며 땀을 흘려 메이크업을 지저분하게 만들 수는 없었다.

게다가 익숙지 않은 하이힐을 신어서 걷기도 불편했다. 엘리베이터 문이 열리자 사람들이 차례대로 올라탔다. 연주는 맨 마지막에 탔다.

"몇 층에 가세요?"

버튼 옆에 서 있던 남자직원이 연주에게 물었다.

"7층 부탁드려요. 감사합니다."

그녀는 미소 지어 대답했고 7층에서 내릴 때 등 뒤로 따가운 시선을 느껴야만 했다. 엘리베이터 문이 닫히자 올라갔던 그녀의 어깨가 내려앉았다.

"후우. 어색해, 어색해."

그녀는 혼잣말로 중얼거렸다. 예전에는 엘리베이터에 타도 누구 하나 그녀에게 몇 층에서 내리냐고 물어본 적이 없었는데 외모가 바뀌자 남자들의 태도가 바뀌었다. 역시 외모지상주의 사회라는 말이 틀리지 않는다는 사실에 씁쓸한 마음을 감추기 힘들었다. 수영장에서는 그녀의 작은 수영복조차 벗기려는 듯한 남자들의 야릇한 시선을 많이 접했지만 회사에서는 처음 발생하는 일이라 어색했다. 물론, 그 전에 그녀의 진가를 알아챈 남자가 한 명 있긴 했지만.

이우빈!

그를 떠올리자 그녀의 얼굴에 미소가 번졌다. 연주는 연구실 문 앞에 서자 머리카락을 귀 뒤로 넘겼다.

"후우."

그녀는 크게 심호흡을 했다. 들어가기 전부터 동료들의 반응이 어떨지 손에 잡힐 듯해 심장이 두근거렸다. 그녀가 연구실로 들어가려고 손을 뻗는 순간 등 뒤에서 목소리가 들렸다.

"연구실에 볼일 있으신가요?"

그녀는 목소리를 들은 순간 웃음이 튀어나올 뻔했다. 하지만 시치미를 뚝 떼고 돌아섰다.

"네, 볼일 있어요."

"무슨 볼일…… 어?"

진욱이 눈을 부릅뜬 채 손을 들어 그녀를 가리키면서 말을 잇지 못했다.

"안녕?"

그녀는 장난스런 표정으로 손을 까닥거렸다.

"아니, 내 동기 김연주 씨 맞아요?"

"동기 얼굴도 못 알아보고 섭섭한데요. 안녕하세요?"

그녀는 일부러 섭섭한 표정을 지어 보이고는 연구실로 들어가면서 인사를 했다.

"안녕…… 연주 씨?"

"네, 여러분이 아는 김연주입니다."

"세상에……."

"우리가 아는 김연주 진짜 맞아요?"

"아니 왜 지금까지 이런 모습을 꽁꽁 감추고 있었던 거야?"

"진작 그러고 다니지. 얼마나 예뻐. 이제 우리 연구실 마스

코트는 김연주가 해야겠는데, 안 그래요?"

직원들이 그녀를 빙 둘러싸고는 놀랍다는 듯이 한마디씩 했다. 연주는 한꺼번에 쏟아지는 직원들의 말에 정신이 없었다.

"다들 뭐 합니까? 아직도 회식 후유증이 남아 있는 겁니까?"

그때 연구실로 연구소장이 들어서면서 소리쳤다.

"죄송합니다. 김연주 씨가 달라져서요."

"김연주 씨가? 어?"

연구소장은 뒤늦게 그녀를 보고는 놀란 듯 눈이 커졌다.

"소장님도 놀라셨죠?"

"안녕하세요?"

연주는 연구소장과의 기분 나빴던 일을 떠올리자 얼굴이 잔뜩 경직되었다.

"연애에만 신경 쓰지 말고 일에 충실하도록 해요. 다들 그만 떠들고 일들 해요. 강 과장!"

"네?"

"들어와요."

연구소장은 큰 소리로 직원들에게 주의를 주고는 소장실로 들어갔다.

"뭐야? 연애해?"

식사만 하고 일찍 가 버린 경미는 연주의 달라진 외모와 놀라운 소식에 눈을 휘둥그레 떴다.

"……네, 그게……."

"네? 진짜 남자가 있었어? 난 그것도 모르고 다른 사람 소개시켜 주려 했잖아. 그런데 어떻게 나한테 말 안 해줄 수 있어? 난 있는 얘기 없는 얘기 시시콜콜 다 말했는데. 정말 서운해."

경미는 서운한 기색을 감추지 않았다.

"죄송해요. 만난 지 얼마 안 되어서 얘기를 못 했어요."

"그래? 그렇다면 어디에서 어떻게 만났는지 말해 줘. 난 커플들이 어떤 식으로 만났는지가 제일 궁금하더라. 어디서 만났어?"

"회사에서요."

연주는 쑥스러운 표정으로 말했다.

"뭐? 사내연애였어? 도대체 누가 연주를 사로잡은 거야? 혹시 외모로 연주를 꾐 건 아니겠지?"

"그러니까……."

"잘생겼어요."

진욱이 연주가 대답하기 전에 먼저 말했다.

"진욱 씨도 봤어?"

"네, 회식자리에서 봤어요."

"그럴 줄 알았으면 나도 가라오케 가는 건데. 그런데 정말 잘생겼나 봐. 진욱 씨 입에서 남자 외모를 칭찬하는 경우는 드문데."

"연주 씨가 이렇게 예쁜 줄 알았으면 제가 먼저 대시하는 건데."

진욱은 진짜 아쉬운 듯한 표정으로 연주의 얼굴을 빤히 쳐다봤다.

"진욱 씨, 내가 그랬잖아. 연주 꽤 예쁘고 매력적이라고. 그때는 콧방귀도 뀌지 않더니⋯⋯."

"하하하. 그래서 지금 엄청 후회하고 있습니다."

"두 분 그만하세요."

"당사자를 앞에 두고 우리가 너무 심했나? 그런데 그 남자 꽤 괜찮은데. 연주의 숨겨진 매력을 알아본 거 보면. 같은 회사 사람이라면 연주의 뿔테안경에 촌스러운⋯⋯ 어, 미안해. 기분 상하라고 하는 말 아니야. 진짜 안타까워서 말하는 거야."

"전 괜찮아요."

그녀는 일부러 그런 모습을 하고 다녔기에 그 말에 자존심이 상하거나 하지 않았다.

"남자친구가 생겼다니 축하해."

"고맙습니다. 대리님!"

연주는 경미의 진심이 느껴져 감사했다.

"자, 일할까? 소장님 또 불호령 떨어지기 전에. 자세한 이야기는 점심때 해."

"네."

연주는 하얀 가운을 입었다.

"두 사람 이거 받아."

과장이 연구소장실에서 나와 그들에게 서류를 건넸다.

"이게 뭐예요?"

"지금부터 해야 할 업무."

그들은 서류 내용을 훑어보고는 과장을 다시 쳐다봤다.

"마케팅 부서에서 내려온 공문이야. 마케팅 부서에서 남성 화장품의 고급화 전략을 추구하는 것 같아. 기존 남성 화장품은 중저가잖아. 명품을 만들어서 한국뿐만 아니라 중국, 아시아권을 공략하려고 한다더군. 한류스타와 함께."

"이 인원으로 되겠어요?"

"걱정 마. 경력사원과 신입사원을 더 뽑을 예정이니까. 연주 씨, 눈 그렇게 뜨지 마."

"네?"

느닷없는 지적에 연주의 눈이 더 커졌다.

"연주 씨 눈에 빨려들 것만 같아서 그래. 눈이 엄청 큰데."

"흐흐흐. 과장님! 지금 농담할 여유 있으신 거예요?"

"스트레스 풀려고 실없는 소리 좀 했어. 자, 주목! 연구실 직원을 두 파트로 나눌 거야. 어느 파트로 가든 불평하지 마, 오케이?"

"네, 알겠습니다. 저희가 어린아이인가요?"

"그렇지, 어른이지. 그리고 경미 씨!"

"네?"

서류를 보던 경미는 과장의 부름에 고개를 들었다.

"경미 씨는 제외야. 지금 현재 하고 있는 업무에만 충실하도록 해. 조만간 출산휴가 받아야 하잖아. 출산휴가 가기 전까지 지금 하고 있는 업무만 깔끔히 마무리해. 새로운 일을 맡아서 스트레스 받으면 태아한테 안 좋아."

"감사합니다."

"참, 그리고 깜빡했는데, 외국 브랜드와 제휴할 계획이야."

"외국 브랜드요?"

"강현수 과장! 갑시다."

그때 연구소장실에서 나온 소장이 과장을 불렀다.

"네. 그 정도만 알고 있어. 자세한 내용은 나중에 말해 줄 테니까. 소장님과 난 마케팅 부서와 미팅하고 올 테니까 다들 수고하도록."

과장은 서둘러 말하고는 소장을 따라 나갔다.

"난 소장만 보면 가슴이 두근거리면서 답답해지는 것 같아."

경미는 침울한 표정으로 배를 어루만졌다.

"저도 마찬가지예요. 그래도 대리님은 몇 달 동안 안 봐도 될 거 아니에요? 전 계속 봐야 하는데. 그리고 전 이미 소장님한테 눈엣가시로 찍혔어요. 조금 전 절 보던 소장님 눈빛 못 보셨어요?"

연주는 과장되게 눈에 힘을 팍 줬다.

"나보다 더하겠어? 아, 미안! 이런 말해도 전혀 위로가 안 될 텐데."

"네, 전혀 위로가 안 돼요."

"그래도 연주는 그만두더라도 다른 일 찾기 쉽잖아. 창업할 수 있는 능력도 되고. 게다가 이젠 든든한 남자친구까지 생겼고. 이젠 내가 부러워할 차례인 것 같은데?"

"그런 말 마세요. 창업도 고려해 보긴 했는데 제 성격상 사람 상대하는 일은 잘 못할 것 같아요."

연주는 어깨를 으쓱거렸다.

"연주가 세일즈 할 스타일은 아니지. 그래도 남자친구가 생긴 거 보면 조금씩 나아지는 것 같아 다행이야. 연주가 행복해졌으면 좋겠어."

"고마워요."

"그런데 사내연애라면 좋지만은 않을걸. 사내연애가 잘 되면 좋은데 잘 안 됐을 경우 서로 얼굴 보기 불편할 거야. 주위 사람들도 그 사실을 다 알게 되고. 하필이면 왜 사내연애야?"

"저도 사내연애는 하고 싶지 않았는데 어쩌다 보니 그렇게 됐어요."

"그래, 인생이 계획대로 되는 건 아니니까. 나 봐. 나도 그렇잖아."

"대리님이 어때서요?"

"이렇게 구박받는 신세가 될 줄 몰랐어. 그렇다고 사표 쓰고 나갈 수도 없고. 어쨌든 연주는 헤어지지 말고 잘 사귀도록 해. 그런데 다들 알게 돼서 불편하겠다. 사내연애는 비밀

데이트여야 편한데."

"이미 다 들켰으니 어쩔 수 없죠, 뭐. 그리고 남들한테 들킬까 봐 시작도 하지 않으면 그게 더 바보 같은 짓 아닐까요?"

"으음, 그런가? 연주와 난 두 살밖에 차이가 나지 않는데 사고방식이 다른 것 같아. 이래서 쌍둥이도 세대차를 느낀다고 하는 걸까?"

"그렇게까지는……."

"그 웃음? 비웃음이지?"

경미가 그녀의 얼굴을 가리켰다.

"아, 아니에요."

"진짜 아니지?"

경미의 눈매가 가늘어졌다.

"아니에요."

"왜 이렇게 정색할까? 그러니까 더 신뢰가 안 가잖아. 아, 농담이야. 축하해. 예쁜 사랑 만들도록 해. 그리고 상담하고 싶은 일이 생기면 언제든지 나한테 와. 내가 상담자가 되어 줄 테니까. 그러니까 예를 들면 스킨십 같은 거…… 키스는 언제가 좋은지, 더 깊은……."

"대리님!"

연주는 얼굴이 벌겋게 되어 소리를 꽥 질렀다.

"아이 깜짝이야. 솔직히 연주가 나이만 스물여덟이지 아는 게 전혀 없잖아. 언니로서 걱정이 돼서 그래."

"바쁘지 않으세요? 출산하기 전에 지금 하고 있는 업무는 마무리하셔야 하잖아요."

"맞아, 끝마쳐야 해. 안 그러면…….'

경미는 상상만 해도 끔찍하다는 듯이 몸서리를 쳤다.

"제 도움 필요하시면 언제든지 말만 하세요."

"고마워. 연주 때문에 한결 마음이 편해지는 것 같아. 그럼, 시작해 볼까?"

그들은 수다를 멈추고 일하기 시작했다. 연주는 일하기 전에 커피를 타 와서 자리에 앉았다. 바로 그때 책상 위에 내려놓은 휴대폰이 진동했다. 이름을 확인한 순간 그녀는 휴대폰을 들고 연구실 밖으로 뛰어나갔다.

"선생님!"

[잘 지내고 있나?]

"네, 전시회는 잘하고 계시죠?"

[그럼, 내 뮤즈가 있는데.]

"선생님도 참."

그녀는 수줍은 미소를 지었다.

[다음 주에 돌아갈 거야. 앞으로도 잘 부탁해. 참, 연주한테 부탁하고 싶은 게 있어.]

"네? 저한테요?"

[응, 한국에 돌아가면 말해 줄게. 그때 보자고.]

"네, 알겠습니다."

연주는 휴대폰을 끊고는 고개를 갸웃거렸다.

"무슨 할 말이 있으시다는 거지? 그래, 오시면 말씀해 주실 텐데. 지금부터 궁금해하면 뭐해. 아, 좋다."

그녀는 혼잣말을 하면서 기지개를 폈다. 그런데 바보같이 자꾸만 웃음이 흘러나왔다.

"연주 씨, 무슨 좋은 일 있어요? 혼자만 그렇게 웃지 말고 같이 웃어요."

"어머."

연주는 어깨 위에 손이 얹히자 깜짝 놀라 비명을 질렀다.

"놀랐어요?"

"그럼, 안 놀라겠어요? 기척도 없이 나타나는데."

"그것보다 더 놀란 사람이 누군데요? 동기도 모르게 연애나 하고. 그리고 왜 이런 미모를 가리고 다닌 겁니까? 진작 알았더라면 내가 대시하는 건데."

동기인 진욱이 아쉽다는 표정을 지었다.

"김연주 선배님, 지금 남자분과 헤어지면 저한테 오세요. 요즘 연하남이 추세라는 거 아시죠?"

후배인 태균이 얼굴을 들이댔다.

"야! 넌 빠져. 연주 씨, 내가 먼저예요."

"선배님! 제가 먼저 말했거든요."

"김태균, 찬물도 위아래가 있는 거야."

"사랑에 그런 게 어디 있습니까?"

"그만해요. 절 놀리는 게 그렇게 재미있어요? 두 사람 장난치는 거 다 알아요. 저 먼저 들어갈게요."

연주는 두 남자를 뒤로하고 연구실로 들어갔다.

"그것 봐요, 선배! 제가 유치한 장난이라고 했죠?"

"그러게. 언제 저렇게 눈치가 100단이 된 거야? 순진한 줄 알았는데 아니네. 곰이 아니라 여우였어. 곰의 가면을 쓴 여우?"

"그러니 선배가 연주 선배의 진가를 못 알아본 거죠. 둔한 건 선배예요."

"네 말이 맞는 것 같다. 둔한 건 나야. 진작 알아봤더라면 내가 잡는 건데. 연주 씨 조건이라면 꽤 괜찮은데. 아쉬운 점이라면 부모님이 일찍 돌아가신 거지."

"그것도 단점이라고는 할 수 없죠. 처가에 휘둘릴 필요 없잖아요. 처가 때문에 이혼하는 케이스가 얼마나 많은지 아세요? 명절 때 처가냐, 시댁이냐 하는 싸움도 할 필요 없고요."

"네 말 듣고 보니까 그러네. 진짜 아쉬운데. 쩝쩝."

진욱은 아쉽다는 듯이 혀를 찼다.

"이제 아셨어요?"

"그래, 깨닫게 해 줘서 고맙다. 그럼, 이대로 포기하면 아쉽겠지? 지금부터라도 열심히 삽질해야겠어. 골대에 공이 들어가기 전까지는 그 누구도 승리를 장담할 수 없다잖아. 나한테 반할 수도 있고. 나 들어간다. 연주 씨! 나 할 말 있어."

진욱은 연구실로 허둥지둥 뛰어 들어갔다.

"늦은 것 같은데. 들이대는 것도 상황을 봐 가면서 해야지. 그때 본 그 남자! 장난이 아니던데. 그 남자랑 헤어져도 선배는 연주 선배 눈에 차지 않을 거예요. 한 번 높아진 눈은 절대 아래로 내려가지 않거든요."

태균은 진욱이 불쌍하다는 듯이 닫힌 연구실 문을 보면서 머리를 흔들었다.

쾅!

연구실 문이 벌컥 열리더니 곧이어 큰 소리로 닫혔다. 연구실 직원들의 눈이 자동적으로 문으로 향했다. 소장은 벌겋게 된 얼굴로 씩씩거리면서 연주의 책상 앞으로 걸어갔다.

"김연주 씨!"

"네?"

연주는 깜짝 놀라 자리에서 벌떡 일어섰다. 그때 소장 뒤를 따라 과장이 들어오면서 그녀에게 살짝 머리를 흔들었다.

"왜 말 안 한 거죠?"

"네? 무슨……."

마케팅 부서와 미팅을 하고 돌아온 연구소장의 목소리가 가늘게 떨렸다. 그녀는 영문을 몰라 과장을 쳐다봤다.

"나한테 엿 먹으라는 거였습니까?"

"네?"

"남자친구가 마케팅 팀장이면 말해 줬어야죠."

그녀는 그게 무슨 말인가 싶어 황당한 얼굴이 되어 연구소장 뒤에 서 있는 과장을 쳐다봤다.

"네?"

그녀의 눈이 커지면서 입이 쩍 벌어졌다.

"몰랐어? 연주 씨!"

과장이 그들 사이에 끼어들었다.

"그게 말이 됩니까? 연인인데 어떤 직급인지 몰랐다는 게?"

"그렇긴 하죠?"

"김연주 씨, 따라 들어와요."

연구소장이 그녀에게 말하고는 소장실로 성큼성큼 들어갔다. 연주는 아직도 믿겨지지 않아 정신을 차릴 수가 없었다.

"어서 들어가 봐요."

과장이 그녀의 등을 밀었다.

"아, 네."

"앉아요."

"네."

그녀는 연구소장이 사무실로 돌아온 후 말을 높인 사실도 의식하지 못했다.

"언제부터 사귀기 시작한 거죠?"

그녀는 그의 질문의 의도가 뭔지 몰라 눈만 껌뻑거리다가 얼굴이 경직되었다.

"그 질문은 못 들은 걸로 하겠습니다. 그건 사적인 질문이니까요."

"그 부분은 내가 실수했군요. 그럼, 앞으로 연구실에서 일어나는 일은 절대 밖으로 가지고 나가지 마요. 혹시라도 내귀에 이상한 말이 들리면 그땐 나도 가만히 있지 않을 겁니다. 그리고…… 헛흠. 내가 했던 실수는 잊어 주기 바라요. 난 그냥 딸 같아서 토닥인 건데 생각해 보니 오해의 소지가 충분히 있는 것 같아서요."

연구소장은 그녀의 눈도 제대로 쳐다보지 않고 허공을 응시한 채 말했다. 그런 그의 변명 같지 않은 변명에 연주는 어이가 없었지만 말꼬리를 잡고 늘어지지는 않았다.

"네, 알겠습니다."

"점심시간 끝나고 미팅할 테니까 시간 맞춰 회의실로 다들 모이라고 하세요. 나가 봐요."

"네."

연주는 연구소장실을 나섰다.

"후우."

그녀는 나오자마자 한숨을 내쉬고는 눈썹을 찡그리면서 입술을 깨물었다.

'마케팅 팀장이라고? 내가 묻지는 않았지만 신입사원으로 착각하면 한마디쯤은 해 줘야 하는 거 아니야? 이런 소식을 다른 사람 입을 통해 듣게 하는 게 말이 돼? 충분히 말할 기회는 많았었는데.'

그녀는 이 상황을 어떻게 받아들여야 할지 몰라 눈빛이 사나워졌다.

"소장이 뭐라고 해?"

경미가 조심스럽게 다가왔다.

"자신이 실수한 게 있다면 이해해 달래요. 나쁜 의도가 있었던 게 아니라고요."

"이제 연주 덕분에 소장이 말을 함부로 하지 않겠는데. 나도 부탁할게."

"대리님까지 이럴 거예요?"

"농담이야. 하지만 50퍼센트는 진심이기도 해."

"인과응보예요. 회식 때 연주 씨 가고 나서 얼마나 진상을 떨었는지 모르죠? 오늘 아침만 해도 연주 씨 보는 눈빛이 곱지 않았잖아요?"

진욱이 연구소장실을 흘낏 쳐다보면서 작은 목소리로 속삭였다.

"과장님!"

연주는 과장에게 걸어갔다.

"응?"

"소장님이 점심 끝나고 회의실에서 미팅 가질 거라고 다 모이라고 하셨어요."

"알았어. 다들 들었지? 시간에 늦지 않게 점심 끝나면 곧 바로 회의실로 집합하도록."

"네, 알겠습니다."

연주는 자리에 앉으면서 책상 위에 놓여 있는 휴대폰을 흘끗 쳐다봤다. 우빈에게 전화해서 어떻게 된 거냐고 따져 묻고 싶었다. 바로 그때 휴대폰이 진동했다.

"아, 깜짝이야."

그녀의 텔레파시가 통한 듯 우빈이었다. 그녀는 망설임 없이 휴대폰을 쥐고는 자리에서 일어나 탕비실로 들어가면서 통화버튼을 눌렀다.

"여보세요?"

그녀의 목소리는 냉랭했다.

[들었어요?]

"뭘 들어요?"

연주는 퉁명스럽게 대꾸했다.

[미안해요. 속이려는 의도는 전혀 없었어요. 언젠가는 알게 될 텐데 그런 속 보이는 짓을 내가 왜 하겠어요?]

"무슨 말하고 싶은 거예요?"

[연주 씨, 내가 잘못했어요. 하지만 저 신입사원 맞아요. 직위가 팀장일 뿐이지. 이 회사에 막 발을 들여놓은…….]

"이우빈 씨!"

연주는 그의 말을 끊었다.

[네?]

"제가 그런 말장난에 넘어가는 초등학생으로 보여요? 아니, 요새 초등학생도 그런 말에는 넘어가지 않을걸요."

[그러니까 난 마케팅에서 근무하고 두 번째 직업이라는 말을 했을 때 연주 씨가 눈치를 챌 줄 알았어요. 지금 신입사원 뽑는 시기도 아니잖아요.]

"제가 그렇게 눈치가 없었군요. 끊을게요."

[끊지 마요. 미안해요.]

그녀가 휴대폰을 끊을까 봐 그의 목소리가 빨라졌다. 그녀는 한숨을 삼키면서 흘러내린 머리카락을 위로 쓸어 올렸다.

"지금은 말 길게 할 수 없으니까 점심시간에 로비에서 기다릴게요."

그녀는 그의 대답도 기다리지 않고 휴대폰을 끊고는 커피를 타서 자리로 돌아갔다. 그런데 책상 위에는 출근하자마자 탄 커피 잔이 그대로 놓여 있었다.

"그래, 어떤 변명을 하는지 얼굴 보면서 들어 주겠어."

우빈이 로비에 서 있었다. 정장 차림의 그는 몸매 비율이 좋았고, 눈매가 날카로웠지만 부드러운 입매가 그런 그의 차가운 분위기를 따뜻하게 만들었다. 연주는 그를 바라보기만 해도 심장이 빠르게 뛰었다.

'젠장, 왜 이러는 거야?'

그녀는 가슴 위에 손을 얹고는 심호흡을 한 후 앞으로 나아갔다.

"연주 씨!"

그가 가까이 다가올수록 연주는 호흡을 가다듬었다. 그는 그녀 앞에 멈춰 서고는 감탄 어린 시선으로 그녀를 빤히 응시했다.

"뭘 봐요?"

연주는 떨리는 마음을 들키지 않으려고 신경질적으로 말했다.

"이렇게 꾸미니까 얼마나 예뻐요? 지금 찌푸린 얼굴조차도 예쁜 거 알아요? 그런데 아직도 화 안 풀렸어요?"

그를 본 순간 그녀는 이미 화났던 마음이 사라졌지만 그런 내색을 하지 않았다.

"벌써 풀릴 리가 있어요?"

"미안해요."

"미안하면 다예요?"

"점심은 제가 사죠."

"그건 당연한 거 아니에요? 한 시간 안에 다시 회사로 돌아와야 해요. 미팅 있어요."

"그럴 줄 알고 일식당에 예약해 놨어요. 갑시다."

그가 그녀의 손을 덥석 잡더니 성큼성큼 발걸음을 옮겼다.

"천천히 가요."

익숙지 않은 하이힐을 신은 탓에 그녀의 걸음걸이는 부자연스러웠다.

"회사만 아니면 안아 들고 뛰고 싶은 심정이에요."

그의 말에 그녀는 얼굴이 화끈거리면서 시선을 어디에 둘지 몰라 아래로 내리깔았다. 회사 건물을 나서자 9월의 차가운 바람이 불어왔다. 그리고 바람 한 줄기가 연주의 치마를 날렸다.

"어머."

그녀는 놀라 치마 쪽으로 손을 뻗었다. 그런 그녀의 모습에 우빈은 바람 부는 방향 반대쪽으로 그녀의 몸을 가렸다.

"이러니까 마릴린 먼로가 생각나는데요."

"뭐라고요?"

"아니에요, 그것보다는 배가 더 고파요. 그런데 내가 뭐로 배가 고픈 걸까요? 알쏭달쏭하네."

그가 장난스럽게 그녀의 귀에 입술을 대고 나지막이 속삭였다.

"……."

그녀는 대답도 못 하고 얼굴이 빨갛게 달아올랐다.

"대답 좀 해 봐요. 내가 뭐 먹고 싶은 건지 알아요?"

그는 계속해서 그녀의 대답을 재촉했다.

"정말……."

그녀는 주먹으로 힘껏 그의 배를 가격했다.

"아얏."

그가 비명을 지르면서 배를 감싸 쥔 채 몸을 숙였다.

"많이 아파요? 그러니까 누가 그런 이상한 말 하래요?"

"하하하, 괜찮아요. 그런데 내가 언제 연주 씨를 놀렸다고 그래요? 난 배고프다고 했을 뿐인데. 도대체 무슨 상상을 한 거예요?"

"아이, 진짜."

연주는 힘껏 그의 팔을 꼬집어 비틀었다.

"아야야, 이번엔 진짜 아파요."

"흥, 아프라고 한 거예요. 배고파요. 빨리 가요."

그녀는 그를 내버려두고 앞서 걸음을 옮겼다.

"연주 씨, 같이 가요. 내가 예약해 놓은 식당이 어딘지 알고 있는 거예요?"

"몰라요."

하지만 그녀의 발걸음은 멈추지 않고 더 빨라졌다. 우빈의 웃음소리가 그녀의 등 뒤에서 들렸다.

6. 뜨겁게 뜨겁게……

    이불을 머리끝까지 뒤집어쓴 연주는 멍한 눈으로 천장을 올려다봤다. 그러다 몸을 돌려 손톱을 잘근잘근 씹었다.

"으으으. 어떡해야 하지?"

    하지만 답이 나오지 않자 벌떡 일어나 거실로 나갔다. 그녀는 거실에 매트를 깔아 놓고는 명상곡을 틀어놓고, 머리를 하나로 묶고 나서 요가를 시작했다. 답답한 마음을 털어버리는 데는 몸을 움직이는 게 제일 좋은 방법이었다.

"후우."

    그녀의 이마와 가슴 굴곡에서 땀이 배어났다. 그녀는 주방으로 가서 아이스티를 타서 마셨다. 그러고는 옷을 다 벗어 던지고 욕실로 들어갔다. 그녀의 탐스런 가슴과 잘록한 허리 그리고 탱탱한 힙이 탄력적으로 움직였다. 그녀의 턱, 목 그리고 어깨 라인으로 이어지는 선이 우아하면서도 아름다웠다. 그녀는 샤워기를 틀어 머리 위에서부터 세찬 물줄기를 맞았다.

"푸우."

차가운 물줄기가 답답한 그녀의 속내를 털어버리는 데 도움이 되었다. 샤워기를 끈 그녀는 타월로 물기를 닦고는 머리를 말리면서 거실로 나왔다. 그러고는 빠른 템포의 댄스곡을 틀었다. 그녀는 그 노래가사를 따라 불렀다.

"넌 싫었어. 네가 다른 여자를 볼 때. 넌 싫었어. 내 옆에서 다른 여자와 키스를 할 때……."

그녀는 리듬과 박자가 전혀 맞지 않는 음치로 악 쓰듯이 노래를 불렀다. 그녀는 목청껏 노래를 부르다가 목이 쉬자 소파에 누웠다. 다행히 아파트에 방음설치를 잘해 놓은 덕분에 시끄럽다고 민원이 들어올 일은 없었다.

"아아악."

그녀는 비명을 냅다 질렀다. 낮에 우빈과 일식당에서 식사를 하면서 나눴던 대화 내용이 그녀의 머릿속을 떠나지 않았다.

'날 우습게 본 걸까? 나 혼자 살고 있다니까 조금만 유혹하면 넘어간다고 여기는 걸까? 하긴 첫 만남부터 입술을 줬으니 오해해도 싸다. 그런데 더 문제인 건 나라고.'

그녀는 머리카락을 움켜쥐고는 아프도록 잡아당겼다. 그

러다 지치자 한숨을 길게 내쉬었다.

* * *

식사를 마친 후 그들은 커피를 마셨다.

'커피 양을 줄여야겠어. 잘못하면 커피 중독자가 될지도 몰라. 마약보다는 덜해도 커피를 많이 마시는 건 몸에 해로운데.'

그녀는 커피를 한 모금 마시고는 내려놓았다.

"무슨 생각을 그렇게 골똘히 해요?"

우빈이 테이블 위를 손가락 마디로 툭툭 쳤다.

"아, 미안해요."

그녀는 깜짝 놀란 표정으로 반사적으로 말했다.

"그렇다고 미안하다고 할 필요는 없어요. 놀이동산에 간 날 솔직히 말했어야 했는데 말 안 해서 미안해요. 내가 마케팅 팀장이라고 하면 연주 씨가 부담스러워 할 것 같아서 입이 떨어지지 않았어요. 오늘 연구실과 미팅 있다는 사실을 깜빡하지 않았으면 말했을 텐데. 그만큼 연주 씨만 내 눈에 보였다는 뜻이에요. 이상하게 연주 씨와 있으면 다른 생각은 전혀 하지 못하게 돼요, 바보같이."

"어쩌면 그랬을지도……."

그녀는 그의 지적에 순순히 수긍했다.

"그것 봐요."

"네, 좋아요. 그건 넘어가기로 할게요."

연주는 더 이상 그 일로 왈가불가하지 않기로 마음먹었다. 그녀가 간직하고 있는 비밀보다는 소소한 일일지도 모른다.

"고마워요. 연주 씨가 날 봐줬으니까 나도 나중에 연주 씨를 봐줄게요. 하긴 그럴 일은 없겠지만. 그리고 저 이제 연주 씨한테 숨기는 거 하나도 없습니다."

그는 양손을 번쩍 들어 보이고는 시원스럽게 웃었다. 연주까지도 덩달아 웃게 만드는 매력이 있었다.

"저도 우빈 씨한테 말할 게 있어요."

"네?"

"저 혼자 살아요."

"네?"

"제가 스무 살이 됐을 때 부모님 두 분 다 교통사고로 돌아가셨어요. 그 후로 쭉 혼자 살았어요."

"아, 미안해요. 그럼, 그때 굉장히 기분 나빴겠어요."

그는 남자들이 바라는 이상형이 혼자 사는 여자라고 했던 말이 떠올랐다.

"그래서 그때 혼자 산다는 말을 못 했던 거예요."

"미안해요."

"이제 괜찮아요."

"연주 씨! 내가 아직도 호텔에 머물고 있는 거 알죠?"

"네."

"집을 구해야 하는데 쉽지가 않아요. 전세로 있기에는 금액이 크고, 월세로 있기에는 부담이 되고요. 그래서……."

"다시 독일로 가고 싶어요?"

그녀는 가슴이 덜컹했다. 한 번도 거기까지는 생각해 본 적이 없다는 사실에 심장이 조마조마해졌다.

"아뇨, 난 한국에서 계속 살 거예요."

"가족들은요?"

"가족들이 다 독일에 있긴 하지만 내 뿌리는 한국이에요. 내가 한국에 뿌리를 내리고 살면 가족들도 좋아하지 않겠어요? 가족들이 한국에 왔을 때 호텔에 머물지 않고 우리 집에서 머물 수 있을 테니까요."

"네, 그럴지도……."

"연주 씨, 월급 외에 다른 돈 벌어 보는 거 어때요?"

"네?"

"집에 빈방 있지 않아요? 방 하나만 줘요. 월세는 한 이십만 원 정도면 되지 않을까요?"

"이십만 원요? 고시원 방값도 안 돼요."

"너무 적은가요? 얼마 정도면 괜찮을 것 같아요? 말만 해요. 아침식사도 책임질게요. 이래 봬도 내 요리솜씨가 꽤 수준급이에요."

"하지만 그건 좀……."

남자와 단 둘이 사는 문제라서 연주는 머리를 갸웃거렸다.

"한 집에 살더라도 연주 씨의 프라이버시는 지켜 줄게요. 연주 씨도 혼자 사는 거 외롭고 무섭지 않아요? 한국에 오니까 무서운 사건, 사고들이 많던데요. 혼자 사는 여자라면 더."

"그렇긴 하지만……."

그의 지적에 연주의 눈빛이 흔들렸다.

"지금 당장 결정하라는 거 아니에요. 나도 다른 월세를 알아볼 거니까요. 그래도 이왕이면 연주 씨 옆에 있고 싶어서요. 그리고 한국에는 보증금이라는 게 있던데요? 연주 씨 집에 들어가면 보증금 내라는 소리는 안 할 테니 큰 목돈이 들지도 않을 테고요. 내가 지금 월급 외에는 빈털터리라서 그래요. 생각해 봐요."

그는 장난스럽게 윙크하면서 호주머니를 뒤집어 보였다.

"흠."

"이제 일어날까요? 연주 씨, 미팅시간에 늦으면 안 된다고 했죠?"

그는 손목시계를 쳐다보면서 자리에서 일어났다.

* * *

연주는 우빈과 한 집에 살고 있는 모습을 상상만 해도 심장이 벌렁거렸고 에로틱하게 느껴졌다. 남자에게 이런 마음이 드는 건 그가 처음이었다.

'어떡하지? 이 집에서……'

그녀는 천천히 주위를 둘러봤다. 평수가 넓다 보니 솔직히 밤에는 혼자 있기가 무섭기는 했다. 하지만 누군가와 함께 산다는 건 더 불편하기도 했고, 서로 마음이 안 맞으면 좋았던 관계마저도 악화될 수 있기에 한 번도 누군가와 살겠다는 고민을 해 본 적이 없었다. 그런데 우습게도 만난 지 얼마 안 된 우빈의 제안에 적잖이 마음이 흔들리고 있었다. 그리고 솔직히 요즘 누군가에게 기대고 싶어질 정도로 외롭기도 했다. 물론, 그녀 곁에는 효진 선배와 김태준 화백이 있었지만 우빈은 다른 의미로 다가왔다.

'그럴까? 그러다 한 침대를 사용할 수도…… 아, 내가 무슨 상상을 하는 거야?'

그녀는 얼굴이 벌겋게 되어 뺨을 감쌌다.

"안 돼. 그냥 혹 무너질 수도 있어."

그녀는 혼잣말로 뇌까렸다.

새벽 수영장을 나서는 연주의 젖은 머리카락이 찬바람 때문에 머릿속까지 얼얼했다.

"후우."

숨을 내쉬자 김이 하얗게 뿜어져 나왔다. 그녀는 가방에서 비니를 꺼내 푹 눌러썼다. 그리고 얼얼한 뺨을 토닥이고는 검정 마스크를 썼다.

'가을에 접어들었을 뿐인데 왜 이렇게 추운 거야?'

그녀는 맞바람에 도저히 안 되겠다는 생각이 들어 돌아서서는 어깨를 잔뜩 웅크린 채 뒤로 걸음을 옮겼다.

"어?"

그때 검은 재킷에 머리까지 후드티를 뒤집어쓴 남자와 눈이 마주쳤다.

"안녕하세요?"

그 순간 남자가 호주머니에 손을 집어넣은 채 뛰어왔다.

"네?"

그녀는 사람들이 별로 없는 한적한 거리에 시선이 불안하게 이리저리 움직이다가 빗질을 하고 있는 청소부를 발견하고는 안도의 숨을 내쉬었다.

"수영장에서 인사했죠?"

"아, 네."

그제야 연주는 이 남자가 누구였는지 떠올랐다.

"이 근처에 사세요? 전 저기 해밀 아파트에 살고 있어요."

남자가 해밀 아파트 쪽을 가리켰다.

"해밀 아파트요?"

"네. 얼마 전에 이사 왔어요. 제가 수영장에서 인사할 때 말하지 않았나요?"

"아, 그랬나요? 저도 해밀 아파트에 살아요."

"와, 정말요? 같은 아파트 주민이라니 인연인가 본데요?

그런데 제 이름 기억하세요?"

그는 기대에 찬 눈빛으로 그녀를 빤히 쳐다봤다.

"……그게 잘……."

그녀는 멋쩍은 미소를 지었다.

"하긴 김연주 씨가 제 이름을 기억할 리가 없겠죠."

"죄송해요. 어? 그런데 제 이름을 어떻게 아세요?"

그녀는 자신의 이름을 말한 기억이 나지 않아 고개를 갸웃거렸다. 그러면서 그의 왜소한 체격과 여드름 자국이 남아 있는 얼굴을 쳐다봤다.

"처음 인사할 때 이름을 말해 주셨잖아요."

"제가 그랬다고요?"

그녀는 믿겨지지 않아 고개를 갸웃거렸다.

"네. 그래서 제가 연주 씨 이름을 기억하지 안 그러면 어떻게 알겠어요? 제 이름은 이영민입니다. 기억해 주세요. 이웃사촌이니까 친하게 지내요."

"아, 네."

연주는 꺼림칙한 기분이 들었지만 그의 말이 사실이라면 그가 충분히 기분 나쁠 수 있겠다는 생각에 고개를 끄덕였다.

"그런데 수영장 안에서만 안경 벗지 않았어요? 평상시 밖에서는 안경 쓰지 않았나요?"

"네, 그런데 그걸 어떻게?"

"그게…… 오가는 시간이 같잖아요. 그래서 자연스럽게 알게 된 거죠. 안경 벗은 게 더 예쁘세요."

"고맙습니다."

"그런데 가족들과 함께 수영하는 게 좋지 않아요? 여자 혼자 새벽에 거리를 다니는 건 불안할 수도 있을 텐데요."

"······이 시간에는 다들 주무세요."

연주는 망설이다가 거짓말을 했다.

"아! 그러시군요. 그럼, 수영하러 갈 때 같이 가요. 제가 보디가드가 되어 드릴게요."

"아, 아니에요. 괜찮아요."

"제가 불편하세요?"

"아니, 그러니까······."

"알았습니다. 그럼, 우연히 마주치게 되면 같이 가요."

"아, 네."

그들은 어색한 침묵 속에 해밀 아파트 단지로 들어섰다.

"전 여기예요."

"여기시군요. 전 201동입니다. 안녕히 들어가세요."

그는 그녀에게 작별인사를 하고는 201동으로 걸음을 옮겼다. 하지만 그는 201동으로 들어가지 않고 한 바퀴 돌아서 그녀가 들어간 아파트 앞에 섰다.

"부모님이랑 같이 산다고? 날 못 믿는 거야? 8년 전에 돌아가신 부모를 핑계 삼을 정도로? 하지만 곧 나한테 모든 걸 털어놓게 될 거야. 내 여자로 꼭 만들고 말 테니까. 나의 여신이 여기에 산다는 걸 알아내려고 얼마나 힘들었는데. 후후후."

그의 입가에 섬뜩한 미소가 번지면서 눈빛이 번들거렸다.

출근시간보다 일찍 집을 나선 연주는 회사로 가는 대신 근처에 있는 아침식사가 가능한 카페로 들어섰다.

"여기요!"

그녀가 들어서자 우빈이 손을 번쩍 들었다. 그녀는 그의 맞은편 의자에 앉았다.

"일찍 왔네요."

"여자를 기다리게 하면 안 되죠. 뭐로 할래요? 여기 메뉴판 봐요."

모닝세트 메뉴는 두 가지였다. 햄 치즈 토스트와 커피세트, 에그 베이컨 샌드위치와 커피세트.

"토스트 세트로 할게요."

"그럼, 난 에그 베이컨 샌드위치로 하죠. 주문하고 올게요."

그는 계산대로 가서 주문했다. 잠시 후 그가 모닝세트를 쟁반에 담아 가지고 왔다.

"맛있겠는데요."

그녀는 반으로 잘라 놓은 햄 치즈 토스트의 먹음직스런 비주얼에 나직이 탄성을 지르고는 한입 크게 베어 물었다. 황홀할 정도로 바삭거리는 식감에 그녀의 눈이 커졌다.

"으음, 맛있어요."

"맛있죠? 그래서 연주 씨에게 여기에서 아침 먹자고 한 거예요. 내가 연주 씨와 같이 살면 아침마다 이것보다 더 맛있게 만들어 줄 수 있을 텐데."

그가 의미심장한 눈빛을 보내면서 그녀에게 말했다. 하지만 연주는 못 들은 척 먹기만 했다. 그런 그녀의 반응에 그는 피식 웃었다.

"……."

"그런데 연주 씨는 만나면 만날수록 더 아름다워지는 것 같아요."

"저 원래 아름다웠어요."

그녀는 말해 놓고는 아차 했다. 이상하게 그와 함께 있으면 어린아이처럼 생각보다 먼저 말이 튀어나왔다.

"제가 말실수를 한 것 같군요. 맞아요, 연주 씨는 늘 아름다워요. 그런데 같이 살면 아침식사는 책임지고 해 줄 수 있는데요. 청소도요. 또 형광등도 갈아주고, 변기가 막히면 뚫어 주고 엄청 도움이 될 텐데. 내 말이 믿기 힘들면 계약서 써서 공증까지 받을 수 있어요."

'정말 좋긴 한데. 무섭지도 않고. 하지만 안 돼. 안 돼. 부모님이 하늘에서 내려다보신다면 실망하실 거야. 부모님 집에서 결혼도 하지 않은 남자랑…… 안 돼.'

그녀는 그와 한 방을 사용하고 있는 자신을 상상하자 머리를 좌우로 흔들었다.

"그건 안 될 것 같아요. 집 구하면 집들이는 갈게요."

"집주인이 싫다고 하면 어쩔 수 없죠. 그런데 언제 한 번 집 초대해 줄래요? 당장 오늘이라도 초대해 주면 고맙고요. 연주 씨가 어떤 집에서 사는지 보고 싶어서 그래요. 그 정도는 해 줄 수 있지 않나요?"

"네, 그야…… 그런데 오늘은 좀 그렇고요. 내일 초대할게요."

연주는 청소도 안 하고 나온 집을 떠올리고는 다음 날로 미뤘다.

"벌써부터 기대가 되는데요. 연주 씨가 어떻게 사는지 보고 싶어요. 그런데 연주 씨, 차 없어요?"

"버스 이용하는 게 더 편해요. 주차문제도 그렇고. 그리고……."

그녀는 머뭇거렸다.

"그리고?"

"제가 길치예요. 몇 번씩이나 갔던 길도 헤매게 되더라고요. 그래서 대중교통을 이용하는 게 편해요. 그게 더 이익이기도 하고요. 자동차세, 운전자 보험 그리고 기름 값, 주차비가 장난이 아니잖아요."

그녀는 거짓말을 했다. 운전을 하지 않는 진짜 이유는 교통사고의 트라우마가 그녀를 운전대도 잡지 못하게 만들었기 때문이다.

"길치예요? 연주 씨를 보면 뭐든지 잘할 것 같은데. 그런

어수룩한 면이 있다니까 더 매력적인데요."

"그게 무슨 매력이에요? 우빈 씨는 혀에 버터를 바른 것 같아요."

"연주 씨에 한해서만 그렇게 되는 것 같아요."

"아닌 것 같은데요?"

"아, 맞아요. 연애를 하게 되면 사람이 변하는 것 같아요. 연주 씨는 그렇게 생각하지 않아요?"

"전 연애다운 연애를 해 본 적이 없어서 모르겠어요. 그런데 우빈 씨, 혹시 독일에 애인을 두고 온 건 아니죠? 거리가 멀고 외로워서 절 유혹하는 건 아닌가 싶어서요."

"연주 씨한테 이런 말을 듣다니 진짜 섭섭한데요. 내가 애인이 있으면서 다른 여자한테 키스나 하는 그런 못된 남자처럼 보이나요?"

"네."

"뭐라고요?"

"농담이에요."

"농담이라도 그런 소리하지 마요. 그리고 고백하는데 한국에 오기 석 달 전에 헤어졌어요."

"석 달 전에요?"

연주는 그의 말에 질투심으로 목소리가 딱딱하게 굳었다.

"다 지난 일이에요. 그리고 지금 난 내 앞에 있는 여자를 사랑해요."

우빈은 테이블 위에 있는 그녀의 손을 잡더니 입술에 가져다 댔다. 그녀의 영혼까지도 꿰뚫어볼 것 같은 그의 깊고 강렬한 검은 눈동자에 연주는 빠져들었다.

"……"

"연주 씨! 우리 어디선가 만난 적 없어요?"

"네?"

그녀는 그의 뜬금없는 말에 눈을 찡그렸다.

"분명 어디선가 본 것 같은데 기억이 안 나요. 내 뇌리에 분명히 남아 있는데 이상하게도 떠오르지가 않아요. 그래서 연주 씨를 볼 때마다 답답해요. 풀리지 않는 수수께끼를 보고 있는 느낌이라고 할까?"

그는 그녀의 눈, 코, 입 그리고 얼굴 전체를 뚫어지도록 응시했다.

"아뇨, 회사에서 본 게 처음이에요. 우빈 씨를 봤다면 제가 기억하지 못할 리가 없어요."

그녀는 단호한 어투로 말했다.

"그렇겠죠?"

그녀는 그의 말에 어깨를 으쓱하고는 커피를 마셨다.

"……"

"내일 저녁 집에 초대한 거 잊지 마요. 퇴근할 때 같이 갈까요? 내 차 타고 가면 되잖아요."

"아, 아니에요. 8시쯤 와요. 저녁 준비할 시간이 필요해요."

"식사 준비하는 동안 집 구경을 하면 되지 않겠어요?"

"아뇨, 8시에 오세요."

그녀는 단호하게 말했다.

"알았어요. 그렇게 무서운 표정으로 말하니까 말 안 들으면 큰일 날 것 같은데요. 집에 필요한 물건 있어요? 첫 방문인데 선물은 사 가야죠."

"필요한 거 없어요. 그냥 오세요. 그리고 너무 많은 걸 기대하지 마세요. 기대한 만큼 실망할 수도 있으니까요."

그녀는 음식 솜씨가 좋은 편이 아니라서 그가 혹시라도 실망할까 봐 미리 언급했다.

"그래도 기대는 되는데요. 자, 이제 출근할까요? 오늘 하루도 즐겁게 보내요. 점심도 같이 먹었으면 좋겠지만 사장님과 점심 약속이 있어서 안 될 것 같아요."

그와의 점심을 내심 기대했던 그녀는 그의 말에 실망했지만 내색하지 않으려고 노력했다.

약속한 전날부터 냉장고, 욕실, 베란다 등 소소한 청소를 한 그녀는 새벽에는 거실부터 시작해서 방까지 전체적으로 청소를 했다. 그러다 보니 새벽 수영을 빼먹었지만 깨끗해진 집안 풍경에 만족스러웠다.

"어? 이러다 잘못하면 지각하겠다."

그녀는 시계를 보고는 놀라 출근 준비를 서둘렀다. 이미

콜택시를 부른 덕에 나오자마자 택시에 올라탔다. 그녀가 탄 택시가 출발하자 으슥한 나무 그늘에서 한 남자가 걸어 나왔다. 그 남자의 시선은 그녀가 타고 간 택시에서 떨어지지 않았다.

"무슨 일이지? 한 번도 수영을 빼먹은 적이 없었는데. 규칙적인 일상에 변화가 생긴다는 건…… 아닐 거야. 아냐."

그의 눈매가 가늘어지면서 눈빛이 위험스럽게 번뜩였다.

아파트 근처 마트에 들어간 연주는 미리 작성해 놓은 메모지를 보면서 장을 봤다. 그러고는 양손에 비닐봉투를 들고 아파트로 들어섰다.

"아이쿠."

연주는 식탁 위에 비닐봉투를 내려놓고는 편안한 옷으로 갈아입었다. 그러고는 소매를 걷어붙이고 머리도 위로 모아 핀으로 고정시켰다.

"최대한 간단하게 할 수 있는 요리만 골랐는데 뭐부터 시작해야 할까? 쌀부터 씻어 볼까?"

그녀는 쌀을 씻고 물을 맞춰 전기밥통에 넣었다. 그러고는 사온 반찬들의 포장을 뜯어 예쁜 그릇에 담았다. 연근조림, 멸치볶음, 오징어 젓갈이었다.

"후후후. 눈속임인가? 하지만 요즘 반찬가게 애용하지 않는 사람이 어디 있어? 돈도 절약되고, 맛도 믿을 수 있잖아."

그녀는 스스로를 합리화하면서 연근조림을 입에 넣었다.

"맛있어. 그럼, 이번에는 찌개를 만들어 볼까?"

연주는 콧노래를 불러 가면서 된장찌개를 만들었다. 찌개가 보글보글 끓기 시작하자 숟가락으로 떠서 한 입 먹었다.

"으음. 괜찮네. 우빈 씨가 오면 다시 한 번 끓이면 되고. 또 뭘 준비해야 하지? 맞아, 호박전하고 김치전도 해야지."

그녀는 호박을 납작하게 썰고 김치는 채를 썰어 부침가루에 넣어 담갔다. 많은 양을 하지 않기 때문에 시간은 별로 많이 걸리지 않았다. 호박전과 김치전을 하자 고소한 냄새가 온 집 안으로 퍼져나갔다.

"어디 맛 좀 볼까?"

연주는 호박을 먹어 보고는 싱겁게 느껴지자 소금을 더 넣었다. 그렇게 요리가 다 끝나자 시계를 흘끗 보고는 옷방으로 들어가 미리 골라놓은 옷으로 갈아입었다. 머리 스타일도 느슨하게 하나로 땄다. 그리고 마지막으로 주홍빛 립스틱을 바르고는 향수를 뿌렸다.

"이 정도면 됐어."

그녀는 야하지도 수수하지도 않은 검은 원피스를 입었다. 몸에 딱 맞는 차이나 풍의 원피스였다. 그녀의 풍만한 가슴과 잘록한 허리라인이 강조되어 우아하면서도 여성스러웠다. 바로 그때 초인종이 울렸다. 연주는 심호흡을 크게 하고는 인터폰을 눌렀다.

"네?"

[접니다.]

"접니다가 누구예요?"

그녀는 장난스럽게 말했다.

[연주 씨를 좋아하는 남자 이우빈입니다.]

"훗."

그녀는 웃음을 눌러 참으면서 문을 열었다. 1층에서 올라오려면 1, 2분 정도 시간이 소요되기에 그녀는 다시 한 번 거울 앞에 서서 머리를 매만지고는 주방으로 가서 식탁 위에 차려놓은 음식들을 살폈다. 그러고는 그가 현관문 초인종을 누르기 전에 현관으로 걸어가 문을 열고 바깥으로 나갔다. 그녀는 엘리베이터에 뜬 숫자를 응시했다.

8층, 9층 그리고 10층.

"어? 기다리고 있었어요? 자, 이거 받아요."

그는 놀라면서도 좋은 듯 장미꽃다발을 내밀었다.

"뭐 이런 걸……."

그녀는 기쁜 감정을 숨기지 못하고 장미꽃다발을 코에 가져다 댔다. 달콤하면서도 진한 장미향이 풍겼다.

"초대받았는데 당연히 꽃을 선물해야죠."

"고마워요."

그녀는 집으로 그를 안내했다. 그는 안으로 들어서자마자 거실을 둘러봤다. 그리고 거실에 걸려 있는 가족사진 액자 쪽으로 걸어갔다. 그녀의 어린 시절 사진들부터 10대까지의 사진 그리고 부모님과 함께 있는 사진들이 걸려 있었다. 하지만 20대가 되면서부터 찍은 사진은 단 두 장뿐이었다. 대학졸업 사진과 외삼촌 식구들이 한국에 왔을 때 찍은 사진이었다.

"어렸을 때 너무 귀여웠는데요."

그는 그 부분은 언급하지 않았다.

"고마워요. 거실에서 쉬고 있어요. 전 식탁 차릴게요. 음식 맛은 너무 기대하지는 마요. 혼자 사니까 요리를 하지 않게 되더라고요. 제 입맛에는 괜찮은 것 같긴 한데 우빈 씨 입에는 안 맞을 수 있어요."

그녀는 걱정스러운 마음에 수다스러워졌다.

"걱정 마요. 난 뭐든지 다 잘 먹을 수 있는 아이언 같은 위를 가지고 있으니까요."

그가 장난스런 표정으로 배를 두드렸다.

"그럼, 다행이고요."

그녀는 식탁을 차리기 시작했다. 찌개가 끓기 시작하자 그녀는 불을 줄이고는 전기밥통을 열고 밥을 폈다. 그리고 식탁 가운데에 된장찌개를 올렸다.

"식사하러 오세요. 맛이 좋아야 할 텐데……."

그녀는 걱정스런 마음과 기대에 찬 눈빛으로 그를 봤다.

"으음, 맛있는 냄새가 나는데요."

그가 코를 벌름거리면서 말했다.

"……."

"된장찌개부터 맛볼까요?"

그는 의자에 앉자마자 된장찌개를 입에 넣었다. 그녀는 그런 그를 뚫어지게 응시한 채 마른침을 꿀꺽 삼켰다.

"어때요?"

"맛있어요."

"정말요?"

"네, 그런데 이 반찬들도 연주 씨가 다 만든 거예요?"

그가 식탁 위에 놓여 있는 먹음직스런 반찬들을 가리켰다.

"아뇨, 다 제가 만들었다고 거짓말하고 싶지만 사 왔어요. 그래도 된장찌개랑 여기 호박전하고 김치전은 제가 만들었어요. 다른 반찬은 반찬가게에서 사온 거예요. 실망했어요?"

그녀는 멋쩍은 표정으로 말했다.

"실망이라뇨? 맛있게 잘 먹을게요. 오랜만에 먹는 집밥이라 좋은데요."

"독일에 있을 때는 주로 뭘 먹었어요?"

"할아버지, 할머니 영향으로 집에서는 늘 한식이었어요. 어딜 가나 한국 사람은 한국 사람인가 봐요. 이 김치! 정말 맛있는데요. 이것도 산 겁니까?"

"김치는 제가 담근 거예요."

"진짜요?"

"네, 엄마가 김치 담글 때는 항상 옆에서 거들게 했거든요. 그래서 다른 건 다 못 해도 김치만은 담글 줄 알아요. 그리고 귀찮더라도 김치만은 직접 담가요. 다른 건 다 사 먹더라도요."

"대단한데요. 많이 먹어야겠어요."

그는 볼이 미어질 정도로 음식들을 입에 넣었다. 연주는 맛있게 먹는 그의 모습에 미소가 떠날 줄을 몰랐다. 식사를 마친 후 그들은 거실로 자리를 옮겼다. 오디오에서 흘러나오는 잔잔한 노랫소리와 마른 오징어, 땅콩, 과일을 안주 삼아 맥주를 마셨다.

"혼자 살기에 집이 넓지 않아요? 방이 몇 개죠? 청소도 만만치 않겠는데요?"

"방은 4개예요. 혼자 청소하기 힘들어서 일주일에 한 번은 청소도우미 도움을 받고 있어요. 솔직히 집 유지하는 비용도 만만치 않아요. 그런데 부모님과 함께 살던 집이라서 떠날 수가 없어요. 많은 추억들이 남아 있거든요."

그녀의 눈이 촉촉이 젖어들었다. 그는 그런 그녀의 아련하면서도 애틋한 모습에 그녀 옆으로 자리를 옮겨 앉아 어깨를 안았다. 그녀는 아무 말도 하지 않고 그의 어깨에 머리를 기대면서 손을 잡았다.

"연주 씨에게는 추억이 많이 깃든 집이겠네요. 하지만 연주 씨의 삶을 살아야 하는 거 아닐까요? 언제까지 과거에 휘둘려 살 수는 없잖아요. 부모님도 그걸 원하시지는 않을 거예요."

그녀는 그의 말에 얼굴이 잔뜩 경직되었다.

"내 말에 기분 상했어요?"

"네."

연주는 부정하지 않고 솔직하게 대답했다. 그에게서 몸을 떼면서 그에게 잡힌 손을 빼려고 하자 그가 그녀의 손을 더 꼭 잡았다.

"연주 씨!"

"이 손 놔줘요."

"알았어요."

그는 그녀의 강경한 말투에 손을 놨다. 그녀는 얼음그릇에 담가둔 캔 맥주를 하나 꺼내 마셨다. 그러고는 소리 나게 탁자 위에 캔을 내려놓았다.

"나도 알아요. 이렇게 살면 안 된다는 거요. 하지만 부모님을 떠올리면 이 가슴이…… 가슴이 찢어질 듯 아파요. 떠올리기만 해도 눈물이 나요. 보고 싶어서…… 보고 싶어서 죽을 것만 같다고요."

그녀의 뺨을 타고 눈물이 흘렀다. 그는 아무 말도 하지 않고 그녀의 눈 밑에 손을 가져다 대고는 눈물을 훔쳤다. 그들은 시선이 마주치자 누가 먼저랄 것도 없이 서로의 입술을 훔쳤다. 그들의 입술이 부드럽게 맞닿았다. 그의 손이 그녀의 뺨을 부드럽게 어루만지더니 목덜미로 내려갔다.

"아아."

그가 입술을 떼려고 하자 그녀는 반사적으로 그의 아랫입술을 깨물었다. 그의 입술이 떨어지지 못하고 기묘한 비명을 질렀다. 그녀는 그런 그의 목을 감싸고는 키스를 했다. 키스는 달콤하면서도 자극적이었다. 그의 능수능란한 키스에 그녀는 빠져들었고 황홀했다. 그녀의 감겨진 긴 속눈썹이 떨렸다. 그가 그런 그녀를 소파에 쓰러트렸다.

"가지고 싶어."

그의 입술이 그녀의 목덜미를 지나 올라가 귀를 깨물고는 속삭였다. 그녀는 그 속삭임에 전율했다. 그녀는 더 그의 가슴속으로 파고들었다. 그가 그런 그녀를 번쩍 안아 들고는 방으로 들어가 침대에 그녀를 조심스럽게 눕혔다.

"지퍼가……."

그의 손이 계속 그녀의 등을 쓰다듬었다.

"훗. 등이 아니라 여기예요."

연주는 웃음을 터뜨리면서 지퍼를 내렸다.

"어? 지퍼가 여기에 있었어? 신기한데."

그녀는 그런 그를 도와 원피스를 벗었다. 그녀의 머리카락이 베개 위에 펼쳐졌다. 요염한 포즈를 취한 그녀의 나른한 몸짓이 고양이를 연상시켰다. 그는 그런 그녀에게서 시선을 떼지 않은 채 일어서서는 옷을 벗었다. 그러자 그의 단단한 근육질 몸매가 드러났다.

"운동해요?"

그녀는 수줍은 표정으로 질문했다.

"헬스해요. 연주 씨도 운동하는 것 같던데."

그는 근육이 붙어 있는 매력적이면서도 탄력 있는 그녀의 몸매를 보면서 말했다.

"아침마다 수영해요. 저녁에는 집에서 요가를 하고요."

"역시……."

그가 침대로 올라왔다. 그러자 강렬한 수컷의 냄새가 그녀를 사로잡았다. 그의 손이 어깨에 닿자 그녀의 몸이 경직되면서 긴장으로 호흡이 거칠어졌다. 그의 시선이 그녀의 풍만한 가슴에 꽂혔다. 브래지어에서 당장이라도 튀어나올 것처럼 탱탱한 그녀의 가슴이 유혹적이었다.

"아름다워."

그가 그녀의 허리를 잡아당기더니 그녀의 가슴에 입술을 가져다 댔다. 그의 입술이 가슴에 닿자 그녀는 숨이 멈췄다. 그가 그녀의 브래지어 끈을 어깨 아래로 내렸다. 브래지어 호크를 벗기자 그녀의 분홍빛 유두가 드러났다. 그의 입술이 유두에 닿았다.

"아아아."

그녀는 감미롭고 간질거리는 느낌에 다리를 꼬았다. 그는 그런 그녀의 유두를 아이처럼 물었고 반대편 가슴을 부드럽게 애무했다. 그녀의 보드랍고 탄력적인 피부가 그의 몸과 밀착되었다.

그의 남성이 팬티 속에서 우뚝 섰다. 그의 얼굴이 그녀의 가슴에서 아래로 내려가면서 혀를 움직였다. 그녀의 팬티를 조심스럽게 벗기자 그녀의 은밀한 숲이 드러났고 그의 입술이 닿았다. 그의 숨결에 연주는 짜릿한 전율로 몸을 꼬면서 그의 머리카락을 움켜쥐었다.

"아!"

그는 탄성을 지르면서 팬티를 벗었다. 그의 남성이 드러나자 그녀는 얼굴이 붉어져 눈을 감았다.

"왜 보기 싫어요?"

"몰라요."

"기다려요. 이제 좋아하게 될 테니까."

그는 그녀의 한쪽 다리를 들어 올리고는 그녀의 몸 위에 그의 체중을 실었다. 그녀의 아랫도리는 그를 맞이하려는 듯 촉촉하게 젖어 들었다. 그의 하반신이 그녀의 하반신에 밀착되었다. 그는 서서히 리듬을 타기 시작했다.

"으으음."

그녀는 터져 나올 것만 같은 환희에 입이 벌어졌다. 그의 입술이 그녀의 그런 입술을 막았다. 그의 강렬하면서도 탐

욕적인 키스가 그녀를 미치게 만들었다. 그들의 엉덩이는 리드미컬하면서도 거센 파도를 만난 것처럼 격렬하게 움직였다. 그의 남성이 그녀의 몸으로 들어와 꽉 채웠다. 그녀는 하반신이 뜨거워지면서 격한 아픔에 비명이 터질 것만 같았다. 그때 그의 키스가 더 진해지면서 그녀의 신음이 잔잔해졌다. 그들은 끝을 알 수 없는 격한 쾌감에 사로잡혔다. 그녀는 그의 어깨를 꽉 움켜쥐었다. 그들은 완벽히 하나가 되어 전율했다.

"아아아."

그의 몸이 클라이맥스에 도달한 것처럼 서서히 무너지면서 축 늘어졌다.

"아."

연주의 한쪽 눈에서 눈물 한 방울이 흘러내렸다. 하지만 그녀는 그에게 들킬세라 서둘러 호흡을 가다듬고는 눈물을 닦았다.

그는 그런 그녀의 몸에서 떨어져 옆으로 누웠다. 그들의 호흡은 여전히 가빴다. 그는 그녀의 여린 몸을 자신의 몸 쪽으로 끌어당기고는 이마에 입맞춤을 했다. 그녀는 그런 그의 가슴으로 파고들었다. 그들에게는 정사의 냄새와 흔적이 고스란히 남아 있었다. 그녀는 처음 맡는 이 야릇한 냄새가 그리 싫지 않았다. 그의 살 내음까지도 달콤한 사과처럼 다가왔다.

"으음. 너무 좋았어요."

"저도요. 이런 건지 몰랐어요."

그녀는 수줍은 목소리로 그의 가슴을 만지작거렸다.

"진짜?"

그녀는 그의 눈을 똑바로 쳐다보지도 못하고 고개만 끄덕거렸다.

"나 말 안 할래요. 아."

그녀는 그의 품에서 벗어나려고 다리를 벌리다가 하반신에서 번지는 아픔에 콧등을 찡그렸다.

"어디 아파요?"

"아, 아니에요."

"이리 와요."

"어머."

그가 그녀의 몸을 잡아당겼다. 그들의 눈동자에는 여전히 뜨거운 열기가 피어올랐다. 그의 손이 그녀의 머리카락을 쓸어내리더니 귀에 입술을 가져다 댔다.

"이번엔 아주 천천히 할게요. 아까는 내가 너무 참을 수가 없었어요."

"난……."

그가 그녀의 입술을 손가락으로 막았다.

"쉿! 말은 필요 없어요."

그는 그녀에게 키스를 했다. 그녀의 목덜미에서 가슴으로 내려간 그의 입술이 그녀의 유두를 물었다.

"아!"

그녀는 짜릿한 전율에 몸을 비틀었다. 어느 순간 그의 입술이 그녀의 숲에 닿았다. 그녀의 가랑이가 움츠러들려고 하자 그의 손이 그녀의 가랑이를 벌렸다. 그의 혀가 스며들었다.

"으음."

그녀의 손이 그의 머리카락을 움켜쥐었다. 그가 그녀를 뒤로 돌려 눕혔다. 그녀의 얼굴이 베개에 닿았다. 그는 그런 그녀의 엉덩이를 들어 올리고는 말을 타듯이 그녀의 엉덩이를 잡아당겼다.

그의 남성이 그녀의 엉덩이에 맞닿았다. 그는 강렬한 엔진을 단 것처럼 빠르면서도 리드미컬하게 엉덩이를 움직였다.

"아아."

"아."

그들은 비명을 지르면서 하나가 되려고 움직였다. 그의 남성이 그녀의 몸속으로 완벽히 파고들었을 때 그녀는 기절할 것만 같은 쾌락에 탄성을 질렀다. 그렇게 그들은 밤새도록 서로의 몸을 탐닉했다.

7. 스토커

    우빈과 연주는 나란히 아파트 엘리베이터를 탔다. 연주는 쑥스러운 마음에 그의 눈도 제대로 쳐다보지 못하고 내려가는 숫자만 뚫어지게 응시했다. 그는 그런 그녀의 옆얼굴에서 시선을 떼지 못했다.

    "어젯밤에는 그렇게 화끈하더니 지금은……."

    "쉿. 아무 말 마요. 어젠 제가 술을 마셔서 제정신이 아니었어요."

    "그렇게 말하면 괜찮은가? 사건사고에 항상 관련된 게 술 때문에 생긴 심신미약이라는 말이 있던데 연주 씨도 그런 거예요?"

    그가 은근한 목소리로 그녀의 귀에 속삭이자 연주는 팔꿈치로 그의 옆구리를 가격했다.

    "억."

그는 아픈 듯 비명을 질렀다. 하지만 그녀는 그의 고통스러워하는 표정에도 딴청을 부렸다. 때마침 엘리베이터 문이 열리자 그녀는 나오려는 웃음을 꿀꺽 삼킨 채 빠른 걸음으로 내려섰다.

　"같이 가요."

　그는 언제 아팠냐는 듯이 그녀를 뒤따랐다.

　"앞으로 이상한 소리 하지 마요."

　"아, 알았어요. 앞으로는 연주 씨의 주먹 아니, 모든 부위를 조심할게요. 온몸이 다 무기인 것 같아요."

　그는 그녀의 머리부터 발끝까지 훑어 내렸다.

　"알았으면 앞으로 조심해요. 그리고 별로 아프지도 않으면서 아픈 척하기 없기예요."

　"진짜 아팠는데."

　"진짜요? 한번 제대로 맞아 볼래요?"

　"아, 아니에요. 하하하. 자, 타시죠."

　그는 그녀의 정색한 표정에 주차장에 세워 놓은 그의 차 문을 열었다.

　"그 모습으로 회사 가도 괜찮아요? 같은 옷이잖아요."

　그녀는 걱정스런 얼굴로 그의 옷을 살폈다.

　"연주 씨가 같은 옷 입고 가는 것보다 남자인 내가 입고 가는 게 더 낫지 않아요? 그리고 여자들은 남자 옷에 신경 많이 안 써요. 자, 그런 표정 짓지 말고 타요."

"출근을 같이하면 이상하게 보지 않을까요?"

찔리는 구석이 있는 연주는 마음이 불안했다.

"이럴 땐 꽤 소심한데요. 어젯밤에는 폭주기관차 같아서 힘들었는데."

"뭐요?"

"아, 농담이에요. 차가 없어서 남자친구인 내가 픽업했다고 말하면 돼요. 그리고 같이 사는 것에 대해 진지하게 고민해 봐요. 한국도 동거를 나쁜 시각으로만 보지 않잖아요. 장점이 얼마나 많은데."

"우빈 씨 동거한 적 있어요?"

그녀의 눈매가 가늘어지면서 살벌한 눈빛으로 우빈을 쳐다봤다.

"그런 눈으로 보지 마요. 그러고 싶은 마음은 많았지만 부모님 때문에 그럴 수 없었어요. 부모님이 한국여자와 결혼하기를 원하시기도 했고요."

"그럼, 저와 만나는 게 다 부모님······."

"아, 아니 그렇다고 사랑하지도 않는데 부모님 때문에 한국여자를 만나지는 않아요. 진짜 사랑하는 여자가 백인이나 흑인이었더라면 아무리 부모님이 결사반대하더라도 결혼까지 했을 거예요. 아니, 지금까지 한 번도 결혼하고 싶었던 적이 없었다는 말은 안 할게요. 하지만 잘 안 됐어요. 그 이유가 연주 씨를 만나려고 했던 게 아닌가 하는 생각이 지금은 들어요."

그녀는 처음엔 그의 말에 묵직한 돌이 가슴 위에 얹힌 것처럼 답답하고 질투심에 사로잡혔지만 그다음 이어지는 그의 말에 슬그머니 입꼬리가 올라갔다.

"……."

"그거 알아요? 연주 씨를 처음 봤을 때부터 이상하게 낯설지 않았어요. 자꾸만 마음이 끌렸다고 할까요?"

"진짜요? 그때는 그냥 하는 빈말인 줄 알았는데요."

"빈말할 줄 몰라요. 출발할게요. 안전벨트 매요."

연주는 안전벨트를 매고 무심코 창밖을 응시했다가 나무 뒤에 있는 시커먼 그림자를 발견했다. 연주의 눈매가 가늘어지면서 얼굴을 유리창에 갖다 대자 그 그림자는 뒤로 숨었다. 차가 출발하자 그녀는 누군지 보려고 고개를 뒤로 돌렸다.

"으음?"

"왜 그래요? 뭐 있어요?"

그도 그녀의 시선을 따라 고개를 돌렸다.

"누가 보고 있는 것 같아서요."

"연주 씨를 흠모하는 남자가 있는 거 아니에요?"

그가 장난스럽게 말했다.

"우릴 보고 있었던 것 같단 말이에요."

그러면서 그녀는 한 남자의 얼굴이 떠올랐다. 하지만 설마 하는 마음에 곧바로 그 생각을 접었다. 차가 출발하자 그 나무 뒤에서 한 남자가 나왔다. 그 차를 쳐다보는 남자의 얼굴이 무서울 정도로 일그러지면서 눈빛이 사납게 돌변했다.

"누군가를 만날 마음 없다고? 감히 나한테 거짓말을 해? 넌 내 여자야. 넌 내 여자라고."

남자는 컬컬한 목소리를 쥐어짜냈다. 그러고는 호주머니에서 휴대폰을 꺼내 화면을 켰다. 액정에 나체의 여인 그림이 있었다. 청순하면서도 도도해 보이는, 그렇지만 보호해 주고 싶은 여릿해 보이는 여인이었다. 풍만한 가슴과 잘록한 허리로 이어지는 몸매는 아름다웠다. 그리고 그녀만의 독특한 분위기가 있었다. 사진과는 다른 붓의 터치감과 작가의 따뜻한 감정이 느껴지는 그림이었다. 우연찮게 그 그림을 본 순간 그는 그 여인과 사랑에 빠져들었다. 그래서 김태준 화백이 그린 그림 속의 여인이 실제 인물인지 아닌지 알아보기 위해 심부름센터에 조사를 의뢰했다.

그 그림 속 모델이 김연주임을 알게 된 그는 그녀를 가까이서 보려고 그녀의 행동반경 안으로 들어갔다. 그런데 그녀는 그가 상상했던 환상 속 여인이 아닌 뿔테안경의 평범한 여인이었다. 잔뜩 실망한 그가 그녀를 포기하려는 순간 수영장에서의 그녀를 보게 됐다.

"넌 내 거야. 내가 가질 수 없다면 그 누구도 널 가질 수 없어. 그런 네가 남자랑 하룻밤을 보내? 그래, 한 번쯤은 용서해 줄 수 있어. 네가 날 잘 몰랐으니까. 그렇지만 두 번은 안 돼."

그는 주먹을 불끈 쥐고는 욕망으로 들끓는 눈으로 입술을 깨물었다. 그런 그의 몸에서 검은 아우라가 퍼졌다.

비커를 들여다보는 연주의 눈빛이 날카롭게 빛났다. 그녀는 크림을 퍼서 손등 위에 얹었다. 그리고 세심한 손길로 문지르고는 향을 맡았다. 은은한 숲 내음이 콧속으로 파고들었다.

"향도 깔끔하고, 촉촉한 느낌인데."

그녀는 계속 손등을 만지작거렸다.

"뭐야?"

"핸드크림이에요."

"핸드크림?"

"네. 한 번 발라 보실래요?"

"그래."

연주는 경미가 내민 손등 위에 크림을 발랐다. 그녀는 손에 크림을 바르고는 코를 가져다 댔다.

"어때요?"

"으음. 괜찮은 것 같은데."

"그렇죠? 향도 진하지 않고요."

"응. 그런데 너무 잔잔한 향 아니야? 꽃향이 좋지 않을까?"

"전 이런 숲향이 좋아요. 산에 들어선 것처럼 상쾌하지 않아요?"

"그건 연주의 개인 취향 아니야?"

"그거야 그렇지만 대리님 충고를 듣는 게 더 낫겠죠?"

"당연하지. 짬밥이 얼만데? 아!"

경미는 어깨를 으쓱거리다가 진통이 느껴지자 얼굴을 찡그리면서 배에 손을 가져다 댔다.

"왜 그래요? 대리님!"

"지금 뱃속에 있는 아기가 발길질을 했어. 불룩불룩 튀어나오는 거 안 보여?"

경미가 배를 내밀었다.

"글쎄요, 제가 한 번 만져 봐도 돼요?"

"여기에 손 대봐."

경미가 그녀의 손을 잡아 배에 얹었다. 연주는 얼굴을 경미의 배 쪽으로 기울이면서 손에 모든 신경을 집중했다.

"어?"

그녀의 손바닥에 툭 치는 감각이 느껴졌다. 그 반동에 연주는 신기하다는 표정을 짓고는 경미를 쳐다봤다.

"어때?"

"신기해요. 어떻게 설명해야 할지 모르겠어요."

그녀는 설레는 표정을 지었다.

"우리 신랑하고 나도 얼마나 기분이 이상한지 몰라. 내 뱃속에 콩콩이가 있다니…… 콩콩이는 우리 아기 태명이야. 연주도 결혼하면 알게 될 거야. 아기가 가져다주는 그 기쁨을 말이야."

그렇게 말하는 경미의 얼굴에 행복한 감정이 그대로 묻어나 연주에게 전달되었다. 하지만 이어지는 경미의 말에 그녀의 얼굴이 창백해졌다.

'설마?'

그녀의 손이 제멋대로 아랫배에 닿았다.

"왜 그래? 몸 안 좋아?"

"아, 아니에요. 저 잠시 화장실 다녀올게요."

그녀의 눈동자가 사정없이 흔들렸다. 그녀는 연구실을 나와 화장실에 들어갔다. 그러고는 변기 뚜껑을 닫고 앉아 얼굴을 감쌌다.

'나 바보 아니야? 남자랑 그런 일이 있었으면 당연히 그런 것까지 생각했어야 하는 거 아니야? 생리 주기 좀 따져 보자. 그러니까……'

그녀는 무의식적으로 손톱을 물어뜯다가 얼른 날짜를 따지기 시작했다.

"후우, 다행이다."

그녀는 임신 가능성이 희박하다는 사실을 깨달은 순간 안도의 숨을 내쉬었다. 그녀는 화장실에서 나와 손을 닦았다. 그리고 거울에 비친 파리한 안색의 자신의 얼굴을 보고는 조소를 머금었다.

"인과응보야."

"뭐가 인과응보야?"

경미가 들어서면서 그녀의 말을 따라 했다.

"아, 아니에요."

"아니긴? 수상해?"

경미의 눈이 가늘어졌다.

"수상하긴요? 그런데 선배 화장실 너무 자주 다니는 거 아니에요?"

연주는 얼른 주제를 바꿨다.

"나도 엄청 귀찮아 죽겠어. 그런데 출산할 때가 가까워지면 화장실과 친구가 돼."

"그래요?"

"그래. 참, 5분 후에 회의실로 모이래. 소장이 할 말 있나봐. 이젠 툭하면 회의야. 그렇게 할 일 없나?"

"그러게요."

"잠시만 기다려. 같이 가자."

"네."

그들은 곧바로 회의실로 들어갔다. 연구소장을 제외한 직원들이 도란도란 이야기를 나누고 있었다.

"과장님! 그 소문 들으셨어요?"

진욱이 주위를 둘러보더니 의미심장한 목소리로 속삭였다.

"뭐?"

"저번에 소장님이 말씀하셨던 제휴할 외국 브랜드가 독일 세레나 화장품이라던데요."

"자넨 도대체 어디서 그런 소문을 다 듣고 오는 거야?"

"제가 발이 넓잖아요."

"소장님이 말씀하실 때까지는 모르는 척해. 아마 오늘 말씀하실지 몰라. 그러니 다들 조용히 해."

"무슨 얘기들을 그렇게 재미있게 하고 있나요?"

연구소장이 들어서면서 말했다.

"아무것도 아닙니다."

"그래요? 빠진 사람은 없고요?"

"없습니다."

과장이 대답했다.

"그럼, 시작할까요? 이 자리에 모이라고 한 이유는 저번에 우리 회사에서 외국 브랜드를 들여 올 계획이라는 말을 한 적 있죠? 그 회사가 바로 독일 세레나 화장품입니다."

그 말이 떨어지기 무섭게 진욱이 어깨를 으쓱거리면서 의미심장한 미소를 지었다.

"세레나 화장품이 아직 우리나라에 정식판매 루트가 없는 건 다들 알죠? 그래서 해외여행 간 여행객들이 사 오거나 직구를 하고 있어요. 아직은 우리나라에 많이 알려진 화장품은 아니지만 써본 사람들은 다들 좋다고 말하고 있습니다. 그래서 내년 봄에 정식 매장을 서울에 오픈할 계획입니다."

"그럼, 저희 에스테 화장품의 새로운 브랜드는요? 남성 화장품도 런칭한다고 했잖습니까? 그리고 소장님이……."

"다 할 예정입니다. 세레나 화장품은 마케팅 부서에서 관리할 거니까 우리는 다른 데 신경 쓰지 말고 연구에만 집중하면 됩니다. 그래서 하는 말인데 우린 우리가 할 일만 하면 됩니다. 그리고 남성 화장품에서 주력하는 건 기초화장품과 보습력이 좋은 크림입니다. 요즘 남자들이 피부를 위해 여성 크림을 많이 사용하는 추세인데 피부결이 달라서 효과에 차이가 있습니다. 그래서 이번에 제대로 된 남성 화장품을 만들 계획입니다. 이 파트에서 근무하고 싶은 사람 있으면 지원하세요. 그리고 세레나 화장품을 런칭하는 데 한국인 피부에 얼마나 적합한지를 연구할 연구원이 필요합니다. 그 파트도 지원해 주기 바랍니다."

연구소장은 연주에게 몇 초간 시선을 뒀다가 다른 사람들을 쳐다봤다.

"⋯⋯."

"연주 씨는 세레나 화장품 파트에 지원하고 싶죠?"

"아, 아니에요."

그녀는 손사래를 쳤다.

"솔직해지는 게 어때요? 난 자네가 그 파트로 갔으면 하는데. 같이 연구할 때는 마음이 서로 맞아야 하고 의사소통이 원활해야 하잖아요."

"네? 그건⋯⋯."

"두 명 지원받을 테니까 누구든 지원해 주세요. 한 명은 이미 지원한 것 같고."

연구소장은 그녀의 말은 무시한 채 다른 연구원들을 쳐다 봤다.

"후."

연주는 고개를 숙인 채 작게 한숨을 내쉬었다.

"그리고 기쁜 소식도 하나 전하겠습니다."

연구소장은 팔꿈치를 탁자 위에 올리면서 손깍지를 꼈다.

"……."

직원들은 의미심장한 표정을 짓고 그들을 쳐다보는 연구 소장을 쳐다봤다.

"이번에 연구원을 세 명 추가할 계획입니다. 그러면 지금 처럼 시간에 쫓기지 않아도 될 겁니다."

"진짜입니까?"

"네, 이미 위에서 승인이 떨어진 상태입니다. 그럼, 퇴근하 기 전까지 세레나 화장품 파트에서 근무하고 싶은 직원은 과장에게 지원해 주시기 바랍니다. 지원하는 연구원이 없으 면 제가 임의대로 정할 겁니다. 그래서 미리 말하는데 결정 이 되면 무조건 따르도록 하십시오. 알겠습니까? 그럼, 오늘 미팅은 여기에서 마치겠습니다. 오늘 하루도 수고하세요."

연구소장이 일어서자 연구원들도 따라 일어섰다.

"연주 씨는 고민할 필요가 없겠는데? 남자친구와 같이 일 하면서 연애도 하고 좋잖아. 부럽다."

경미가 연주의 허벅지를 툭 건드렸다.

"남자였으면 성추행이라고 신고했을 거예요."

연주는 일부러 화난 척 얼굴을 찡그렸다.

"어? 삐딱하게 굴긴? 연애하더니 달라졌어. 그리고 좋으면 좋다고 해."

"대리님!"

"아, 알았어. 나 먼저 갈게."

연주가 소리를 꽥 지르자 경미는 먼저 회의실을 나갔다. 연주는 지끈거리는 머리를 누르면서 그 뒤를 따라 자리에 앉았다.

"어디 아파?"

"지금 병 주고 약 주시는 거예요?"

"내가 무슨?"

"됐어요. 대리님도 한몫했어요."

"미안! 그런데 그보다 남자친구 때문에 그런 거 아니야?"

경미가 의심스런 눈으로 말했다.

"그런 거 아니에요."

"아니긴? 지금까지 내가 아는 연주라면 그 일 외에는 아무것도 없는 것 같은데. 사실대로 말하는 게 어때? 혼자 그렇게 끙끙거리지 말고. 어서!"

"저 잠깐 약국에 다녀올게요. 진통제를 먹어야 할 것 같아요. 여기가 콕콕거려요."

연주는 아픈 부위를 가리켰다.

"그래, 다녀와. 그리고 정 힘들면 조퇴해."

"그 정도까지는 아니에요."

"아냐, 진짜 안색이 안 좋아 보여서 그래. 과장님!"

"아니, 전 괜찮아요."

연주는 얼른 경미의 팔을 잡았다.

"아니야, 내가 말해 줄게. 아프지 않더라도 그냥 조퇴해서 집에서 푹 쉬어. 과장님!"

경미는 그녀의 손가락을 떼어놓고는 과장에게 갔다. 잠시 후 경미는 그녀에게 동그라미를 그려 보였다.

"연주 씨, 몸 안 좋으면 퇴근하도록 해요. 난 손님이 찾아와서 내려갔다 올게요. 급한 일 있으면 연락해요."

과장이 연구실을 나갔다.

"퇴근해. 아플 땐 푹 쉬는 게 최고야. 그리고 내가 내일도 쉴 수 있게 연주 대신 월차까지 신청했어."

"대리님!"

"내가 너무 고맙지? 내가 출산휴가를 가게 되면 그땐 연주가 쉬고 싶어도 못 쉬어. 지금 내가 있을 때 쉬어."

경미가 그녀의 어깨를 잡고 말했다.

"고마워요, 대리님!"

연주는 거절할까 하다가 다시 두통이 심해지자 책상을 정리하고 가방을 챙겼다. 연구실을 나선 그녀는 회사 건물 밖으로 나오자마자 제일 먼저 약국에 가서 진통제를 먹었다. 곧바로 집으로 가지 않고 회사 근처에 있는 작은 공원으로 가 벤치에 앉았다. 10월 초라서 그런지 공기가 차가웠다.

"아아아. 어머, 죄송합니다."

그녀는 소리를 냅다 질렀다가 사람들의 따가운 시선이 닿자 얼굴이 벌겋게 되어 허둥지둥 도망치듯이 공원을 나섰다. 그러고는 택시를 잡아탔다. 해밀 아파트 단지에서 내린 그녀는 엘리베이터에 타면서 10층 버튼을 눌렀다. 문이 닫히려는 순간 남자의 손이 문틈 사이로 들어왔다.

"어머."

그녀는 깜짝 놀라 뒷걸음질 쳤다. 초등학생 남학생과 한 남자가 탔다. 연주는 가슴을 쓸어내리고는 무심한 눈길로 고개를 돌렸다. 초등학생이 3층을 누르자 엘리베이터가 올라갔다. 3층에서 문이 열리면서 초등학생이 내리고 다시 엘리베이터가 올라갔다.

그녀는 문득 야릇한 느낌에 몸이 서늘해졌다. 남자는 층수 버튼을 누르지 않았다는 게 기억났다. 그녀는 흘낏 남자를 훔쳐봤다. 그는 검은 후드티를 뒤집어써서 얼굴을 알아볼 수 없게 완전히 가리고 있었다. 그 음침한 분위기에 공포가 스멀거리면서 몰려왔다. 그녀는 가방을 꽉 움켜쥔 채 휴대폰을 찾아 손을 집어넣었다. 엘리베이터 문이 열렸다. 그 순간 그녀는 재빨리 엘리베이터를 내리려고 하는데 남자의 손이 먼저 그녀의 팔을 잡았다.

"꺄아악."

그녀는 비명과 함께 팔꿈치로 남자의 가슴을 가격했다.

"악. 김연주 씨, 접니다. 이영민이에요."

"네?"

고개를 돌린 순간 영민이 맞은 부위를 감싼 채 머리에 뒤집어쓴 후드티를 벗어 내렸다. 그 얼굴을 본 순간 그녀는 안도했지만 한편으로는 긴장의 끈을 풀지 못했다. 왜 이 남자가 여기에 있는 거지 하는 의문이 들었다.

"저 알아보겠어요?"

"왜 여기에 있는 거예요?"

그녀의 목소리가 떨렸다.

"연주 씨가 수영장에 안 나와서 걱정이 되어 찾아왔어요. 어디 아파요?"

"일이 바빠서 못 갔어요. 그런데 옆 동에 살고 있지 않아요?"

그녀는 엘리베이터에서 내린 상태라 주위를 둘러봤다. 10층에는 옆집하고 그녀의 집 단 두 채뿐이었다. 그녀의 눈동자가 이리저리 흔들리다가 벽을 스치면서 엘리베이터 버튼을 위, 아래로 눌렀다. 그러고는 누른 걸 들키지 않으려고 등으로 가렸다.

"네, 그런데 걱정이 돼서요. 연주 씨는 제가 안 보고 싶었어요? 전 보고 싶었는데."

그의 목소리가 거슬릴 정도로 이상하게 들렸다. 그의 번들 거리는 눈동자를 본 순간 두려웠지만 내색할 수 없었다. 그 랬다가는 그가 어떻게 돌변할지 몰랐다.

"네, 보고 싶었어요."

"거짓말! 지금 나한테 거짓말하는 거 다 알아. 누구도 만 나고 싶지 않다고? 그런데 남자를 만나? 남자랑 아침에 나오 는 거 봤어. 날 속여? 감히 날?"

그는 위협적으로 주먹으로 벽을 힘껏 찼다. 그러고는 잔뜩 굳은 얼굴로 그녀에게 다가섰다. 그녀는 뒷걸음질을 쳤다. 벽이 그녀의 등에 닿았다.

"저기…… 이영민 씨, 진정해요. 난……."

그녀의 눈빛과 목소리가 떨렸다.

"진정하라고? 지금 나한테 진정하라고 했어? 넌 내 거야. 그 누구도 널 소유할 수 없어."

그의 손이 그녀의 뺨에 닿았다. 그녀는 소름이 돋아 몸을 떨었다. 그녀의 눈동자가 엘리베이터로 향했다.

'제발! 누군가 타고 내려왔으면…….'

"이영민 씨, 이러지 말아요. 난 누구의 소유물도 아니에요."

"아니, 넌 내 거야. 나만 널 소유할 수 있어. 앞으로 네 몸 을 볼 수 있는 건 나뿐이야. 나 이영민이라고."

그가 자신의 가슴을 가리키면서 소리쳤다.

"그게 무슨……."

"너의 아름다운 몸과 얼굴은 다 내 거야. 널 그린 그림을 본 순간 난 첫눈에 알아봤어. 내 여자라는 걸."

그의 눈빛이 점점 더 광기에 사로잡혔다.

"제발……."

그녀의 입술이 파랗게 질리면서 떨렸다. 그의 손이 그녀의 어깨를 아프도록 움켜쥐었다.

딩동.

그 순간 그들의 얼굴이 엘리베이터로 향했다. 엘리베이터 문이 활짝 열렸다.

"뭘 먹을까? 추우니까 곰탕 먹는 게 어때?"

"아니, 칼국수 먹고 싶어. 매콤하게 하는 칼국수에다 만두랑 같이 먹자."

엘리베이터에서 두 남자의 목소리가 들리자 영민이 그녀의 입을 두툼한 손으로 틀어막았다.

"으으음."

그녀는 신음을 뱉어내면서 발버둥을 쳤지만 두 남자는 그들의 존재를 전혀 알아채지 못했다. 엘리베이터 문이 다시 닫히려는 순간 연주는 지금 저 문이 닫히면 모든 게 끝이라는 걸 본능적으로 알아챘다. 그래서 온 힘을 다해 힘껏 그의 발을 밟았다. 그의 손이 입에서 살짝 떨어진 순간 그녀는 그의 손을 물었다.

"아얏."

영민이 소리를 냈다.

"살려 주세요."

그 순간 그녀도 있는 힘껏 소리를 질렀다.

"어?"

엘리베이터 문이 다시 열리면서 남자 한 명이 얼굴을 내밀었다. 그녀와 시선이 마주쳤다.

"살려 주세요."

그녀가 뛰어가려고 하자 뒤에서 영민이 그녀를 붙잡았다.

"상관 마. 연인끼리의 사소한 말다툼이니까. 연주야, 날 용서해 줘. 다시는 안 그럴게."

갑자기 그가 저자세로 태도를 바꿨다.

"아니에요, 저 이 남자 애인 아니에요. 도와주세요."

연주는 그녀를 붙잡고 있는 영민의 손을 뿌리치려고 바동거렸지만 그의 완력에서 벗어나기가 힘들었다.

"연주야! 왜 그래? 미안해. 그렇다고 날 모르는 척하는 건 아니지. 죄송합니다. 가 보세요. 저희들끼리 해결하겠습니다."

영민의 말에 두 남자는 머뭇거리면서 이러지도 저러지도 못한 채 갈등했다.

"그냥 가야 하는 거 아니야?"

"그래도 요즘 데이트 폭력도 많던데."

"그래도 남의 연애사에 끼어들었다가 좋은 꼴 못 보던데. 그냥 가자."

"경비 아저씨 불러 주세요. 아니, 112에 신고해 주세요."

연주는 그들이 혹시라도 그냥 가 버릴까 봐 애타는 심정으로 소리쳤다.

"그만해. 널 도와줄 사람은 없어. 이봐, 그만 가 봐. 이건 이 여자와 내 일이야."

영민의 목소리 톤이 바뀌면서 신경질적으로 소리쳤다.

"아무래도 이상해. 도와주자."

"그, 그래. 그런데 나중에 여자가 돌변하는 거 아닐까? 도와줬다가 오히려 된박 쓰는 경우 많던데."

"그건 나중에 생각하자. 이봐요. 그 손 놔요. 연인 사이라도 이렇게 폭력적으로 행동하면 안 되죠. 넌 빨리 신고해."

"아, 알았어."

한 남자가 끼어드는 사이 다른 남자는 엘리베이터 비상버튼을 눌러 경비원을 부르고 112에 신고했다.

"젠장, 너흰 뭐야? 너도 내 여자가 맘에 들어서 그러는 거야? 이 여잔 내 거야. 그 누구도 건드릴 수 없어."

그는 그녀를 붙잡고 있던 손 중 오른손을 호주머니에 넣더니 커터 칼을 꺼내 남자들을 향해 휘둘렀다. 그 커터 칼날이 그녀의 손을 스쳐 지나갔다.

"아악."

연주는 비명을 지르면서 손을 잡았다. 피가 흘렀다. 남자들도 영민의 과격한 행동에 놀라 쉽게 접근하지 못하고 어정쩡한 자세로 섰다.

"이봐요, 진정해요. 여자친구한테 하고 싶은 말이 있으면 폭력이 아니라 말로 해결해야죠."

"너희가 뭘 알아? 다른 남자한테 이 여자 줄 수 없어. 이 여잔 내 거야."

그가 그녀의 목을 팔로 감싼 채 조였다. 그녀는 강한 압박에 숨도 제대로 쉴 수 없어 얼굴이 창백해졌다. 그는 왜소한 체구였지만 운동을 했는지 몸은 탄탄했고 근육질이었다. 그녀는 숨을 쉴 수 없어 그의 팔을 마구 때렸지만 그는 아프지도 않은 듯 전혀 꼼짝하지 않았다.

"숨…… 숨 좀."

"그러다 여자 죽겠어요. 그만해요."

"너희가 뭘 알아? 너희들도 이 여자한테 반했지? 내 여자한테 눈길 주지 마. 가! 가란 말이야."

영민이 위험스럽게 카터 칼을 마구 휘둘렀다. 그런 그의 눈동자는 붉게 충혈되어 있고 번질거려 괴기스럽게 보였다.

"으음."

두 남자는 서로에게 눈짓을 했다. 그러면서 조금씩 서로의 간격을 넓히면서 영민이 눈치채지 못하게 다가갔다.

"뭐야? 다가오지 마. 이 칼 안 보여…… 엇."

그가 칼을 휘두르다가 비틀거리자 남자 중 한 명이 다리를 번쩍 들어 칼을 들고 있는 그의 손을 가격했다. 그 충격에 영민은 커터 칼을 놓쳤다. 그러자 그 순간을 놓치지 않고 남자 중 한 명이 달려와 영민의 얼굴을 때렸다.

"아야야."

연주도 그의 팔에서 힘이 빠지자 그의 품에서 벗어나 도 망쳤다. 영민은 남자의 공격에 그대로 균형을 잃으면서 벽에 부딪쳤다. 그러자 다른 한 남자가 영민의 가슴을 때려 쓰러 뜨린 후 등 위로 다리를 얹고는 한 팔을 뒤로 잡아당겼다.

"아아악. 놔! 놓으란 말이야. 내가 누군지 알아? 내가 누군 지 아냐고? 한호그룹 둘째 아들이 바로 나야. 내가 너희들 고소할 거야. 다 고소한다고."

"그래, 고소해라. 네가 어떻게 고소하는지 볼 테니까. 가만 히 있어."

남자가 영민의 머리를 때렸다.

"으으으."

연주는 눈을 감은 채 무릎을 감쌌다. 그런 그녀의 왼손에 반창고가 붙어 있었다. 다행히 커터 칼날이 깊이 들어가지 않고 스치기만 해서 상처는 그리 크지 않았다. 하지만 그녀 는 아직도 그 충격에서 헤어 나오기가 힘들었다. 경찰서에서 진술을 한 후 영민은 곧바로 구속되었다. 그는 외톨이형으로 방에서만 생활하다가 우연찮게 아버지가 서재에 걸어 놓은 그녀의 그림을 본 순간 사랑에 빠졌다. 그 후 그는 휴대폰

화면을 그녀의 그림으로 채웠다. 그리고 심부름센터를 통해 그녀의 뒷조사를 해서 휴대폰 갤러리에 그녀의 평상시 모습을 저장해 놓았다. 집을 나서는 사진, 수영하는 사진, 쇼핑하는 사진 등 그녀의 일거수일투족이 고스란히 담겨 있었다. 그렇게 그녀를 스토커하다가 남자친구가 생긴 걸 안 순간 그는 완전히 돌아버렸다.

휴대폰이 울리자 순간 그녀는 흠칫 놀랐다. 우빈의 전화번호였다. 그녀는 망설이다가 휴대폰을 귀에 가져다 댔다.

"여보세요?"

[왜 이렇게 전화 안 받아요? 혹시 어디 아파요?]

"아, 아니에요."

[어? 목소리가 이상한데. 솔직히 말해 봐요. 우리 사이에 감출 게 뭐가 있다고요? 연주 씨! 말해 봐요.]

그녀를 걱정하는 그의 부드러운 목소리에 그녀는 울컥해졌다. 하지만 그에게 사실대로 모든 걸 털어놓을 수 없었다. 영민과의 일을 말하게 되면 그녀에 대한 모든 걸 밝혀야만 했다. 그렇게 되면 시작도 제대로 하기 전에 먼저 파국으로 흘러갈지도 모른다는 두려움이 그녀의 입을 막았다. 나쁜 짓을 한 건 아니지만 연구원 외에 누드모델 일도 한다는 사실을 밝히는 순간 그녀를 바라보는 그의 시선이 달라질 게 틀림없었다.

'안 돼. 그건 안 돼.'

그녀는 머리를 감쌌다.

"지금 제가 컨디션이 안 좋아서 그래요. 그래서 일찍 조퇴했어요. 약 먹어서 그런지 몸이 나른해서 그래요."

[내가 지금 갈게요. 기다려요.]

"아, 아니 괜찮아요. 지금은 많이 나아졌어요."

[갈게요.]

그녀가 뭐라고 말하기도 전에 그는 휴대폰을 끊었다. 연주는 길게 한숨을 내쉬면서 머리카락을 움켜쥐었다. 세상에 비밀이라는 건 없다고 하지만 그래도 그만은 평생 알지 않았으면 하는 바람이 컸다. 처음으로 그녀는 누드모델이라는 걸 후회했다. 하지만 그녀가 지금까지 견딜 수 있게 해 준 일이기도 했다. 그 아이러니에 연주는 씁쓸한 미소를 머금었다.

"아아."

그녀는 힘겹게 자리에서 일어나 주방으로 걸어갔다. 우연히 거울을 스쳐 지나가다가 자신의 모습을 본 순간 깊은 한숨을 내쉬었다. 사방팔방으로 뻗은 머리카락, 엉망진창인 아이라인, 초췌하고 엉망인 얼굴을 본 순간 그녀는 아픈 것 이상으로 초라한 자신의 모습에 정신이 번쩍 들었다. 그녀는 뺨에 손을 가져다 댔다가 주방이 아닌 욕실로 향했다.

"이런 모습을 보여 주면 안 돼."

연주는 그가 오기 전에 샤워를 해야 했다.

8. 동거

어둠이 깊게 드리워진 방 안.

침실에는 두 남녀가 잠들어 있었다. 그들의 몸 위에는 얇은 이불이 덮여 있었다. 연주의 풍만한 가슴이 그대로 노출된 채 우빈의 가슴에 안겨 있었다. 그녀의 얼굴은 초췌했지만 사랑스러웠다.

"으음."

우빈이 잠결에 그녀의 몸을 끌어당겼다. 그의 입가에는 만족스런 미소가 어려 있었다. 그녀는 그런 그의 가슴속으로 파고들면서 그의 몸에 팔을 둘렀다. 그의 단단한 몸과 그녀의 부드러운 몸이 겹쳐지면서 아름다운 그림을 만들었다. 그의 손이 그녀의 목덜미에서 어깨를 쓰다듬더니 가슴에 닿았다. 그는 부드럽게 그녀의 가슴을 애무하다가 유두를 만지작거렸다.

"아아아."

그녀의 붉은 입술이 벌어지면서 엷은 신음을 뱉어냈다. 그의 입가에 미소가 번지더니 그녀의 유두에 그의 입술을 가져다 댔다. 그의 혀가 그녀의 유두를 핥았다. 잠들어 있던 그녀의 몸이 서서히 깨어나기 시작했다.

그녀의 입꼬리가 올라가면서 그의 등을 어루만지더니 아래로 아래로 내려갔다. 그의 힙에 그녀의 손이 닿았다. 그녀의 그런 적극적인 자세에 그의 손이 그녀의 은밀한 숲에 닿았다. 그녀의 숲이 촉촉하게 젖어들었다. 그의 입술이 그녀의 입술에 닿았다. 그녀는 그의 능수능란한 몸짓에 쾌락의 파도에 몸을 실었다.

"아, 미치겠어. 날 다시 깨우는군."

"먼저 시작한 사람은 당신이에요."

"그런가? 싫어? 그렇다면 여기에서 멈출게."

그는 당장이라도 그만둘 것처럼 몸을 일으켰다.

"안 돼요."

연주는 그의 목을 끌어당겼다. 그러고는 그의 몸 위로 올라갔다. 그녀의 머리카락이 길게 늘어졌다.

"연주 씨한테도 이런 모습이 있다니 신기한데요."

"쉿! 그만 말해요."

그녀는 그의 입술을 살짝 깨물었다가 턱을 타고 목덜미로 내려갔다. 그녀의 입술은 그의 작은 유두를 살짝 깨물었다가 내려갔다.

"아아아."

그의 신음에 그녀의 입가에 엷은 미소가 번지면서 더 아래로 내려갔다. 그녀의 혀가 그의 남성에 닿았다. 그녀는 입 안에 그 남성을 넣었다. 그의 남성이 단단해지자 그 위에 앉았다. 그의 한 손은 그녀의 허리를 잡았고, 다른 손은 그녀의 한쪽 가슴을 애무했다. 그녀는 몸을 좌우로 움직이면서 하나가 되려고 달렸다. 그의 남성이 그녀의 몸속으로 들어오면서 그녀를 꽉 채웠다.

"아아아."

그녀의 손톱이 곤두서면서 그의 등을 파고들었다. 그들의 몸이 리드미컬하게 움직이면서 서로를 완벽히 채워 나갔다. 그들의 몸에서 뜨거운 열기가 피어올랐다.

"하아."

"하."

격렬한 정사 뒤 연주는 가쁜 숨을 내쉬었다. 그녀는 창문에서 들어오는 불빛을 통해 그의 얼굴 윤곽을 어렴풋이 볼 수 있었다. 그녀는 떨리는 손길로 그의 뺨을 부드럽게 쓰다듬었다. 그의 눈, 코, 입술을…… 그녀의 입꼬리가 올라가면서 미소가 진하게 번져 나갔다.

'그래, 이 순간을 즐기는 거야. 꼭 결혼까지 생각할 필요

없잖아. 동거면 어때? 이 남자와 살고 싶어. 미리 헤어질지 도 모른다는 고민은 하지 말자.'

연주는 앞날을 고민하면서 사느니 지금 현재를 소중히 여기자고 결심했다. 지금 그는 온전히 그녀만의 남자였다. 그리고 그가 그녀를 얼마나 아끼고 좋아하는지 온몸으로 느끼고 있었다. 그거면 됐다.

"우빈 씨!"

그녀는 조심스럽게 그의 이름을 불렀다.

"응?"

그는 나른한 목소리로 대답하면서 그녀의 몸을 끌어당겼다.

"우리 같이 살아요."

"응? 뭐라고?"

그는 무의식적으로 대꾸하다가 그녀의 말이 뭔지를 깨달은 순간 잠이 저 멀리 달아나 버렸다. 몸을 벌떡 일으킨 그는 침대 옆 탁자에 있는 스탠드를 켰다. 불빛에 드러난 그녀의 요염한 자태에 그는 숨이 막혔다. 방금 사랑을 나눈 그녀는 속세적인 아름다움을 고스란히 간직하고 있었다.

"호텔에서 우리 집으로 옮겨요. 그리고 우빈 씨가 약속한 아침은 책임져야 해요. 한 입으로 두말하기 없기예요. 그 대신 월세는 필요 없어요."

그녀는 그의 가슴을 만지작거리면서 속삭였다.

"지, 진짜?"

"네. 그리고 한 가지 더……."

그녀는 용기를 냈지만 차마 그다음 말을 잇지 못했다.

"뭔데요? 연주가 원하는 거라면 뭐든지 다 할게요. 말만 해요."

"방은 같이 써요."

그는 잠시 그녀가 한 말의 뜻을 생각하느라 몇 초간 굳은 듯이 있다가 크게 웃음을 터뜨리면서 그녀의 뺨에 뽀뽀를 했다.

"그건 당연한 거 아닌가요? 난 처음부터 다른 방을 사용할 생각하지 않았어요. 어떤 남자가 이렇게 예쁘고, 섹시하고, 사랑스런 여자를 두고 다른 방에서 잘 수 있겠어요? 그건 완전히 고문이죠."

"그렇다고 절 쉬운 여자로 보지 마요."

그녀는 토라진 듯 입술을 삐죽 내밀었다.

"아니, 난 한 번도 연주를 쉬운 여자로 생각한 적 없어요."

그들의 키스가 격렬해졌다. 새벽이 올 때까지 그들은 몇 번씩이나 서로를 가졌고 새벽이 되어서야 깊은 잠에 빠져들 었다.

"으음."

그녀는 격렬한 정사로 인해 온몸의 근육이 땅기고 나른했 지만 행복했다. 그녀에게 일어났던 무섭고 잔인했던 사건은 그녀의 기억에서 깔끔히 사라졌다. 그녀의 왼손에 붙어 있는 반창고와 목에 남은 멍자국만이 그 무서웠던 스토커 사건을 상기시켰다.

그가 그녀에게 무슨 상처냐고 물었을 때 그녀는 목에 난 멍자국은 스카프가 모서리에 걸려서 목이 조인 거고, 반창고를 붙인 손은 부엌에서 당근을 썰다가 다친 거라고 거짓말했다. 절대 이영민과의 일을 밝힐 수 없었다. 그래서 우빈에게 이 일을 감추려고 서둘러 그 사건을 마무리했다.

이영민은 한호그룹 둘째 아들이었고, 정신과를 다닌 이력이 있었다. 그녀가 모델로 섰던 그림을 보고 그녀에게 집착하게 됐다는 것도 사실이었다. 다시는 그가 그녀에게 접근할 수 없게 보디가드를 고용할 것을 한호그룹 변호사를 통해 약속 받았고, 이런 사실을 언론에 유포하지 않고 합의하는 조건으로 합의금을 받았다. 처음엔 그 합의금을 받지 않으려고 했지만 그들에게는 큰돈이 아니라는 사실을 깨닫고는 받아서 고스란히 봉사단체에 기부했다.

그녀는 월차를 내서 쉬는 날이지만 우빈은 출근을 해야만 했다. 그녀는 하루 종일 푹 쉬다가 그가 퇴근해서 호텔에서 짐을 챙겨오기 전에 저녁을 준비했다.

"이제 올 시간이 다 됐는데."

그녀는 벽시계를 올려다보면서 행복한 미소를 지었다. 그때 거실에 놔둔 휴대폰이 울렸다.

"전화하지 말고 오지."

하지만 연주는 휴대폰 액정에 뜬 이름을 확인한 순간 눈빛이 달라졌다.

"여보세요?"

[날 반기는 목소리가 아닌데?]

김태준 화백이었다.

"아니에요. 그런데 무슨 일 있으세요?"

[무슨 일 있기는? 연주가 보고 싶어서 전화했어. 유럽에서 전시회를 마치고 방금 한국에 도착했어.]

"오늘이었어요? 몰랐어요."

[그럴 수도 있는 거지. 그런데 한국에 도착하니까 제일 먼저 떠오르는 사람이 누군지 알아? 연주야.]

"사모님이 아니시고요?"

[아니, 내 그림의 뮤즈인 연주가 제일 먼저지. 그런데 아직 퇴근 전인가?]

"아뇨, 집이에요."

그녀는 초조한 눈빛으로 현관문을 응시했다.

[그래? 아직 퇴근 안 했으면 회사로 데리러 가려고 했는데.]

"네?"

예상치 않은 그의 말에 그녀의 목소리 톤이 올라갔다.

[농담이야. 유럽 전시회를 길게 했더니 이제 빨리 그림을 그리고 싶어서 말이야. 내일 당장 시작할 수 있을까? 토요일인데.]

"저, 그게…… 알았습니다. 그리고 저 드릴 말씀도 있어요."

그녀는 머뭇거리다가 말했다.

[그래? 나도 그런데. 내일 내 화실로 와. 일찍 오면 더 좋고. 나이가 들어서 그런지 이상하게 아침잠이 없어졌어.]

"알겠습니다. 내일 뵐게요."

그녀는 휴대폰을 끊고는 넋이 빠져 멍한 표정이 되었다. 김태준 화백은 그녀에게 선생님이고, 부모님이자, 친구 같은 존재였다. 그런데 지금 그녀는 그에게 더 이상 누드모델을 할 수 없다는 말을 전해야만 했다. 우빈을 제외한 그 어떤 남자 앞에서도 그녀의 알몸을 보여 주고 싶지 않았다. 하지만 오랜 시간을 함께해 온 김태준 화백에게 단칼에 무 자르듯이 안 하겠다고 말하기는 쉽지 않았다. 김태준 화백의 마음에 드는 새로운 모델을 구할 때까지는 그녀가 모델로 서야만 했다. 그러자면 효진 선배에게 도움을 요청해야 했다.

'하아, 이렇게 후회할 날이 올 줄은 몰랐어. 스토커까지 생기고. 이런 날이 올 줄은 정말 몰랐어.'

그녀의 눈빛이 흐릿해졌다.

잔잔한 음악이 흐르는 거실에 나란히 앉은 연주와 우빈은 샴페인을 마셨다. 그들의 동거를 기념하기 위한 축배였다. 저녁식사를 마치고 마시는 샴페인은 그들을 행복하게 만들었다.

"이렇게 빨리 가까워져도 되는 걸까요?"

연주는 한숨을 내쉬면서 달짝지근한 목소리로 말했다.

"첫눈에 반한다는 말 있죠? 그게 바로 연주예요."

그가 그녀의 머리카락을 만지작거리면서 그녀의 귀에 속삭였다.

"외국에서 살다 와서 그런지 우빈 씨 말에서 버터 냄새가 나요."

"독일에서 살다 오긴 했죠. 그런데 독일남자가 세계에서 가장 무뚝뚝하다는 말 못 들어 봤어요? 간질거리는 말은 못 해요. 난 진심인 말만 할 줄 알아요."

그녀의 귀에 바짝 입술을 대고 속삭이는 그의 말에 연주는 간지러워서 웃음을 터뜨렸다.

"그건 사람 나름이겠죠? 그런데 너무 간지러워요."

그녀는 그의 얼굴을 밀어내면서 목을 움츠렸다.

"훗. 연주 씨는 마약처럼 날 정신없게 만들어 버려요. 중독되게 만든다고 할까요? 자꾸만 빨려들게 만드는 것 같아요, 회오리처럼."

그가 그녀의 눈을 똑바로 응시한 채 말했다.

"제가 그런 마력이 있나요? 저도 정신없기는 마찬가지예요. 제가 이렇게 앞뒤 안 가리고 빠져드는 건 처음이에요. 우빈 씨가 좋아요."

그녀는 얼굴이 벌겋게 되어 말했다.

"연주 씨는 예쁜 말만 하는 것 같아요."

그의 입술이 그녀의 목덜미에 닿았다. 그의 손이 그녀의 뺨을 감싸고는 그들의 입술이 포개졌다. 그들의 혀가 감기면서 그들의 키스의 농도는 짙어져만 갔다. 그들의 호흡이 가빠졌다.

"하아. 그만요."

"연주는 날 정신 차리지 못하게 하는 것 같아."

"산책 갈까요?"

그녀는 자리에서 벌떡 일어섰다.

"산책?"

"네. 아파트 뒤편에 산책코스가 있어요. 밤에는 조명등이 설치되어 있어 운치도 있고요. 날씨가 쌀쌀할 것 같긴 한데 위에 겉옷 입고 나가면 될 것 같아요."

"그렇죠. 첫날인데 우리만의 색다른 추억들을 쌓아 나가야겠죠?"

"저 겉옷 챙겨 올게요."

그녀는 옷방으로 들어갔다. 하지만 바로 보이는 그림을 본 순간 그녀의 눈동자가 심하게 흔들렸다.

"저걸 내가 왜 안 치웠지?"

연주는 그가 혹시라도 들어올까 봐 얼른 문을 잠갔다. 그러고는 커다란 액자를 힘겹게 내려 구석진 틈 사이로 밀어 넣었다.

"후우."

그녀는 무거운 액자를 드느라 힘이 빠져 가쁜 숨을 몰아 내쉬면서 이마에 맺힌 땀을 손등으로 닦았다.

[연주 씨! 멀었어요?]

우빈이 문을 두드리더니 손잡이를 돌리는 소리가 들렸다.

"아, 네. 금방 나가요."

연주는 연녹색 롱 카디건을 입으면서 밖으로 나왔다.

"안에 뭐 숨겨 놨어요? 문을 잠갔던데."

그녀가 옷방에서 나오자 그는 장난스런 표정으로 문틈 사이로 발을 뻗으면서 얼굴을 드밀었다.

"제가 왜 잠그겠어요? 가끔 옷방 문이 저절로 잠길 때가 있어요. 어서 나가요."

그녀는 거짓말을 하면서 그의 팔짱을 꼈다.

"언제 내가 손봐야겠는데요."

"아니에요, 제가 사람 불러서 고칠게요."

그들은 팔짱을 낀 채 아파트 뒤편에 있는 산책로로 들어섰다. 해가 짧아지면서 거리는 어둠에 휩싸였지만 가로등이 있어 운치 있었다.

"바람이 찬데요."

우빈이 그녀의 어깨를 감싸 안았다.

"조금 차긴 해도 바람도 좋고, 풀 냄새도 나고, 풀벌레 소리도 들려서 서울 같지가 않아요. 여긴 봄, 여름, 가을, 겨울에 따라 분위기가 달라져요. 우빈 씨와 사계절을 같이 산책

했으면 좋겠어요."

그녀는 슬며시 속마음을 드러냈다.

"그러면야 나도 좋죠. 그런데 내일은 우리 뭐 할까요? 저번엔 내가 원하는 놀이동산을 갔으니까 이번엔 연주가 선택해요. 연주한테 선택권을 넘길게요."

"내일 약속 있어요."

"취소할 수 없어요? 하루 종일 같이 보내고 싶은데."

"그러고 싶지만 한 달 전에 약속된 일이에요."

그녀는 아쉽다는 표정을 지은 채 거짓말을 했다.

"그러면 어쩔 수 없죠. 그런데 누굴 만나는 건지 말해 줄 수 없어요? 아니, 나도 같이 만날 수 없어요? 연주가 아는 사람이라면 이번 기회에 인사도 하고 좋잖아요."

"그러면 좋지만 같이 만나는 건 다음 기회로 미룰게요. 선생님이시거든요. 제가 개인적으로 드릴 말씀도 있어서요. 미안해요."

그녀는 진짜 미안한 마음을 담아 말했다.

"그렇게 말하면 내가 미안해지잖아요. 연주를 불편하게 하려는 건 아니었는데."

"아니, 전 불편하지 않아요."

"그렇다면 다행이고요. 자, 산책이나 즐깁시다. 여기 진짜 괜찮은데요. 멀리 나갈 필요 없이 집 근처에서 하는 데이트라 좋아요. 우리 자주 이런 시간을 가져요."

그때 그들 곁으로 개를 데리고 산책하는 부부와 아이들이 지나갔다. 그들의 떠들썩한 대화와 웃음소리에 그들까지도 미소가 번졌다.

"연주는 애완동물 키우고 싶다는 생각 안 해 봤어요? 혼자 살면 외로울 텐데. 아무도 없는 집에 들어서면 외로움이 더 몰려오잖아요."

"키우고 싶은 마음은 있었어요. 그런데 저 때문에 애완동물을 외롭게 하면 안 되잖아요. 연구원이라 밤새는 날이 다반사거든요. 그런데 애완동물을 홀로 밀폐된 아파트에 가둬 둔다는 건 애완동물 학대 같아서 그렇게 할 수 없었어요. 내 욕심만 채울 수는 없잖아요."

그녀의 시선이 개에게로 움직였다.

"그것도 그렇겠는데요. 연주만 괜찮다면 나중에 단독주택에서 살면서 우리 애완동물 키워요."

"네? 네."

그녀는 그럴 날이 과연 올까 하는 의문이 들었지만 순순히 대답했다. 꼭 그러고 싶기에.

연주는 무릎 아래까지 내려오는 검정 원피스에 발목까지 오는 부츠를 신고 가죽 재킷을 걸쳤다. 그리고 머리카락은 길게 늘어뜨렸다. 스물여덟 살이라는 나이가 무색할 정도로 청순하면서도 모델 같은 몸매가 돋보였다. 그녀는 립스틱을 칠하고는 거울 앞에서 한 발 뒤로 물러섰다.

"너무 예뻐서 밖으로 내보내기 싫은데요."

우빈이 침대에 누운 채 화장하고 있는 그녀를 쳐다봤다.

"집에 있을 거예요?"

"그러려고요. 일찍 들어와요. 저녁식사는 같이 해요. 내가 솜씨 한 번 발휘해 볼 테니까."

"아침도 준비했는데 저녁까지요? 저녁은 제가……."

"나한테 맡겨요. 이럴 기회가 자주 있는 거 아니니까요. 앞으로 회사 일 때문에 바빠질 거예요. 그리고 연주한테 고백할 게 한 가지 있어요."

"고, 고백요?"

연주는 고백이라는 말에 움찔 몸을 떨었다. 비밀을 간직하고 있는 탓인지 그녀의 양심에 찔리는 말을 들을 때마다 자신도 모르게 반응했다.

"즐거운 고백이니까 걱정 마요. 집에 오면 말해 줄게요."

그가 장난스럽게 윙크를 했다.

"아, 알았어요. 갔다 올게요."

그녀는 가방을 챙겨 들었다. 그녀가 걸음을 옮기자 옆으로 트인 치마가 벌어지면서 그녀의 늘씬한 각선미가 드러났다. 은근히 섹시한 자태에 우빈의 눈매가 가늘어졌다.

"잠깐! 그 옷 꼭 입고 가야 해요?"

"네?"

"야해서요. 이거 참, 내 입에서 이런 말이 나오고. 내 말 잊어 줘요."

그는 자신이 뱉은 말에 스스로도 우스운지 웃음을 터뜨렸다.

"걱정 마요. 난 당신 거니까요."

그녀는 그에게 다가가 입맞춤을 하고는 떨어지려고 했다.

"이러면 안 되죠. 시작했으면 끝은 봐야죠."

그녀가 일어서려고 하자 그가 그녀의 어깨를 잡더니 입술을 점령했다. 그는 진공청소기처럼 그녀의 입술을 빨아들였다. 그들의 혀가 교차되면서 그들의 입에서 신음이 흘러나왔다. 그녀의 다리가 풀렸다.

"여기까지."

"아!"

그녀의 눈빛이 뜨거운 욕망으로 흐릿해지자 그는 의미심장한 눈빛으로 그녀의 콧등을 살짝 눌렀다.

"1부는 여기까지. 2부는 집에 돌아오면 이어서 합시다. 그럼, 지금부터 나만의 휴식시간인가? 그런데 2부 공연 들어가기 전 휴식시간이 너무 긴 거 아녜요?"

"정말 짓궂어요. 갈게요."

그녀는 입술을 삐죽거리고는 나가려고 발걸음을 떼었다.

"잠깐! 그런데 진짜 그 모습으로 나간다는 건 아니죠?"

"네?"

그녀는 바보스런 표정을 지었다.

"거울은 보고 가요."

그는 그녀에게 윙크를 하고는 침대에서 일어나 휘파람을 불면서 방을 나갔다. 연주는 그런 그의 등을 쳐다보다가 가방에서 손거울을 꺼냈다.

"흐음."

그녀는 신음을 흘렸다. 손거울에 비친 그녀의 입술이 립스틱으로 번져 있었다. 그녀는 메이크업을 다시 고치고서야 아파트를 나설 수 있었다.

속살이 다 비치는 얇은 한복 속옷을 입고 앉아 있는 요염한 여인. 한쪽 다리를 들어 올리고 묘한 미소를 머금은 모습의 그녀는 기녀처럼 우아하면서도 요부의 느낌이 강렬했다. 허공을 응시하는 그녀의 눈빛에는 사랑을 아는 여인의 깊음이 드러났다.

"흐음."

그런 그녀를 화폭에 담는 김태준 화백의 짙은 눈썹이 꿈틀거렸다. 그의 시선은 그녀에게 떨어질 줄 몰랐다. 몇 달 못 본 사이에 그녀에게서 소녀 같은 청초함이 아닌 여인의 진한 향이 풍겼다. 성숙한 여인만이 간직한 그런 분위기였다. 그는 그녀에 대한 여러 가지 궁금증이 가득했지만 그녀를 그리고 싶은 욕망이 그 모든 걸 덮어 버렸다.

그는 화폭에 그녀의 모습을 그리기 시작했다. 그녀의 모든 걸 화폭에 담기 위해 그의 눈과 손은 빠르게 움직였다. 한복 속옷에서 비치는 그녀의 풍만한 가슴과 분홍빛이 가미된 유두, 그리고 뽀얀 속살에 유연하게 이어지는 몸매의 선은 아름다웠다. 하지만 그녀를 화폭에 담는 김태준 화백의 눈은 맑았고, 흔들림이 없었다. 그저 아름다운 작품을 감상하는 감탄만이 엿보였다.

"후우. 수고했어."

그는 손을 내렸다. 그와 동시에 연주는 자리에서 일어나 의자에 걸쳐 놓은 가운을 입었다.

"옷 갈아입고 나올게요."

"그동안 차하고 쿠키 준비할게."

그녀는 대답 대신 미소를 지어 보이고 옆방으로 걸어가 옷을 갈아입고 나왔다. 화실로 나오자 고소한 커피향이 풍겼다.

"자!"

"감사합니다."

그녀는 다소곳이 앉아 커피 잔을 입에 가져다 댔다. 그때 김태준 화백이 그녀 앞으로 선물포장을 한 작은 상자를 내밀었다.

"선물이야."

"저한테 무슨 선물이에요?"

"내 뮤즈한테 선물 안 해 주면 누구한테 해? 열어 봐. 마음에 들었으면 좋겠는데."

그가 기대에 찬 눈빛으로 그녀를 쳐다봤다. 연주는 커피 잔을 내려놓고는 선물포장을 뜯었다. 목걸이와 카드가 들어 있었다.

"다이아몬드 목걸이야. 카드는 나중에 읽어 봐."

"선생님, 못 받을 것 같아요. 너무 비싸요."

"아니, 받아. 연주를 만나지 않았더라면 만족스런 그림을 못 그렸을 거야. 연주 덕분에 내 예술혼이 다시 피어났는데 이 정도는 해야지."

"하지만……."

그녀는 상자를 만지작거렸다.

"받아. 그런데 유럽 전시회에 간 사이에 무슨 일 있었어? 연주 분위기가 확 바뀐 것 같아."

"제, 제가요?"

그녀는 멋쩍은 미소를 지었다.

"응, 마치 사랑에 빠진 여인 같아. 고고한 백합 같은 여인에서 장미향을 뿜어 대는 성숙한 여인으로 변신했다고나 할까?"

그는 그녀를 꽃에 비유해서 말했다. 그녀는 그런 그의 말에 얼굴에 피가 확 쏠리면서 빨개졌다.

"네."

"네? 정말 남자가 생긴 거야?"

마음을 잘 드러내지 않는 연주에게 사랑하는 남자가 생겼다는 사실에 그는 엄청난 충격을 받았다. 하지만 한편으로는 자신의 일이라도 되는 듯 기뻤다.

"네. 저도 아직 실감이 안 나요. 그래서 선생님한테 드릴 말씀이 있어요."

"응?"

그는 연주의 심상치 않은 분위기에 불안한 마음이 들었다.

"모델 일을 접어야 할 것 같아요."

"안 돼."

그는 목소리가 커졌다.

"저……."

그의 과격한 반응에 연주는 입술이 떨어지지 않았다.

"아, 미안해. 난 연주가 계속 내 뮤즈가 되어 줬으면 좋겠어."

"죄송해요."

"그런 말 하지 마."

"효진 선배한테 저보다 나은 모델을 추천해 달라고 할게 요. 전 더 이상 누드모델은 할 수 없어요. 그리고 얼마 전에 무서운 일도 겪었어요."

"무서운 일?"

그녀는 우빈에게도 털어놓지 못한 이영민과의 일을 털어 놓았다. 그 이야기를 할수록 연주는 그 당시의 두려움이 다시 새록새록 되살아났다. 그는 그 이야기를 듣는 내내 얼굴이 무섭게 굳었다.

"그래서 이번 작품을 마지막으로 끝내고 싶어요. 죄송해요."

"하아. 그런 일이 있었다니 미안해. 그런데도 난 아직도 연주의 모습들을 화폭에 담고 싶은데."

"저 벌써 스물여덟이에요. 30대가 되면 몸매의 선도 허물어질 거예요."

"그땐 그때대로의 멋스러움과 아름다움이 있어. 나는 자연스럽게 나이 들어가는 연주의 모습을 내 화폭에 담고 싶어. 겉모습이 전부는 아니잖아."

"남자친구한테 제가 누드모델이라는 말을 못 했어요. 그 말을 하게 되면 그가 절 바라보는 시선이 달라질까 봐서요. 그럼, 견딜 수 없을 것 같아요."

"으음."

그는 그녀의 말에 할 말을 잃었다.

"제 몸을 보여 줄 수 있는 남자는 오직 그 사람 한 명뿐이었으면 좋겠어요. 그 남자를 놓치고 싶지 않아요."

"알았어. 나만 욕심을 채울 수는 없지. 그럼, 다음에 딱 한 번만 마지막으로 모델이 되어 줄 수 있어?"

"네, 그럴게요. 그리고 죄송해요. 갑작스럽게 이런 말을 해서요."

"아니야, 하지만 한 번 더 고민해 달라고 부탁할게. 그리고 연주한테 사랑하는 남자가 생긴 거 진심으로 축하해. 언제 소개시켜 줄 거지?"

"그게……."

"왜, 걱정이 돼? 아무 말 안 할게. 그냥 삼촌이라고 소개해. 부모님 대신 그 남자친구가 괜찮은지 내가 봐 줄게."

"네, 알겠어요."

"언제가 좋을까? 연주 남자친구를 빨리 보고 싶은데. 다음 주 토요일에 그림 그리고 저녁식사 같이 하는 거 어때? 내가 이번 주 평일은 약속이 다 차 있어서 말이야. 유럽 전시회를 끝내고 오니까 인터뷰다 뭐다 약속들로 꽉 찼어."

"네, 그럴게요. 저 이만 갈게요."

연주는 그의 누드모델을 하지 않겠다고 했을 뿐 관계를 끊겠다는 건 아니었다. 김태준 화백은 효진 선배와 더불어 그녀의 파란만장한 20대를 버티게 해 준 고마운 사람이었다.

"그래, 다음 주에 봐."

"네."

연주는 인사를 꾸벅 하고는 화실을 나섰다. 그런 그녀의 뒷모습을 쳐다보는 김태준 화백의 눈동자가 어두워졌다.

"하아, 언젠가는 내 품을 떠날 파랑새라는 걸 알고 있었지만 그때가 지금이라니…… 너무 빨라. 그래도 욕심내지 말자."

그는 자조적인 미소를 지었다. 8년 전 그가 더 이상 그림을 그릴 수 없을 정도로 우울했을 때 연주를 만나게 됐다. 그 당시 하나뿐인 딸 수정을 먼저 저세상으로 떠나보내느라 힘든 시기였다. 그럴 때 슬퍼 보이는 눈으로 다가온 소녀가 바로 연주였다. 연주의 그 모습에 자신과 수정의 모습이 투

영되었다. 그렇게 그는 다시 그림을 그리기 시작했고, 연주가 상처를 치유해 가는 모습과 여인으로 성장해 가는 모습을 그의 화폭에 담으면서 그의 그림은 살아 숨쉬기 시작했다. 그 덕에 그는 다시 평단에서 좋은 평가를 받기 시작했다. 특히 유럽에서 그의 작품을 높이 평가해 준 덕분에 그의 네임 레벨은 높아졌다. 그래서 그에게 그녀는 고마운 존재였고, 그의 작품의 뮤즈였다. 사랑하는 아내 외에 그가 마음에 품은 첫 여인이었다. 딸 같은 존재로.

"그래, 연주도 외롭지 않게 남자를 만나야 해. 누군지 복 받았어. 연주가 얼마나 사랑스러운데. 누드모델 했다고 마음이 바뀐다면 그건 속이 좁은 거지. 아, 그런데 내 뮤즈가…… 오늘은 술이 고프군."

그는 엷은 미소를 입가에 물고는 이젤 위에 올려 있는 그림을 응시했다.

9. 비밀은 없다

    이영민 스토커 사건이 있은 후 연주는 새벽에 수영장 가는 게 두려워졌다. 그래서 수영장에 가는 대신 우빈을 따라 호텔 헬스클럽을 이용하기 시작했다.

    "여기 좋은데요."

    고급스런 헬스클럽 내부 전경에 연주는 나직이 휘파람을 불었다.

    "먼저 몸부터 풀까? 스트레칭을 해 줘야 다치지 않아요. 자, 내가 하는 대로 따라 해요."

    그녀는 그를 따라 스트레칭을 했다. 그런 후 그녀는 러닝머신에 올라가 뛰었지만 그녀의 시선은 그에게 향했다.

    "정신 집중하고 운동해요. 딴 데 보다가는 다칠 수 있어요."

    그는 그녀를 쳐다보지도 않고 장난스럽게 말하면서 역기

를 들었다. 그녀는 헛기침을 하고는 러닝머신 위를 달렸다. 그리고 그가 하라는 대로 다른 운동기구들을 이용하면서 운동을 했다. 운동이 끝난 후 탈의실로 들어가 샤워를 하고 머리, 메이크업까지 완벽히 마무리한 후 나왔다. 그도 샤워를 끝내고 나온 탓에 깔끔해졌고 상큼한 향이 풍겼다. 연주는 그런 그의 팔짱을 꼈다.

"가요."

"허! 점점 대범해져 가는 것 같아. 하긴 처음부터 알아보긴 했지만."

그가 장난스럽게 말했다.

"그래서 싫은가요?"

그녀는 일부러 코맹맹이 소리를 냈다.

"아니, 나야 고맙죠. 안 그랬으면 지금까지도 밀고 당기기를 하고 있을 거 아니에요? 자, 식사하러 갈까요?"

"그런데 헬스클럽과 조식을 호텔에서 매일 해도 돼요? 비용만 해도……."

"쉿! 그건 내 몫이에요. 그리고 그 정도의 능력은 돼요. 연주 씨한테 말했죠? 아침은 내가 책임지겠다고."

"경제적으로 든든한 남자친구를 둬서 좋긴 한데, 이러다 파산하는 거 아녜요? 처음 우리 집 방 하나 달라고 할 때 월세든 전세든 너무 비싸서 집 얻기 무섭다고 한 사람이잖아요."

"그 말 믿었어요? 그건 연주와 함께 살고 싶어서 한 거짓말인데. 이래 봬도 경제적으로는 불편한 거 하나도 없어요. 난 당연히 연주도 알 거라고 생각했는데요."

"뭐라고요?"

"자, 밥 먹으러 갈까요?"

"하던 말은 마쳐야죠."

"그만해요. 다 지나간 일이잖아요. 그리고 운동을 해서 그런지 엄청 배고파요."

그들은 1층 커피숍에서 간단히 식사를 한 후 그의 차를 타고 회사로 출근했다.

"출근도 같이하는 거야?"

우빈과 헤어지자마자 경미가 다가와 그녀의 팔을 툭 쳤다.

"대리님?"

"보기 좋다. 정말 부러워."

"대리님이 절 부러워하면 어떡해요?"

"연주가 몰라서 그래. 결혼해 봐. 연애시절과 달라. 사랑하는 연인이 아니라 가족이 되는 거라고. 연애는 오래 하고 결혼은 천천히 하라는 게 바로 이것 때문이야. 결혼한 선배로서 충고해 주는 거야."

"알겠습니다."

그녀는 혼인신고만 하지 않았을 뿐 동거 중이라는 말은 차마 입 밖으로 내뱉지 못했다.

"그리고 스킨십은 천천히 해. 여자는 남자 애간장을 태워야 하는 거야. 그래야 남자가 바짝 긴장하지. 남녀 간에 밀당이 얼마나 중요한지 연주는 모르지? 그리고 좋은 남자를 만나려면 연애를 많이 해 봐야 돼. 팀장은 몇 번째 남자야? 내가 보기에는 첫 번째인 것 같은데."

"글쎄요."

연주는 어깨를 으쓱하면서 그 질문에 대한 대답을 회피했다. 그녀에게 밀당이란 이미 저 멀리 은하수로 날아간 지 오래였다. 그녀는 이미 그에게 몸과 마음을 다 던져 버렸다.

"대답도 참. 그래도 좋을 때야. 타임머신이 있어 시간을 되돌릴 수만 있다면 내가 잘생긴 팀장을 꼬시고 싶어. 그런데 이렇게 배불뚝이가 됐으니 연주한테 양보해야겠지? 고마운 줄 알아? 내가 결혼하기 전이었으면 연주한테 국물도 없었을 거야. 내가 결혼 전에는 얼마나 멋졌는지 모르지?"

경미는 불룩 나온 배를 어루만지면서 말했다.

"네, 그래서 다행이라고 생각해요."

연주는 경미의 말에 장난치듯 말했다.

"내 말을 믿지 않는 것 같은데?"

"아니에요. 믿어요. 들어가시죠."

연주는 경미가 들어갈 수 있게 연구실 문을 열었다.

"그래, 지금 믿든 말든 무슨 상관이라고. 현재가 중요한 거지."

경미가 피식 웃으면서 겉옷을 벗었다.

"굿모닝!"

그때 강 과장이 손을 흔들면서 연구실로 들어섰다.

"안녕하세요?"

"연주 씨, 커피 한 잔 마실 수 있을까?"

"네, 준비하겠습니다. 설탕 하나, 프림 하나죠?"

"응, 기억하네."

"대리님은 커피는 안 되니까 유자차 타 드릴게요."

"고마워."

연주는 탕비실로 들어가 커피와 유자차를 타서 그들에게 건네줬다. 그녀는 자리에 앉아 커피를 마시면서 노트북을 켰다. 그러고는 연구보고서를 작성하기 시작했다.

띠링.

휴대폰에 문자가 왔다.

[점심 맛있게 먹어요. 퇴근시간만 기다리고 있는 우빈.]

그녀의 입가에 미소가 번졌다.

"무슨 문자인데 그렇게 좋을까?"

"아, 아니에요. 그런데 다들 어디 갔어요?"

그녀는 얼른 휴대폰을 내려놓고는 주위를 둘러봤다. 빈자리들만 보였다.

"어디 가긴 점심 먹으러 갔지. 우리도 갈까? 아니면 남자 친구랑 갈 거야? 그럼, 나 혼자 먹어야 하는데."

"점심은 각자 해결하기로 했어요."

"왜 눈치가 보여?"

"대리님부터 눈치 보이게 만들잖아요."

"그런 사람들이 출근도 같이해? 하여튼 좋을 때다. 직원식당으로 갈까? 오늘 삼계탕 나온다고 하던데."

"네."

두 사람은 엘리베이터를 타고 지하 1층에 있는 직원식당으로 내려갔다. 그들은 길게 늘어선 줄 뒤에 섰다. 식판을 들고 자리를 찾는 그녀의 시선에 임원진들과 함께 식사하고 있는 우빈의 모습이 들어왔다.

"당장이라도 달려가고 싶지?"

경미가 그녀의 귀에 대고 속삭였다.

"대리님, 아니에요."

연주는 얼굴이 빨갛게 되어 부정했다.

"칫. 말만 그렇지 당장이라도 달려가고 싶은 표정인데. 제일 가까운 자리에 앉아서 식사하자. 팀장과 마주 보고 먹을 수 있는 자리가 어디에 있으려나…… 어, 저기 있다. 가자."

"아니, 전……."

경미는 연주의 대답도 기다리지 않고 다른 사람들이 자리 잡기 전에 빈자리로 빠르게 걸음을 옮겼다. 이럴 땐 만삭인데도 불구하고 전혀 둔하지 않았다.

"빨리 와."

경미가 먼저 자리를 잡고는 연주에게 손짓했다.

"……"

연주는 죄지은 사람처럼 주위를 둘러보면서 걸어갔다.

"이쪽으로 앉아."

경미가 빈자리를 가리켰다. 연주는 우빈과 정면으로 마주하는 자리에 앉았다. 쑥스러운 표정으로 그를 슬쩍 쳐다봤는데 그와 시선이 마주쳤다. 그러자 그가 씩 웃으면서 윙크를 날렸다. 연주는 누가 볼세라 서둘러 그의 시선을 외면하고 식사하기 시작했다. 하지만 식사하는 내내 그들은 수시로 눈이 마주쳤다. 따로 식사하는데도 같이 식사하는 기분이 들었다.

"얼굴에서 미소가 떠나지 않네. 그렇게 좋아?"

경미가 작은 목소리로 속삭였다.

"네."

연주는 아니라고 할까 하다가 솔직하게 고개를 끄덕였다.

"어쭈. 이젠 부끄러움도 없어. 보기 좋다. 역시 사랑을 하면 사람이 바뀌나 봐. 연주가 얼마나 많이 바뀌었는지 모르지?"

"제가요?"

"그래. 그래서 나까지 좋아. 좋은 쪽으로 바뀌었으니까 걱정 마."

우빈 일행이 식사를 마치고 자리에서 일어섰다. 그들은 연주와 경미가 앉아 있는 자리를 지나갔다. 그 일행 맨 뒤에서 우빈이 걸어오자 연주는 슬며시 그쪽으로 손을 내렸다. 그의 손가락과 그녀의 손가락이 스쳤다. 그 순간 야릇한 기운이 그녀의 몸을 관통했다.

'아, 심장이 터질 것만 같아.'

그녀의 얼굴이 발그레해졌다.

"샤워 같이 할까?"

거실 소파에 나란히 앉은 그들은 텔레비전에 시선을 고정시키고 있었다. 그때 우빈이 그녀의 몸을 끌어당겨 속삭였다.

"그건 좀……."

그녀는 어깨를 으쓱했다.

"왜? 아직도 불편해요? 연주의 몸 구석구석을 다 아는데. 왼쪽 가슴 아래에 점이 있는 것도 알아요."

그의 손이 장난스럽게 그녀의 가슴을 스쳐 지나가더니 점이 있는 부위를 건드렸다.

"어머."

그녀의 몸이 움츠러들었다.

"결정하기 힘들면 내가 대신 해 줄게요."

그 말과 동시에 그가 그녀를 번쩍 안아 들었다.

"아니, 어머."

"연주는 '어머'밖에 몰라? 이럴 땐 그냥 좋다고 말하는 거야. 욕실로 직행할게요."

그녀는 그의 목에 얼굴을 묻었다. 그때 그의 휴대폰이 울렸다.

"휴대폰 받아야죠."

"나중에 받아도 돼요. 지금 나한테 가장 중요한 건 연주와의 시간이니까. 이 시간만은 누구한테도 방해받고 싶지 않아요."

그가 윙크를 날렸다.

"어, 제 전화도 왔어요. 전 우빈 씨와 달리 받아야 해요. 내려줘요."

그녀의 휴대폰이 울리기 시작하면서 두 개의 휴대폰이 동시에 소란스럽게 울렸다.

"안 받으면 어떻다고? 아, 알았어요. 가만히 있어요."

그녀가 계속해서 버둥거리자 그는 어쩔 수 없이 그녀를 바닥에 내려놓았다.

"여보세요?"

연주는 가쁜 숨을 몰아쉬면서 말했다.

[안녕! 오랜만이야.]

"효진 선배?"

[그래, 저번에 통화도 제대로 못 하고 해서 미안했어. 그런데 나한테 할 말 없어?]

역시 효진답게 직설적으로 말했다.

"네, 있어요."

연주는 우빈을 흘끗 쳐다보면서 조심스럽게 대답했다. 우빈이 통화를 하면서 주방으로 걸어가자 연주는 소파에 앉았다.

[방금 전에 김태준 선생님과 통화했어.]

"다 들었어요? 제가 직접 선배한테 이야기하려 했는데요."

[언제? 다른 모델을 구하라고 했다면서? 선생님이 널 뮤즈라고 부르면서 엄청 아끼셨는데.]

"알아요. 그래서 선생님께 죄송하기도 하고 감사해요."

[당연히 그래야지. 그리고 내가 얼마나 섭섭한지 알아? 그런 얘기는 나한테 먼저 귀띔해 줘야 하는 거 아니야? 소개시켜 준 사람이 누군데?]

"미안해요, 선배!"

연주는 그 말밖에는 할 말이 없었다.

[됐어. 얼굴 한 번 보자. 오늘 어때? 내가 너희 집 찾아갈까?]

"어, 죄송해요. 지금 집에 손님이 와 있어요."

연주는 순간적으로 떠오르는 대로 말했다.

[손님? 혹시 손님이라면 미국에 살고 있는 외삼촌댁 가족이 온 거야?]

"네. 외삼촌요."

그녀는 거짓말을 했다. 차마 그녀의 입으로 남자와 동거하고 있다는 말은 하기 힘들었다.

[그래? 아쉬운데. 그럼, 밖에서 볼 수 있을까? 내가 오늘밤에 시간이 나지 않아.]

"선배 집 근처에서 볼까요? 우리가 잘 가던 생맥주집은 어때요?"

[그래, 30분이면 올 수 있어?]

"네. 그때 봬요."

연주는 휴대폰을 끊고 주방에서 통화 중인 우빈을 흘낏 쳐다보고는 옷방으로 들어갔다. 청바지에 티, 점퍼를 입고 립스틱만 살짝 바르고는 야구모자를 쓰고 거실로 나갔다.

"어, 지금 그 모습 뭐야?"

우빈이 주방에서 걸어 나오다가 그녀의 모습을 보고는 놀란 표정을 지었다.

"선배가 만나자고 해서요."

"선배라면 여자? 남자는 아니겠죠?"

"여자예요."

"그렇다면 다행이고. 그런데 꼭 오늘 봐야 해요? 다른 날로 약속 잡으면 안 될까요? 지금 시간도 늦었는데."

그는 어두컴컴한 창밖을 내다보면서 말했다.

"선배가 오늘밤에 시간이 안 된대요. 처음엔 저희 집으로 온다고 하기에 오게 할 수 없어서 밖에서 보기로 한 거예요. 제가 남자랑 동거한다는 말은 할 수 없잖아요."

"그게 뭐 어때서요?"

"우빈 씨가 독일에서 살다 와서 동거를 쉽게 생각하는 경향이 있는데요. 아직 한국은 그렇게 개방적이지 않아요."

"그래서 혼자 나가겠다고요? 그건 안 되죠."

"만나지 말라고요?"

"같이 나가요. 이 늦은 시간에 여자 혼자 약속장소까지 가게 할 수 없잖아요. 태워다 줄게요. 잠깐만 기다려요."

그는 방으로 들어가더니 재킷과 자동차 키를 챙겨 나왔다.

"이럴 필요까지는 없는데요."

"없긴? 자, 가요. 안 그러면 딴 남자 만나러 간다고 오해할 테니까. 혹시 나 몰래 남자 만나려는 거 아니죠?"

"아, 아니에요. 저한테 우빈 씨밖에 없다는 거 뻔히 알면서 그런 말하기예요?"

"농담이에요. 당연히 나밖에 없어야죠. 가요."

"고마워요."

그녀는 그의 배려에 미소를 지었다. 항상 혼자라는 생각에 모든 걸 혼자서 처리해 오다가 그녀를 걱정해 주는 그가 있어 마음이 든든하면서 뿌듯해졌다.

"갈까요? 레이디! 그런데 그 선배 나한테 소개시켜 줄 수 없어요? 연주의 지인들과도 친하게 지내고 싶어서요."

그가 은근한 어투로 말하면서 그녀의 어깨를 감쌌다.

"그럴게요. 그런데 오늘 말고 다음 기회에요. 둘이서만 할 얘기가 있어서 그래요."

"혹시 그 선배라는 사람 진짜 남자 아니에요?"

그가 질투 어린 눈빛으로 그녀의 허리를 강하게 감쌌다.

"자꾸만 왜 그래요? 혹시 의처증 있는 거예요? 남자라면 제가 약속장소까지 태워 준다는데 승낙하겠어요?"

그녀는 콧소리를 내면서 그의 가슴을 어깨로 툭 쳤다.

"그런가요? 미안하다는 뜻으로 키스해 줄게요."

그는 그녀의 허리를 잡아당겨 키스를 했다. 그녀도 발꿈치를 들고 적극적으로 그의 키스에 반응했다.

"하아. 데려다주고 싶지 않은데요."

그가 입술을 떼더니 그녀의 얼굴에서 시선을 떼지 못했다.

"저도요. 그렇지만 가야 해요."

"알았어요. 빨리 나갈까요? 안 그러면 현관문 대신 침실 문을 열 것 같으니까."

그는 그녀의 입가에 번진 립스틱을 검지로 닦아냈다.

그들은 방배동 사거리에 위치한 호프 집 앞에 차를 세웠다. 방배동 거리는 늦은 시간인데도 젊은 사람들로 붐볐다.

"이거 불안한데요. 늑대들이 너무 많아요."

그가 걱정스럽다는 듯이 주위를 두리번거렸다.

"걱정 마요. 늑대는 한 마리로 만족하니까."

"술 많이 마시지 마요."

"술 많이 안 마실 거예요. 저도 제 주량을 잘 알거든요. 저 안주만 많이 먹을게요. 딱 기분 좋을 정도로만 마실게요."

"그 말 믿을 수 없지만 옆에서 지켜볼 수 없으니 믿도록 노력하죠. 회식 때 취해서 토하고 난리친 거 내 이 두 눈으로 직접 똑똑히 봤잖아요."

그가 자신의 두 눈을 손가락으로 가리켰다.

"그건 연구소장이 폭탄주를 돌려서 어쩔 수 없이 마시고

취한 거예요. 잘 알면서 왜 그래요?"

"잘 알긴요? 하하하. 그런 표정 짓지 마요. 알았으니까요."

"집에서 봐요."

안전벨트를 풀고 차에서 내리려고 하는데 그가 그녀의 손목을 잡았다.

"잠깐!"

"네?"

그녀는 무슨 일인가 싶어 고개를 돌렸다. 그 순간 그의 얼굴이 훅 다가오더니 입술을 포갰다.

"차비는 줘야지 않아요? 지금은 가볍게 받았지만 집에 돌아오면 확실히 다 받아낼 거예요. 지금 건 계약금이라고 생각해요. 집에 오면 그 나머지 잔금을 확실히 챙길 테니까."

"갈게요."

연주의 얼굴이 붉게 달아올라 허둥지둥 차에서 내려섰다. 그리고 그의 차가 출발하기를 기다리는데 그가 손짓으로 먼저 들어가라고 제스처를 취했다. 그녀는 고개를 끄덕이고는 호프집으로 발걸음을 옮겼다.

"김연주!"

그때 그녀의 이름을 부르는 소리가 들렸다. 고개를 돌리자 효진이 팔을 높게 쳐들고 흔들면서 뛰어왔다.

"선배!"

연주는 발걸음을 멈추고 효진을 기다리면서 슬쩍 우빈의

차가 서 있는 곳을 쳐다봤다. 우빈도 효진을 보고 있었다. 효진은 섹시한 글래머 스타일이었다. 육감적인 몸매를 훤히 다 드러냈고 화려한 메이크업과 붉은 빛이 감도는 헤어스타일은 범상치 않은 분위기를 풍겼다.

"이게 얼마 만에 보는 거야?"

효진이 그녀 앞에 멈춰 서더니 포옹했다.

"정말 오랜만이에요. 선배는 여전히 변함없네요."

"그래? 이거 칭찬이지?"

"당연하죠."

"그러는 너야말로 점점 더 예뻐지는 것 같은데. 혹시 남자 생겼어?"

"……."

정곡을 찌르는 효진의 말에 연주는 뜨끔해서 수줍은 미소를 지었다.

"어? 맞아? 세상에. 연주에게 남자가 생기다니. 도대체 누구야? 당장 나한테 먼저 소개시켜 줘야 하는 거 아니야?"

"들어가서 얘기해요."

"이런 내 정신 좀 봐. 그래, 들어가서 차근차근 얘기하자."

연주는 그녀의 등을 밀면서 호프집으로 들어갔다. 그러면서 흘깃 뒤를 돌아봤다. 그의 차는 이미 보이지 않았다.

"후우."

그녀는 안도의 숨을 내쉬었다. 창가 쪽에 자리 잡고 앉은 그들은 생맥주와 이 집 대표메뉴인 오리 로스구이, 홍합짬뽕을 시켰다.

"남자 때문에 모델 그만두겠다는 거야?"

효진은 말을 돌리지 않고 직설적으로 말했다. 연주는 머뭇거리다가 고개를 끄덕거렸다.

"네."

"후우, 네가 누드모델이라는 거 몰라?"

"몰라요."

"하긴 누드모델이라는 말을 쉽게 할 수는 없겠지."

효진은 이해한다는 듯 고개를 끄덕이고는 생맥주를 마셨다.

"숨길 수 있으면 숨기고 싶어요."

"그게 가능할까? 김태준 선생님 작품인데. 널 정말 잘 묘사해서 널 안다면 그림을 보고 한눈에 알아볼 수 있을 거야."

"그림을 보면 한눈에 절 알아볼 수 있을까요? 비슷한 사람이라고 생각하지 않을까요?"

"네가 그렇게 믿고 싶구나. 그래도 평생 속으로 끙끙 앓느니 솔직히 털어놓는 게 낫지 않을까? 다행히 그 남자가 그림 쪽으로 문외한이라도 사람 일은 아무도 모르는 거잖아. 그 남자 주변에 그림 쪽으로 관심 있는 사람도 있을 거 아니야? 그러면 다른 사람 입을 통해 알게 될 텐데. 그럼, 배신감이 크지 않겠어?"

"그렇겠죠?"

그녀는 효진의 지적에 힘없이 고개를 끄덕였다.

"그래, 아무리 힘들어도 처음부터 말하는 게 좋아. 그리고 그 남자가 모른다고 해도 넌 항상 언제 들킬지 몰라 전전긍긍해야 할 거야."

"네. 그리고 저한테 다른 일도 있었어요."

연주는 씁쓸한 표정으로 말하고는 생맥주를 들이켰다.

"무슨 일?"

"제 누드그림을 보고 스토킹한 남자가 있었어요."

"뭐? 스토킹? 지금도 그래?"

효진은 처음 듣는 그녀의 말에 놀라 입을 벌린 채 믿을 수 없다는 표정을 지었다.

"지금은 해결됐어요. 걱정 안 하셔도 돼요."

"아!"

효진은 그녀의 말에 안도의 숨을 쉬었다.

"그것도 누드모델을 그만두고 싶은 이유 중 하나예요."

"그랬구나. 네가 이해되긴 하는데 선생님은 어떡해? 몇 년을 너만 그려왔고, 널 계속 화폭에 담고 싶어 하시는데."

"미안해요, 선배! 선배하고 선생님 덕분에 그 힘든 시기를 다 견딜 수 있었는데, 이런 식으로……."

그녀는 끝까지 말을 잇지 못했다.

"그런 말 들으려고 하는 거 아니야. 사실 처음 네가 누드모델 한다고 했을 때 이렇게까지 오랫동안 할 줄은 몰랐어.

솔직히 너라서 하는 말인데 김태준 선생님 마음에 드는 모델 구하기가 얼마나 힘든지 알아? 네 덕분에 좋았는데. 당사자인 네가 이제 그만두고 싶다는데 어떡하겠어? 네 앞날을 위해서라도 받아들여야지. 자, 이제 그런 일 얘기는 접고 널 행복하게 만든 남자가 누군지나 말해. 진짜 궁금해 죽겠어."

연주는 그와 만나게 된 사건과 전개 과정을 말했지만 그와의 동거는 밝힐 수 없었다.

"저도 아직 믿겨지지 않아요. 저한테 이런 사랑이 찾아올 거라고는 한 번도 기대한 적 없거든요."

"사랑은 기대한다고 해서 오는 게 아니야. 갑자기 오는 거지. 네 이야기를 듣다 보니까 나도 사랑하고 싶다."

효진은 턱을 괴고는 오리 로스구이를 입에 넣었다.

"헤어졌어요?"

"응? 너 언제 적 이야기하는 거야? 헤어진 지가 언젠데? 벌써 한 달 다 되어 가."

"한 달밖에 안 됐잖아요."

연주는 그녀의 말에 어이가 없었다.

"한 달이면 어마어마한 거야. 한 달이면 30일이고 시간으로 따지면…… 그건 잘 모르겠다."

효진이 개구쟁이처럼 웃었다.

"선배도 참."

"그런데 어떻게 된 게 남자들이라는 것들은 내 몸밖에 안 보는 건지 모르겠어. 내가 헤프게 보여? 몇 번 만나면 무작정 들이대는 거야. 나쁜 자식들. 만나면 무조건 호텔로 끌고 가려고 하는데 장난이 아니야. 그래서 잘하기라도 하면 몰라. 혼자 주접떨다가 그냥 엎어지는 자식들이. 어머, 미안! 순진한 연주한테 별 소리를 다 했어. 못 들은 거로 해. 아, 아니지. 넌 숙맥이니까 이 선배가 충고를 해 줘야 해. 그 남자는 어때? 널 호텔로 데리고 가려고 해? 아니면 집?"

"선배!"

"아, 미안."

"그 남자 호텔에 머물러요. 아직 집을 구하지 못했거든요."

그녀는 아직 사실대로 말할 수 없었다.

"호텔에 머물면 너한테 하룻밤 자고 가라는 말 하지 않아?"

"아뇨."

"그래? 만난 지 얼마나 됐다고 했지?"

"그러니까 한 달 되어 가요."

"이제 갓 시작한 커플인데. 키스는 했어? 아니면 아직도 손만 주물럭거리고 있는 거야?"

"캑. 콜록."

연주는 사레가 걸려 기침을 해댔다.

"맥주 마시다가 사레 걸리는 게 어디 있어? 내가 너무 찐한 얘기를 한 거야? 하지만 네가 아무것도 모르는 어린아이는 아니잖아. 스물여덟인데."

효진이 맞은편에서 그녀 옆으로 와 앉고는 등을 토닥였다.

"콜록. 이제 괜찮아요."

"연주야, 행복해야 한다. 선생님도 네가 행복하길 바라시니까 이해하실 거야. 내가 너보다 좋은 모델을 선생님한테 소개시켜 주도록 해야지 뭐."

"부탁드릴게요, 선배!"

"그래, 오늘 한 번 열심히 달려 보자. 오랜만에 생맥주를 마셔서 그런지 부드럽게 목으로 넘어가는데."

그들은 자정이 되어 헤어졌다. 연주는 집으로 들어섰다. 그는 이미 잠든 듯 실내는 어두웠다. 그녀는 불도 켜지 않고 주방으로 걸어가 물을 마셨다. 맥주를 마셔서인지 목이 탔다.

"하아, 이제 살 것 같다. 그런데 계속 비밀로 간직할 수 있을까? 선배 말대로 우빈이 나중에 알게 되면 엄청난 배신감이 들지도 모르는데. 아, 골치야."

그녀는 관자놀이를 지그시 누르면서 얼굴을 찡그렸다. 그러고는 그가 잠들어 있을 방문을 한번 흘깃 쳐다보면서 소파에 걸터앉았다.

"어머야."

엉덩이에 닿는 부드럽고 물컹한 느낌에 그녀는 비명을 지르면서 벌떡 몸을 일으켰다.

"윽."

우빈이 괴로운 신음을 냈다. 그녀는 얼른 벽으로 가서 스위치를 켰다. 우빈이 얼굴을 찡그린 채 소파에서 몸을 일으켰다.

"여기서 뭐해요?"

"코끼리한테 압사당하는 꿈 꿨어."

"뭐, 뭐라고요? 코끼리요? 코끼리가 나란 말이에요?"

"어? 그럼, 코끼리가 아니라 연주였어?"

"치."

"미안. 연주를 기다리다가 잠들었어. 그런데 나한테 전화하지 그랬어요? 그럼, 데리러 갔을 텐데."

그는 크게 하품을 하면서 간신히 눈을 떴다.

"이렇게 잘 줄 알고 전화 안 했어요. 그런데 방에 들어가지도 않고 날 기다리다가 잠든 거예요?"

"역시 불 끄고 누워 있으면 안 되는 건데. 아, 그런데 연주가 앉은 갈비뼈가 아파. 부러진 건가?"

그가 가슴 부위를 만지작거리면서 고개를 갸웃거렸다.

"진짜요?"

그녀는 걱정되어 그의 가슴에 손을 가져다 댔다.

"후훗. 아니야. 그런데 아프긴 했어. 지금 몇 시야?"

그의 시선이 그녀의 등 뒤 벽에 붙어 있는 벽시계로 향했다.

"12시 조금 넘었어요. 맥주도 많이 마시지 않았어요."

"변명하지 않아도 돼요. 자, 이리 와."

그가 팔을 뻗었다. 연주는 기다렸다는 듯이 그의 품으로 뛰어들었다. 그의 넓은 가슴에 안기자 지금까지 품고 있던 불안감이 순식간에 사라졌다.

"으음."

그녀는 아기 고양이처럼 그르렁거리는 소리를 냈다.

"들어가서 잘까?"

그의 입술이 그녀의 정수리에 닿았다.

"저 씻어야 해요. 오리 로스구이랑 홍합짬뽕을 먹어서 냄새날 걸요."

"아니, 난 연주에게서 나는 냄새는 무조건 다 좋아."

그가 숨을 크게 들이마시면서 장난스런 미소를 지었다.

"하아."

그녀는 입을 크게 벌려 그의 코에 대고 불었다.

"어?"

그의 코가 찡긋거리더니 얼굴이 구겨졌다.

"거 봐요. 거짓말인 거 금방 들통날 거면서. 그리고 맥주도 마셔서 냄새가 장난이 아니에요. 저도 싫어요."

"알았어요. 난 침대로 먼저 가 있을 테니까 샤워하고 와요."

"네, 그리고 이번 주 토요일 저녁 약속 잡지 마요."

"토요일 저녁?"

"소개시켜 주고 싶은 분이 있어요."

"나도 소개시켜 주고 싶은 분이 있는데."

"저한테요?"

"독일에 있을 때 만난 분으로 부모님이 좋아하는 분이에요. 나도 좋아하고요. 얼마 전에 연락이 닿아 만나기로 했어요."

"그래요? 그럼, 꼭 인사드려야죠."

"토요일 점심 어때요? 저녁은 연주 씨 지인을 만나고, 낮에는 내 손님을 만나면 좋을 것 같은데."

"저도 그러고 싶지만 미안해요. 낮에는 다른 약속이 있어서 나가 봐야 해요. 그래서 저녁 약속을 잡은 거예요."

"알았어요. 그럼, 그다음 주로 날짜를 잡을게요. 그때는 시간 꼭 비워 놔요."

"네, 이해해 줘서 고마워요."

서초동 골목길에 위치한 김태준 화백의 화실은 3층 건물 맨 위층에 위치했다. 큰 도로변이 아닌 골목길이지만 특이하면서도 예쁜 건물들이 많아 사람들의 왕래가 잦았다. 그중에서도 이국적인 카페들이 사람들의 시선을 빼앗았다. 그녀는 카페에 들러 김태준 화백이 좋아하는 핸드드립 커피에 생크림을 잔뜩 올린 '아인슈페너'와 그녀가 마실 아메리카노를 사서 화실로 올라갔다.

똑똑.

문을 두드리고는 대답도 기다리지 않고 화실로 들어갔다.

"선생님!"

"어서 와."

화장실에서 손을 닦으면서 김태준 화백이 나왔다.

"선생님이 좋아하시는 커피 사 왔어요."

"아인슈패너?"

"네."

"역시 내 취향을 아는 사람은 연주뿐이야. 아, 이 커피! 유럽에 있을 때도 그리웠어. 외국에서는 이 맛을 제대로 느낄 수가 없었어. 역시 이 맛이야."

그는 커피를 한 모금 마시고는 입맛을 다셨다. 그런 그의 입가에 크림이 묻어 있었다.

"선생님, 크림 묻었어요."

"어? 그래?"

그는 수건으로 입술을 닦았다.

"……."

"그런데 모델 하는 거에 대해 생각은 해 봤어?"

"죄송해요."

그녀는 미안한 마음을 감추지 못하고 고개를 숙였다.

"연주가 내 뮤즈로 오랫동안 함께할 줄 알았는데 그게 다 내 욕심이었어. 그래서 생각한 건데 말이야."

"네?"

그의 목소리 톤이 바뀌자 연주는 긴장이 되었다.

"누드모델 말고 일반모델 하는 건 어때? 누드모델은 다른 모델을 섭외할게. 연주가 사랑을 해서 그런지 얼굴표정이 다

채로워진 것 같아. 화가로서 욕심이 나서 그래."

"그렇지만⋯⋯."

"당장 대답하라는 거 아니야. 천천히 생각해 봐. 그런데 오늘이 마지막인가? 마지막이니만큼 연주의 완벽한 나신을 그리고 싶어. 하나도 놓치지 않고 말이야."

"벗고 나올게요."

연주는 커피를 마시고는 옷 갈아입으러 다른 방으로 들어갔다. 그녀는 옷을 다 벗고는 가운을 걸치고 나왔다. 그사이 김태준 화백은 출입구 쪽에 커튼을 쳤다.

"오늘은 서 있는 포즈를 하자고. 정면을 응시하는 거야. 발레리나의 포즈를 취하는 게 어떨까? 자, 이 사진과 같은 포즈였으면 좋겠는데."

그는 미리 준비한 발레리나의 사진을 그녀에게 건네주었다.

"그래서 이 철봉을 준비하신 거예요?"

그녀는 사진 속 철봉과 화실에 설치된 철봉을 보며 말했다.

"응. 빌려온 거야. 조금 적나라한 포즈지만 퇴폐적인 느낌은 안 들게 그릴 거야. 포즈를 한 번 취해 보겠어?"

그는 음악을 틀고는 그녀 쪽을 쳐다봤다.

"네, 전 언제나 선생님을 믿어요."

연주는 철봉을 잡고 왼쪽 다리를 들어 오른쪽 무릎에 댈 듯한 포즈를 취했다. 그리고 목은 15도 각도로 틀어 우아한 목선을 연출하면서 산뜻한 표정을 지었다.

"맞아, 바로 내가 원하는 포즈야."

그는 그녀를 예술가적인 눈빛으로 응시하다가 그리기 시작했다. 그의 시선은 그녀의 몸선을 따라갔다. 그녀는 나체였지만 퇴폐적이기보다는 몸의 아름다움이 돋보였다. 감각적이면서도 유려한 선이 화폭에 수놓아졌다.

똑똑.

화실 밖에서 문 두드리는 소리가 들렸지만 그들은 전혀 듣지 못했다. 연주는 누드모델로서 자세를 유지하고 표정을 잡느라 아무 소리도 듣지 못했고, 김태준 화백은 그녀를 그리느라 그 어떤 것도 들리지 않았다. 그리고 화실에는 클래식 선율이 흐르고 있었다.

"계십니까?"

한 남자가 들어섰다. 하지만 음악소리만 들릴 뿐 대꾸가 없었다. 그는 커튼으로 다가가 살짝 걷어 올렸다. 김태준 화백이 그림을 그리는 모습이 눈에 들어왔다. 그는 김태준 화백을 부르려고 하다가 멈췄다. 남자의 시선은 김태준 화백의 시선이 가는 맞은편으로 자연스럽게 움직였다. 한 여인의 모습이 눈에 들어왔다. 나체의 여인을 본 순간 그는 화들짝 놀라 시선을 돌렸다. 하지만 다시 고개가 돌아갔다. 여인의 얼굴과 몸을 확인한 순간 커튼을 잡고 있는 그의 손에 힘이 잔뜩 들어가면서 커튼이 찢어졌다.

찌이익.

"누구? 어, 이게 누구야? 제이딘 아닌가? 연주 양, 잠깐 쉴까?"

김태준 화백은 그림에서 손을 떼고는 의자에서 일어섰다.

"네."

연주는 다른 사람의 등장에 얼른 가운으로 몸을 가렸다. 그리고 한 걸음 옮기다가 김태준 화백의 등 너머로 남자의 얼굴을 본 순간 몸이 얼어붙었다. 그녀의 몸이 휘청거렸지만 철봉을 붙잡아 간신히 쓰러지지 않았다.

"제이딘보다 우빈이라고 불러야 하나? 하하하."

김태준 화백이 시원스럽게 웃으면서 그의 손을 덥석 잡고는 포옹했다. 우빈의 얼굴은 충격으로 창백했고 눈빛은 어둡게 가라앉아 있었다.

"아저씨, 저 모델 이름이 연주, 김연주 맞죠?"

그의 목소리가 떨렸다.

"어, 맞아. 그런데 네가 어떻게 그 이름을 알아? 아참, 방금 내가 그 이름을 불렀지."

우빈은 김태준 화백의 말이 전혀 들리지 않았다. 남자라고는 그밖에 모르는 듯 순진한 척 굴었던 연주가 누드모델이라는 사실이 믿겨지지 않았다. 그녀는 온실 속의 화초처럼, 상처 입은 여인처럼 행동했다. 그는 연주한테 농락당했다는 생각에 미치기 일보직전이었고 얼음물을 뒤집어쓴 기분이었다.

"왜 그래? 어디 아파?"

"……."

우빈은 대답을 못 하고 고개를 들었다가 벽에 걸려 있는 연주가 그려진 그림을 본 순간 한 번 더 휘청거렸다.

"안 되겠어, 여기 앉아."

그는 그제야 그녀가 왜 첫 만남부터 낯설게 느껴지지 않았는지 깨달았다. 김태준 화백이 독일에 전시회를 하러 왔을 때 그녀를 그린 그림을 본 적이 있었다. 그 그림을 보고 여자의 나신이 얼마나 아름다운지 깨달았고, 그 묘한 눈빛과 아련한 모습에 그림만 보고도 가슴이 설렜다. 그래서 그림 속 여인의 외모와 분위기가 닮은 여자를 만났으면 하는 꿈을 꾼 적은 있었지만 진짜 그 누드모델을 원한 적은 없었다.

"아!"

"왜 그러는 거야? 몸이 안 좋아? 물 가져다줄까?"

김태준 화백은 우빈을 위해 냉장고에서 생수를 꺼내 건넸다. 우빈은 받자마자 한 방울도 남기지 않고 마셨다.

"감사합니다."

그는 물을 마시고 나자 한결 기분이 나아졌다.

"아닐세. 그런데 무슨 일이야?"

"아저씨!"

그의 목소리는 잔뜩 잠겨 있었다.

"응?"

"아, 아닙니다. 제가 오늘 컨디션이 좋지 않아서요. 현기증이 났어요."

그는 머리를 부여잡았다.

"한국에 혼자 있다고 식사도 제대로 안 한 거야? 매끼 잘 챙겨 먹어야 해. 부모님이 이 사실을 알면 얼마나 걱정하시겠어? 아직도 호텔 생활하고 있는 거야? 그렇다면 당장 우리 집으로 와."

"아, 아닙니다."

"하긴 늙은이 둘만 사는 집에 들어오기는 싫겠지. 그럼, 집밥이 그리울 때는 아무 때나 와."

"네, 알겠습니다."

"아참, 여기까지 왔으니까 내 모델 연주를 소개시켜 줘야겠는데."

김태준 화백이 연주의 이름을 불렀다.

"아닙니다."

"전시회 할 때 기회가 되면 소개시켜 달라고 했잖아? 내가 아끼는 모델이야. 내 뮤즈이자 사랑스런 아이야. 내가 사랑하는 여자이기도 하고. 그녀는 완벽한 내 연인이야. 내 아내한테는 비밀이야."

김태준 화백의 눈동자가 따뜻해지면서 촉촉해졌다. 우빈은 야릇한 느낌에 그의 얼굴에서 시선을 떼지 못했다.

"아저씨한테 특별한 여자인 거예요?"

그의 목소리가 미묘하게 떨렸다.

"그럼, 나한테 아주 특별한 여자지. 마법 같은 일이 일어나서 연주 또래가 됐으면 좋겠어. 그래서 보듬어 주고 싶어."

그 말에 우빈의 눈빛이 어둡게 가라앉았다. 그리고 그녀가 남자를 홀린다는 생각에 자조적인 미소를 지었다. 그의 입가에 걸린 미소가 짙어질수록 눈빛은 더 싸늘해져만 갔다.

"남자를 홀리는 여자인가 본데요."

"그럴지도. 한 번 빠져들면 헤어 나오기 힘들 거야. 연주는 남자를 빠져들게 하는 매력이 있거든."

김태준 화백의 말은 그들이 불륜관계라는 그의 생각에 확신을 줬다. 누드모델이라는 사실도 놀라운데 불륜이라니. 우빈은 벽과 바닥에 놓여 있는 연주의 두 그림에 시선이 닿았다. 하나는 올 누드이고 또 하나는 세미누드 그림이었다. 그외에는 풍경화와 인물화 등이 있었다. 하지만 김태준 화백의 대표작은 연주를 그린 그림들이었다. 따뜻하고 우울하면서도 기묘한 느낌이 가미되어 사람들의 시선과 마음을 빼앗았다.

"……"

"자네도 연주를 만나면 내 말뜻을 알 수 있을 거야. 잠시만 기다려 봐."

김태준 화백이 연주가 들어간 문 쪽으로 걸어갔다. 그런 그의 뒷모습을 우빈은 복잡하고 심란한 마음으로 지켜봤다.

"아아아."

연주는 손이 떨려서 옷을 입기가 힘들었다. 간신히 옷을 다 입었을 때는 기진맥진해서 이마에 땀이 송골송골 맺혔고, 손바닥도 흥건했다.

"어떻게…… 어떻게……."

그녀는 머릿속이 뒤죽박죽이 되어 머리카락을 움켜쥐고 고개를 숙인 채 눈을 감았다. 그의 이름을 들었을 때, 그의 목소리를 들었을 때 설마 하는 심정이었는데 얼굴을 본 순간 세상이 무너지듯 완전히 캄캄해졌다.

'이런 식으로 알리고 싶지 않았는데. 그런데 두 사람이 아는 사이였다니…… 저녁 때 소개시켜 주는 자리에서 봤더라면…… 난 바보야. 선생님 그림을 봤으면 날 몰라볼 수도 없잖아. 그래서 날 처음 봤을 때 그런 말을 한 거였어.'

<우리 만난 적 있나요?>

그가 질문했던 말이 새삼 떠오르면서 허탈한 웃음이 흘러나왔다. 그때는 남자들의 흔한 접근방식이라고 여겼는데 지금에서야 그가 왜 그런 질문을 했는지를 깨닫게 되었다.

'날 어떤 여자로 볼까? 첫 만남부터 강렬했잖아. 키스를 했으니 나 스스로 날 쉬운 여자로 각인시켰어. 쉽게 아무 남자하고 스킨십을 하는 그런 여자로 볼 거야. 게다가 동거까지 하고 있고.'

"아!"

연주는 얼굴을 감쌌다. 숨쉬기가 버거울 정도로 호흡이 가빴다.

[연주, 안에 있나?]

김태준 화백의 목소리가 들렸다. 연주는 심호흡을 크게 하면서 감정을 추스르려고 노력했다.

"네, 저 여기 있어요."

그녀는 다리에 힘을 잔뜩 주고는 간신히 일어서서 문을 열었다.

"오늘은 여기까지만 해야 될 것 같아."

"네."

그녀는 전혀 그의 말이 귀에 들어오지 않았다.

"그리고 내가 제안한 일에 대해서 긍정적으로 고민해 줬으면 좋겠어. 지금 밖에 손님이 와 있는데 인사할 수 있을까? 불편하면 인사 안 해도 되고."

"절 소개받고 싶대요?"

그녀의 목소리가 떨렸다.

"꽤 오래전 일인데 독일에서 그림 전시회를 했을 때 모델인 연주를 한 번 만나고 싶다고 말한 적 있었어. 그런데 이렇게 인연이 되려고 하니까 일부러 자리를 만들지 않았는데도 타이밍 좋게 마주치게 됐네."

"그런가요?"

'이게 인연일까요?'

그녀는 착잡한 얼굴이 되었다.

"응?"

"아, 아니에요. 선생님, 옷 갈아입고 나갈게요."

"점심시간도 다 되어 가는데 같이 식사하는 거 어때?"

"선생님!"

"응?"

"죄송해요. 방금 전에 연락이 왔는데요. 오늘 일이 있어서 저녁 약속을 취소해야 한대요."

"그래? 어쩔 수 없지. 다음에 보면 되는 거지."

"죄송해요."

"연주가 왜 죄송해? 일이 있어서 약속이 취소된 건데. 그럼, 옷 갈아입고 나와."

김태준 화백이 나가자 연주는 의자에 다시 털썩 주저앉았다. 그러고는 손가락을 꼼지락거리면서 거울을 응시했다. 솔직한 심정으로는 이 자리에서 연기가 되어 사라지고 싶었다. 하지만 현실은 그럴 수 없었다.

"후우. 그래, 호랑이 굴에 들어가도 정신만 차리면 산다고 하잖아. 아, 이게 지금 이 상황하고 맞는 속담이야? 정신 차리자. 이미 엎질러진 물이야. 그리고 차라리 잘된 일이야. 손바닥으로 하늘을 가린다고 가릴 수 있는 게 아니잖아. 뿌린 대로 거둬들이는 거지 뭐."

연주는 숨을 크게 내쉬고 들이마시면서 마음을 가라앉히고는 다리에 힘을 줬다. 그러고는 잔뜩 굳은 얼굴로 문을 열었다. 하지만 발걸음을 옮길 때마다 쇳덩어리를 매달고 걷는 것처럼 무거웠다. 우빈의 뒷모습이 보였다. 그의 머리, 목, 어깨로 시선이 내려갔다. 그의 등을 보면서 연주는 한 걸음씩 다가갔다. 발걸음을 옮길 때마다 연주는 자신의 발소리가 무진장 크게 들렸다.

"어서 와."

"네, 선생님!"

연주는 다소곳하게 그들 앞에 섰다. 하지만 우빈과 시선을 마주치지 않으려고 김태준 화백만 빤히 응시했다.

"우빈아, 이쪽은 내 모델 김연주! 연주, 이쪽은 내 지인의 아들인 이우빈! 독일에서 태어나 자라났는데도 한국에서 자란 것처럼 한국말이 자연스러워. 먼저 말하기 전에는 독일 태생이라는 걸 전혀 알 수 없을 정도야."

"아, 안녕하세요?"

연주는 아는 척을 해야 할지 모르는 척을 해야 할지 몰라 그의 눈치를 살피면서 입을 열었다. 하지만 그의 차가운 눈과 마주친 순간 그녀의 목소리가 떨렸다.

"우리가 처음 보는 사이인가요?"

우빈의 턱 근육이 꿈틀거렸다.

"둘이 아는 사이야?"

김태준 화백이 놀란 표정으로 그들을 번갈아 쳐다봤다.

"네, 알고 있어요. 솔직히 두 분이 아는 사이인 줄은 몰랐어요."

연주는 더 이상 감출 수 없다는 사실에 곧바로 수긍했다.

"어떻게 아는 사이인데? 이 녀석이 한국에 들어온 지 얼마 안 됐는데."

"그건 이 여자분한테 직접 물어보시죠."

우빈은 방관자가 되기로 결심한 듯 팔짱을 꼈다.

"에스테 화장품 마케팅 팀장님이세요."

연주는 아랫입술을 깨물다가 말했다.

"에스테? 아, 맞아. 자네 회사가 한국에 진출하는 데 도움을 줄 회사가 바로 에스테라고 했지? 이런, 내가 깜빡했어."

"네?"

연주는 처음 듣는 말에 눈이 휘둥그레졌다.

"몰랐나? 우빈의 할아버지가 세레나 화장품 회장이고, 부친이 부회장님이셔. 그리고 형이 사장이고, 우빈이 한국에 들어온 건 세레나 화장품을 한국에 진출시키려는 게 목적이고. 맞지 않아?"

"네, 맞습니다."

그녀는 그의 엄청난 배경을 듣게 되자 하나씩 그의 행동들이 이해가 됐다. 특급 호텔에 머물면서 헬스클럽, 식당을 자기 집처럼 이용하던 모습들이 떠올랐다. 그런데 그녀에게는 집을 구하는데 전세는 부담스럽고 월세는 월 지출이 크다고 했던 말이 떠오르자 배신감이 들었다.

"그렇군요. 몰랐어요. 팀장님도 비밀을 간직하고 계셨네요."

연주의 말투가 시니컬해졌다.

"이런, 내가 실수한 건가? 미안해. 난 당연히 회사 직원이라 알고 있을 거라 여겨서 말한 건데."

"아닙니다. 에스테 화장품 직원들이 부담스러워할 것 같아서 말하지 않았던 것뿐이에요. 한국에서 런칭하게 되면 다 알게 될 일이었는데요."

연주는 그의 말에 한쪽 입술 끝이 비틀려서 올라갔다.

"그럼, 다행이고. 그런데 자넨 한국에 계속 있을 건가?"

"네, 물론이죠."

"형이 세레나 화장품을 물려받겠지?"

"네."

"둘째라서 억울하지 않아?"

"아뇨, 전 예전부터 한국에서 살고 싶었어요. 제가 한국에서 터전을 잘 잡아 놓으면 할아버지도 한국으로 들어오실 거예요. 항상 고국을 그리워하셨거든요. 부모님은 잘 모르겠지만요."

"선생님!"

연주는 그의 말이 끝나기 무섭게 김태준 화백을 불렀다.

"응?"

"피곤해서 그런데 저 먼저 일어설게요. 두 분은 오랜만에 만나셨는데 편하게 이야기하세요."

"그러고 보니 연주 안색이 안 좋아 보여. 빨리 집에 가서 푹 쉬는 게 낫겠어. 그리고 내가 말한 제안은 긍정적으로 검토해 봐. 연주를 놓치고 싶지 않아서 그래."

"네, 가 볼게요."

"문 앞까지 바래다줄게."

"아니, 괜찮아요."

"아냐, 데려다줘야지. 내가 연주를 얼마나 아끼는지 알지?"

김태준 화백은 그녀의 어깨를 감싸 안으면서 문으로 걸어 갔다. 그런 그들의 모습을 우빈은 냉랭한 눈빛으로 응시했다.

"네, 감사합니다."

"잘 가. 그리고 자주 놀러 오고."

그는 그녀를 포옹하고는 등을 토닥였다. 연주는 간신히 미소 지어 보이고는 머리를 숙였다. 그렇게 인사를 하고 밖으로 나서면서도 우빈의 뜨거운 시선을 등 뒤로 의식해야만 했다.

10. 내 남자는 내가 지킨다

짐을 싸는 우빈의 등을 쳐다보는 연주의 눈빛이 우울하게 빛났다. 말도 건네기 힘들 정도로 살벌한 분위기를 풍기는 그의 모습에 죄지은 사람마냥 지켜보고만 있어야 했다. 여행용 가방 두 개가 그녀 앞에 놓였다.

"한 가지만 물을게."

냉기를 잔뜩 머금은 우빈의 나지막한 목소리에 연주의 눈빛이 흔들렸다. 하지만 절대 나약한 모습을 보이지 않으려고 이를 악물고 견뎌냈다.

"네?"

"나한테 보여 준 지금까지의 모습은 거짓이었던가? 남자의 손길조차 느껴본 적 없는 순수한 모습은 다 꾸며낸 거였던 거냐고? 일밖에 모르고, 꾸밀 줄 모르고, 청순했던 모습

254 누드모델

은 다 어딜…… 하아."

그는 말하다가 감정이 격해지자 신경질적으로 머리카락을 쓸어 올렸다.

"난……."

"그래, 변명이라도 할 수 있으면 해 봐. 내가 납득할 수 있게 설명해 보라고. 하긴 해 봤자지만. 누드모델이었다니…… 언제까지 날 속이려고 했던 거지? 나만 바보가 될 뻔했어."

"일부러 속이려고 한 건 아니에요. 말할 수가 없었을 뿐이에요."

"좋아, 그건 그렇다 치고. 어떻게 그 입을 나불거려서 아저씨를 유혹한 거지? 아니, 몸도 줬나?"

"어떻게 그런 말을 할 수 있어요?"

"그럼, 저 방 안에 있는 다이아몬드 목걸이는 어떻게 받아낸 거지?"

"그건……."

그녀는 충격으로 말을 잇지 못했다.

"다 읽었어. 그 카드에 이렇게 써져 있던데. 널 그때 만나지 않았더라면 지금의 난 없었을 거야. 네가 나의 뮤즈가 되어 줘서 고마워. 사랑한다. 김태준."

"오해하지 마요. 그 카드는 그런 의미가 아니에요."

"됐어. 난 내가 보고, 듣고, 느낀 것만 말하는 거니까. 어떻게 유부남을…… 그것도 아버지뻘이 되는 사람을 유혹할 수 있지? 하! 누드모델인 건 내가 어떻게든 이해해 보려고 했는데 그건 아니지."

그는 부르르 몸을 떨면서 입술을 깨물었다.

"나한테서 무슨 말이 듣고 싶은 거죠? 이미 결론은 내려놓고 말하는 거 아닌가요? 한 번도 선생님한테 이상한 감정으로 엮인 적 없어요. 그분은 저에게 아버지이기도 하고 친구이기도 하고 의지할 수 있는 분이에요. 그리고 누드는 예술일 뿐이에요. 전 한 번도 양심에 어긋나거나 부끄러운 짓을 한 적이 없어요. 당신한테도 떳떳해요."

연주는 불안했다. 이렇게 헤어지게 된다면 그와는 영영 이별이라는 강박관념에 사로잡혔다.

"달린 입이라고 말은 참 잘하는군."

그는 여전히 빈정거렸다.

"나한테도 변명할 기회를 줘요. 선생님은……."

"아니, 듣고 싶지 않아. 이미 내 이 두 눈으로 확인했으니까. 넌 모든 게 거짓 덩어리야."

"내가 솔직하게 말했어야 했다는 거 알아요. 하지만 당신을 사랑해서 말하기가 두려웠어요. 날 어떻게 바라볼지 겁이 났다고요. 누드모델이라고 하면 색안경부터 끼고 보잖아요. 지금……."

그녀는 '당신처럼'이라는 말을 뱉지 못하고 안타깝고 애타는 눈동자로 그를 올려다봤다. 하지만 그는 냉랭한 모습으로 흔들림이 전혀 없었다.

"그만하지. 그 순진해 보이는 얼굴로 날 가지고 놀아서 재미있었어? 어쩐지 쉽다 했어. 첫날부터 키스를 하고, 이 집으로 끌어들이고."

그의 말이 그녀의 얼굴을 후려치는 것처럼 강렬했다.

"그건 내가 아니라 당신이······.

"회사에서 뿔테안경을 쓰고, 촌스럽고 조용하게 지냈던 건 순진한 남자 하나 잘 꽤서 시집이나 잘 가려고 했던 거 아닌가? 아저씨는 세계적으로 유명한 화가이지만 결혼까지 한 남자니까, 나한테 눈을 돌린 건가? 그런데 난 그것도 모르고 좋다고 덥석 물었으니 얼마나 우스웠을까?"

"어떻게 그렇게 말할 수 있어요? 그래요, 내가 첫 만남에서 키스했던 건······ 그 시작은 당신이었어요. 난 얼떨결에······."

"그럼, 이 집에 날 들어오게 한 건? 남자를 리드해서 섹스를 한 건? 혹시 나에 대해 다 알고 있었던 거 아니야? 내가 누구라는 거 알면서 모르는 척 시치미를 떼고는 날 유혹한 거 아니냐고?"

그녀의 입술이 비틀어지면서 눈동자에 물기가 번졌다. 그리고 입술이 바짝바짝 타면서 몸이 떨렸다.

"······."

"서로 얼굴 보지 말자. 아니, 같은 회사에 다니니까 그건 안 되나. 하지만 회사에서 보더라도 서로 아는 척하지 맙시다, 김연주 씨!"

그는 양손에 여행 가방을 들더니 그녀한테 더 이상 눈길한번 보내지 않고 집을 나갔다. 연주는 주먹을 쥔 채 부르르떨다가 그 자리에 무너지듯 바닥에 털썩 주저앉았다. 참았던눈물이 뺨을 타고 흘러내렸다.

"안 돼. 이렇게 끝낼 수 없어. 우빈 씨!"

연주는 어디에서 힘이 솟았는지 벌떡 자리에서 일어나 그를 찾아 밖으로 뛰어나갔다. 엘리베이터 버튼을 눌렀지만 이미 엘리베이터는 아래층으로 내려가고 있었다. 연주는 계속기다릴 수 없어 비상계단으로 뛰어 내려갔다. 숨이 차서 심장이 터질 것만 같았지만 멈출 수 없었다. 1층까지 내려온 연주는 숨을 헐떡이며 후들거리는 다리로 밖으로 나갔다. 차 트렁크 문을 열고 여행 가방을 싣고 있는 그의 모습이 보였다.

"우빈 씨! 잠깐만 내 얘기 좀 들어 봐요."

그녀는 그에게 뛰어가 그의 팔을 잡았다.

"이거 놔."

그가 강하게 그녀의 손을 뿌리쳤다. 그녀는 그 힘을 못 이기고 콘크리트 바닥에 그대로 쓰러졌다. 그녀의 손바닥이 거친 바닥에 쓸리면서 긁혔다. 그녀는 손바닥이 아팠지만 그보다는 지금 그를 잡는 게 우선이었다.

"우빈……."

그녀는 자리에서 벌떡 일어섰다.

"안녕하십니까?"

그때 그들 사이에 낯선 남자의 목소리가 끼어들었다. 고개를 돌리자 순찰차에서 내린 경찰이 다가왔다. 연주는 그 경찰의 얼굴을 본 순간 흠칫했다.

"네, 안녕하세요."

우빈이 어쩔 수 없다는 표정으로 고개를 까닥였다.

"김연주 씨 아니십니까? 무슨 일 있으세요?"

경찰의 눈빛이 날카롭게 바뀌었다.

"아, 아무것도 아니에요."

"아니긴요? 이 남자도 혹시 스토커입니까?"

"아, 아니에요."

연주는 당황해서 손을 흔들었다.

"그래요? 그렇다면 다행이고요. 혹시라도 무슨 일 있으면 연락 주십시오. 언제든지 출동할 테니까요. 그런데 진짜 아무 일도 없는 거죠? 저희가 있으니까 걱정하지 마시고 말씀하십시오."

경찰관이 우빈을 경계하면서 말했다.

"아니에요, 신경 써 주셔서 감사합니다."

연주는 우빈을 걱정스럽게 흘낏 쳐다보면서 대답했다.

"알았습니다. 저희 경찰관은 언제나 시민의 안전을 우선시합니다. 그리고 이거! 제 개인 전화번호인데 가지고 있다가 도움이 필요하면 연락 주십시오."

"네, 감사합니다."

연주는 경찰이 건넨 전화번호를 받아 바지 주머니에 집어 넣었다. 순찰차가 떠나자 우빈은 한층 더 빈정거리는 미소를 지었다.

"경찰한테도 꼬리를 치는 거야? 어떻게 했기에 경찰까지 저러는 거지? 당장이라도 도와달라고 하면 꼬리 흔들면서 뛰어올 것 같은데."

"그만해요. 그런 거 아니에요. 내가 다 얘기할게요. 그러니 까……."

그녀는 악을 쓰듯 소리치다가 애절한 눈빛으로 그에게 한 걸음 다가섰다.

"됐어. 그 어떤 변명도 듣고 싶지 않아. 이젠 네 얼굴을 보 기만 해도 화가 나 미치겠으니까."

그는 그녀의 몸을 밀쳐내고는 차에 올라탔다. 드디어 차가 출발했다.

"우빈 씨!"

그 자리에 홀로 남겨진 연주는 석상처럼 그 자리에서 움직 일 수 없었다. 그녀는 공허한 눈빛을 한 채 그의 이름만 나지 막이 불렀다. 그런 그녀의 뺨을 타고 눈물이 흘러내렸다.

업무가 전혀 손에 잡히지 않았다. 연주는 생명이 없는 로

봇마냥 자리를 지키고 앉아 있었고, 기계적으로 몸만 움직일 뿐이었다.

"무슨 일 있어?"

경미가 걱정이 되어 커피를 건넸다.

"아, 아니에요."

"아냐, 뭔가 있어. 우리 휴게실에 갈까? 자리만 지키고 앉아 있다고 일이 되는 건 아니잖아. 이리 와."

"아니 그래도……."

연주는 책상 위에 있는 서류들을 만지작거렸다.

"이럴 땐 나가서 바람 쐬 주는 게 상책이야. 자아, 일어나."

경미가 주위를 둘러보고는 슬며시 그녀를 일으켰다.

"전……."

"어서 일어나."

경미는 그녀를 억지로 이끌고 1층에 위치한 휴게실로 내려갔다.

"자, 커피 마셔. 나도 오늘은 한 잔 마셔야겠어. 아가야, 오늘만 엄마 봐 주라."

"고마워요, 대리님!"

연주는 경미가 건네준 커피를 입에 가져다 댔다.

"팀장하고 무슨 일 있어?"

"……."

"아무 말도 없는 거 보니까 무슨 일이 있긴 한가 보네. 둘이 싸웠어? 내가 그런 쪽으로는 눈치가 빨라. 감추려고 하지 마. 우리 사이에 감추고 자시고 할 게 뭐가 있어? 연장자로서 도와줄 테니까 솔직히 말해 봐. 혼자 끙끙 앓으면 해결 안 돼. 이럴 땐 도움을 청하는 거야. 그리고 내가 어디 가서 소문내는 사람은 아니잖아. 나 입 엄청 무거워."

"그게……."

연주는 말해야 할지 말아야 할지 몰라 고민이 되었다. 경미의 눈을 똑바로 볼 수가 없어 시선을 돌렸다. 그런 그녀의 눈에 로비에 홀로 서 있는 늘씬한 금발머리 백인 여성이 보였다. 섹시하면서도 도도한 매력이 돋보이는 차가운 인상의 여인이었다. 그런데 누군가를 기다리는 듯 초조한 눈빛으로 엘리베이터를 쳐다보고 있었다.

'모델인가?'

"뭘 봐?"

경미는 연주가 그녀 어깨 너머로 빤히 뭔가를 응시하고 있자 고개를 돌렸다. 그녀도 금발머리 여성을 보고는 감탄사를 터뜨렸다.

"……."

"모델인가 본데. 예쁘다. 그 뭐냐? 그 여배우 닮지 않았어? 카메론 디아즈? 그런데 왜 여기 회사 로비에 혼자 서 있는 거지? 모델인가? 저기 저 남자들 좀 봐. 저 여자 보느라고 정신을 못 차리는 거 보여? 침을 질질 흘리고 있어. 아니지,

지금 저 여자가 중요한 게 아니라 연주…… 어? 팀장?"

"네?"

연주는 그 여자한테서 시선을 떼지 못하다가 경미의 말에 주위를 두리번거렸다. 순간 엘리베이터에서 내리는 우빈을 발견한 그녀는 숨이 턱 막혔다. 어제까지만 해도 그녀의 남자였지만 지금은 헤어진 남자였다. 그래도 여전히 그는 그녀의 가슴이 설렐 정도로 매력적이었다. 그의 깊은 눈매, 단정한 이목구비, 균형 잡힌 몸매까지 완벽했다.

"제이든!"

그때 그 금발 미인이 그의 품으로 뛰어들었다. 그러고는 격렬하게 그에게 키스를 했다. 그 장면을 목격한 연주와 경미는 입을 벌린 채 아무 말도 하지 못했다. 먼저 정신을 차린 경미가 걱정스런 눈빛으로 연주를 쳐다봤다.

"괜찮아?"

"……."

"지금 가 봐야 하는 거 아니야? 자기 남자를 빼앗길 수 없잖아. 일어나, 어서!"

경미가 강제적으로 연주의 몸을 일으켜 그녀의 등을 떠밀었다. 연주는 여전히 충격적인 장면에 머릿속이 멍했다.

'어?'

그녀는 어느새 그들 앞에 섰다.

"팀장님!"

경미가 연주의 허리를 툭 치면서 그를 불렀다. 그가 고개를 돌렸다. 연주를 본 순간 그의 눈빛이 싸늘해지면서 금발 미인의 허리를 강하게 잡아당겼다. 그 순간 금발 미인의 입가에 진한 미소가 감돌면서 그의 어깨에 머리를 기댔다.

"무슨 일이죠?"

금발 미인도 무슨 일이냐는 듯 그들을 쳐다봤다. 연주는 그의 입에 묻어 있는 립스틱 자국을 보고 입술을 깨물었다.

"그게……."

경미는 제3자라서 따질 수가 없어 연주의 허리를 다시 손가락으로 콕콕 찔렀다.

"죄송합니다. 가요, 대리님!"

연주는 그들을 지나 걸음을 옮겼다. 그런 그녀의 뒷모습을 경미는 놀라서 쳐다보다가 뒤따라갔다.

"왜 그래? 두 사람 진짜 무슨 일 있는 거야?"

경미는 예상치 못한 상황이 연거푸 발생하자 황당한 표정으로 연주의 팔을 잡았다.

"……헤어졌어요."

연주는 힘겹게 목소리를 쥐어짜냈다.

"헤, 헤어져? 그저께만 해도…… 무슨 일 있었던 거야?"

저번 주만 해도 행복해서 어쩔 줄 모르던 연주의 모습을 기억하기에 그녀는 믿겨지지 않았다.

"……."

"혹시 저 여자 때문이야? 양다리를 걸치고 있었던 거야? 외국에서 왔다더니 설마 애인이 오기 전에 널 잠깐 가지고 노는 거야?"

경미가 마치 자신의 일이라도 되는 듯 흥분해서 소리쳤다. 연주는 경미의 그 말에 심장이 덜컹 아래로 내려앉았다. 설마 하는 마음이 들면서 침울했던 눈빛이 돌변해 차가운 냉기를 뿜어 댔다.

'맞아, 타이밍이 절묘해. 저 여자가 온다는 걸 알고 날 차버릴 좋은 기회를 얻은 건지도 몰라. 맞아, 그랬던 게 틀림없어. 그런데 난 나 혼자 죄의식을 느끼고. 아!'

그녀의 몸이 비틀거렸다.

"괜찮아?"

"네, 괜찮아요. 잠시만 저 혼자 있고 싶어요."

그녀는 간신히 목소리를 쥐어짜냈다.

"진짜 괜찮겠어? 아, 알았어."

경미는 그녀의 창백한 안색 때문에 걱정이 되었지만 연주의 단호한 말투에 고개를 끄덕이고는 떨어지지 않는 걸음을 떼었다. 연주는 엘리베이터를 타고 옥상으로 올라갔다. 옥상에는 담배를 피러 나온 남자직원들이 몇 명 눈에 띌 뿐 조용했다. 연주는 구석진 벤치에 앉았다. 그러고는 얼굴을 감쌌다. 호흡이 가빠오고 가슴이 죄어 왔다.

"하! 하!"

'그런 거였어. 석 달 전에 헤어졌다고? 저 여자가 오기 전에 잠깐 날……. 내가 이렇게 바보였다니. 저런 남자와 동거까지 하고, 그와의 결혼도 꿈꾸다니……. 왜 여자들이 바보같이 남자한테 당할까 했더니 바로 내가 그런 케이스였어. 똑똑한 줄만 알았는데 완전 개털이었어. 하아. 누드모델이었다는 것 때문에 미안해하기나 하고……. 그 자식은 더 치사한 놈이었는데. 내가 도둑질을 했어? 남의 남자를 빼앗았어? 내가 무슨 잘못을 했어? 했냐고? 그러고 보면 선생님과 날 불륜으로 몬 것도 다 이유가 있었어.'

그녀는 생각하면 생각할수록 열불이 나 주체할 수 없었다. 그녀는 답답한 마음에 가만히 앉아 있을 수 없어 벌떡 일어나 오락가락했다. 이미 회사 내에는 그들이 사귀고 있다는 사실이 퍼질 대로 퍼진 상태였다. 그런데 오늘 로비에서 그런 극적인 장면을 연출했으니 별의별 이야기가 과장돼서 퍼질 게 분명했다.

"나서지나 말 것이지. 그때 그렇게 나서지만 않았으면 이렇게 되지 않았을 텐데. 그럼, 내 생활도 평탄했을 거고."

회식 때 가라오케에서 동화 속 왕자님처럼 연구소장의 손에서 그녀를 구해 주지 않았더라면 어쩌면 상황은 달라졌을지도 모른다는 생각이 들었다. 하지만 곧이어 그 일만은 고마워해야 하는 거 아닌가 하는 생각이 들었다. 그리고 그 일이 아니어도 그녀는 이미 우빈을 마음에 담고 있었다.

"아냐, 이런 마음먹으면 안 돼. 그럼, 이대로 물러서야 하는 걸까? 안 돼. 처음부터 그런 못된 마음을 가지고 시작했다면 그 남자도 당해 봐야 돼. 나 같은 선의의 피해자가 또 생길 수도 있으니 앞으로 피해 입을 여성들을 위해서라도 이대로 가만히 지켜볼 수 없어. 그리고 저 남자는 내 남자야. 아직까지는."

그녀는 말이 되지 않는 말들을 중얼거렸다. 남들이 들으면 그게 무슨 이상한 논리냐고 묻겠지만 그녀는 그가 나쁜 남자라 해도 절대 놓치고 싶지 않았다. 20대에 들어서 처음으로 마음과 몸을 준 남자가 바로 우빈이었다. 그래서 그에 대한 애증이 들끓었다.

"그래, 이렇게 헤어질 수는 없어. 다시 나한테 오게 만들어야 해."

연주의 눈동자에 독기가 피어오르면서 입술을 굳게 다물었다. 그녀에게 이성은 전혀 남아 있지 않았다. 오직 질투심과 그를 소유하고 싶은 욕망만이 덩그러니 남아 있었다.

호텔 스위트룸에 들어선 우빈은 신경질적으로 넥타이를 잡아당겼다. 그리고 와이셔츠 단추를 풀었다.

"제이든! 나 엄청 후회했어. 내가 왜 그때 그랬는지 모르겠어. 틀림없이 내가 미쳤었나 봐. 용서해 줘."

나타샤는 우빈의 등 뒤로 다가가 포옹하고는 등에 얼굴을 가져다 댔다. 그의 등이 경직되는 게 느껴졌지만 그녀는 손을 풀지 않았다.

"건드리지 마."

그는 그녀의 손을 억지로 떼어내고는 뒤돌아서서 그녀를 차갑게 응시했다.

"제이든! 그때 난 제정신이 아니었어. 승진을 앞두고 있는 상태에서 갑자기 자기가 한국으로 간다고 하니까. 자기가 내 입장이라면 쉽게 받아들일 수 있겠어? 이 나이에 헤드매니저가 된다는 게 쉬운 일인 줄 알아? 기회는 왔을 때 잡아야 하는 거잖아. 그리고 자기도 알잖아? 내가 얼마나 열심히 노력했는지 말이야."

"그래, 알아. 그래서 상사하고 잠을 자?"

"그건……."

나타샤는 당혹스런 표정으로 말을 잇지 못했다.

"네가 원하는 승진을 선택했으면 이제 그만 난 신경 꺼."

"달링! 나 지금 엄청 후회하고 있어. 내가 미쳤었나 봐. 승진하고 사랑 중에 하나를 선택할 거면 사랑을 선택했어야 했는데 그때는 그걸 몰랐어. 자기를 만나기 전까지 내가 원했던 건 비즈니스에서 성공하는 것뿐이었어. 그래서 후회할 줄도 모르고 우리 사랑을 뒤로 밀어냈던 거야. 진짜 그러면 안 되는 거였는데. 나 아직도 자기를 사랑해. 자기도 날 사랑하잖아. 다시는 이런 실수 안 할 거야. 그러니 나한테 한 번만 기회를 줘. 우리 다시 시작해 보자. 응?"

그녀는 뻣뻣하게 서 있는 그에게 다가가 그의 눈치를 살피면서 가슴을 부드럽게 쓰다듬었다. 그가 가만히 서 있기만 하자 용기를 얻은 그녀는 그의 와이셔츠 단추를 조심스럽게 하나씩 풀었다. 그러고는 그의 맨살을 잘 다듬은 손으로 쓰다듬었다. 그녀는 그의 젖꼭지를 손가락으로 문지르면서 그의 입술을 살짝 깨물었다. 그의 입술이 벌어진 순간 그녀는 혀를 집어넣었다. 그녀는 그의 몸에 자신의 몸을 밀착시키면서 그의 머리카락 속으로 손가락을 넣었다.

"으음."

그녀는 야릇한 신음을 뱉으면서 그의 바지 벨트를 풀고는 지퍼를 내렸다. 그리고 팬티 속으로 그녀의 손을 집어넣었다. 그녀의 손은 능수능란하게 움직였다. 그의 남성이 단단해지자 그녀의 입가에 회심의 미소가 번졌다. 그런데 그는 여전히 서 있을 뿐 손가락 하나 움직이지 않았다. 그녀는 온몸으로 번지는 욕망에 거친 숨을 내쉬었다. 그녀는 그의 바지와 팬티를 무릎 아래로 내렸다. 그녀의 입술이 점점 더 아래로 내려갔다. 그녀는 무릎을 꿇고 앉았다.

"어? 아, 아파."

그가 그녀의 머리카락을 움켜쥐었다. 그녀는 비명을 지르면서 얼굴을 구겼다.

"그만해."

그는 그녀를 밀쳐내고는 옷을 훌러덩 벗고 욕실로 향했다. 그러고는 욕실 문손잡이를 잡고 섰다.

"제이든……."

그녀는 그의 나신을 욕망 어린 눈빛으로 쳐다봤다. 운동으로 단련된 그의 몸매는 지금까지 그녀가 섹스했던 남자들과 차원이 달랐다. 그와 지냈던 뜨거운 밤들을 떠올리자 하반신이 뜨거워지면서 주체할 수 없는 욕망으로 허덕여야만 했다.

"다시 이 방으로 왔을 때 당신 얼굴을 안 봤으면 좋겠어."

"제이든! 용서해 줘. 나한테 다시 기회를 줘."

그녀는 두 손을 모았다.

"난 기회를 줬었어. 하지만 차 버린 사람은 너야. 그리고 이젠 널 더 이상 사랑하지 않아. 아니, 사랑한 적이라도 있었는지 의심스러워. 그땐 쾌락을 즐겼을 뿐인지도 몰라. 너와 난 그냥 섹스파트너 그 이상도 그 이하도 아니었어. 지금은 너와의 모든 게 다 추잡스럽게만 느껴져. 그러니 더 이상 내 앞에 나타나지 마. 널 끔찍한 여자로 기억하고 싶지 않으니까."

그는 마지막 말을 뱉어내면서 감정이 일체 느껴지지 않는 눈빛으로 그녀를 한 번 쳐다보고는 욕실로 들어가 버렸다.

"하."

그녀는 허물어지듯 바닥에 철퍼덕 주저앉았다. 욕실에서 물소리가 들렸다. 그녀는 당장이라도 욕실로 뛰어 들어가고 싶은 충동에 사로잡혔지만 그의 마지막 눈빛을 떠올리고는 그럴 용기가 사라졌다.

"이제 나에게 남은 건 아무것도 없는데. 이건 아닌데. 내 미래는 멋져야 하는데. 왜? 왜 이렇게 된 거야? 아냐, 이대로 무너질 수 없어. 이제 내가 선택할 수 있는 건 그 못생긴 뚱보를 꾀는 거야. 하아, 하지만 그 새끼는 진짜 싫은데. 하지만 내 미래를 위해서라면 해야겠지. 아, 젠장, 내가 어떤 맘으로 여기까지 날아온 건데. 후우."

그녀는 자리에서 일어서서는 주름진 치마를 폈다. 그리고 얼굴을 손보고는 휴대폰 번호를 눌렀다.

"오늘 출발하는 독일행 비행기 있나요? 있어요? 네? 한 자리 비었다고요? 그럼, 지금 예약할게요."

그녀는 허겁지겁 호텔 룸을 빠져나갔다.

샤워를 마친 우빈은 젖은 머리카락을 수건으로 털면서 욕실을 나섰다. 나타샤는 가 버리고 없었지만 그녀의 진한 향수 냄새가 고스란히 남아 있었다.

"진급에서 떨어지고 회사도 그만두게 되니까 내가 생각난 거야? 하아, 그래도 한때는 괜찮은 여자라고 생각했었는데."

그는 시니컬한 미소를 머금은 채 냉장고 문을 열어 캔 맥주를 꺼내고는 소파에 앉았다. 나타샤가 갑자기 회사에 등장했을 때 그는 엄청 놀랐다. 그녀를 당장이라도 쫓아내고 싶었지만 연주를 본 순간 가만히 있었다. 그걸 오해한 나타샤는 더 적극적으로 들이댔다. 그는 나타샤가 나타나기 전에 대학동창 스티브를 통해서 이미 소식을 들은 후였다. 승진하기 위해서 유부남인 이사를 유혹했다가 그 사실을 이사의 아내에게 들키면서 이사는 징계를 받고 그녀는 사표를 제출하게 되었다. 그런 그녀가 느닷없이 한국으로 그를 찾아온 걸 본 순간 그녀의 의도를 알아챘다. 그래서 그녀에 대해 남아 있던 작은 애정조차도 완전히 공중분해되어 사라져 버렸다.

"연주를 잊기 위해 나타샤가 하는 대로 내버려 두는 게 아니었는데."

나타샤의 적극적인 육탄공세에도 그는 아무런 감흥도 일지 않았고, 오히려 연주가 떠오르면서 몸이 뜨거워졌다.

"젠장."

그는 소리를 질렀다. 연주에 대한 애증이 들끓었다. 지금까지 자잘한 연애사가 있었지만 연주에 대한 마음만은 특별했다. 그로서도 당혹스러울 정도로 처음 있는 일이었다. 그는 그녀를 처음 봤을 때부터 심장이 터질 듯이 뛰었고, 그녀가 사라질까 봐 사람인지 아닌지 확인하기 위해 키스를 했다. 그녀가 수줍은 듯하면서도 소극적인 반응을 보이자 그는 숨쉬기가 힘들 정도였다. 그래서 그런 자신의 모습을 감추느라 허둥대야만 했다.

"후우."

그는 진열장에 있는 위스키와 잔을 꺼냈다. 안주도 없이 위스키를 마셨다.

"크흑."

뜨거운 불길을 삼킨 것처럼 뱃속이 뜨거워졌다. 하지만 술
기운이 온몸으로 퍼지면서 그의 긴장했던 몸이 느슨해지고
나른해졌다. 그때 휴대폰이 울렸다. 그의 초점 잃은 눈동자
가 휴대폰 액정을 흘낏 내려다봤다.

[연주]

그의 눈동자는 그 이름에 고정되어 떨어질 줄 몰랐다. 그
는 한참을 노려보다가 통화버튼을 누르고는 스피커를 켰다.

"무슨 일이죠?"

그는 소파에 등을 기댔다.

[우빈 씨! 만나고 싶어요.]

"만나고 싶다고? 우리 사이에 해야 할 말은 더 이상 없을
것 같은데."

[아뇨, 꼭 해야만 해요. 날 오해하게 내버려둘 수 없어요.]

"오해? 후우."

그는 시큰둥하게 대꾸했다.

[저희 집에 오기 힘들면 제가 우빈 씨 있는 곳으로 갈게요.
직접 얼굴 보고 말해요.]

"그럼, 이리로 와."

[룸 번호가 어떻게 돼요?]

"1506호."

[네, 알았어요.]

휴대폰을 끊은 그는 위스키를 들이켰다. 요 며칠 제대로 잠을 자지 못한 상태에서 독한 위스키를 마시게 되자 그의 눈이 자꾸만 감겼다.

"후우. 온다고 했으니까 내가 잠들면 안 되는데. 그럼……."

그는 고개를 좌우로 움직이다가 책을 들고 문으로 걸어가 문틈 사이에 책을 끼웠다. 그러고는 침대에 누웠다. 잠시 후 그의 규칙적인 숨소리가 스위트룸에 가득 찼다.

연주는 스위트룸 초인종을 눌렀다. 그런데 아무런 반응이 없었다. 연주는 귀를 문에 가져다 대고 기다렸다가 아무런 반응이 없자 이번엔 노크를 했다.

"우빈 씨! 저 왔어요."

하지만 여전히 안에서는 기척이 없었다. 연주는 혹시나 하는 심정으로 문손잡이를 잡고 돌렸다.

"어?"

문이 열렸다. 그때 문 사이에 끼워져 있는 책이 눈에 들어왔다. 그녀는 그 책을 들어 올리고는 발을 내디뎠다. 그녀의 시선은 방 안을 헤매지 않고 곧바로 침대로 향했다. 우빈이 자고 있었다.

그녀는 자신의 코를 자극하는 냄새를 맡은 순간 코를 킁킁거렸다. 술 냄새였다. 테이블 위에 놓여 있는 위스키와 잔이 뒤늦게 그녀의 눈에 들어왔다.

"취한 건가?"

그녀는 침대로 다가가 잠들어 있는 그의 얼굴을 내려다봤다. 그녀의 가슴이 뭉클해졌다. 그의 얼굴에 손을 갖다 대자 그의 턱 주변에 난 수염이 까칠했다. 그녀는 방 안을 둘러봤다.

'그 여자는 없네. 같이 자지는 않은 모양이야.'

안도의 한숨을 쉬자 긴장으로 굳어 있던 어깨가 내려앉았다. 전화를 걸면서도 혹시 그 여자가 그의 곁에 있는 건 아닌가 하는 걱정을 했는데 기우에 불과한 것 같았다.

"우빈 씨! 일어나 봐요. 이야기하려고 왔어요."

그녀는 그의 몸을 흔들었다. 하지만 그가 일어날 조짐이 전혀 보이지 않자 이번엔 좀 더 세게 그의 몸을 흔들었다.

"우빈 씨!"

"으음."

그가 신음을 뱉으면서 몸을 돌렸다.

"우빈 씨! 일어나 봐요. 할 얘기 있단 말이에요."

"으음."

그가 짜증난 얼굴로 한쪽 눈을 떴다가 그녀를 발견하고는 눈이 커졌다.

"일어나요."

"연주?"

"네, 저예…… 읍."

그녀가 대답을 끝내기도 전에 그가 그녀의 몸을 휘어잡더니 그의 몸 아래에 그녀를 깔았다. 그러고는 그녀를 잡아먹을 듯이 거칠게 키스를 했다. 그의 입술이 그녀의 입술을 삼켰다. 그녀는 숨이 막혔다. 그녀는 그의 몸 아래에서 버둥거렸지만 그의 강한 압박에서 벗어날 수 없었다. 그는 그녀의 몸을 거칠게 애무했다. 연주는 그의 행동에 수치심과 두려움 그리고 분노가 일었다. 그래서 힘껏 반항을 했지만 그의 힘에 속수무책이었다. 그러다 어느 순간 그녀의 몸에서 힘이 빠졌다. 그가 왜 분노에 차서 이런 행동을 하는지 알기에 계속 반항할 수만은 없었다. 그의 입술이 그녀의 목덜미에 닿자 그녀는 눈을 질끈 감았다.

그때 그의 스킨십이 멈추고 그의 숨소리가 달라졌다. 그녀는 조심스럽게 눈을 떴다. 그가 그녀의 목덜미에 얼굴을 묻은 채 잠들어 있었다. 그녀의 가슴을 움켜쥐고 있던 그의 손이 힘없이 옆으로 떨어졌다. 그녀는 허탈하게 웃음을 터뜨렸다.

'왜 이렇게 기분이 묘해지는 거야?'

그녀는 자신의 야릇한 감정에 한참을 멍하니 누워 있었다. 하지만 그가 잠들면서 그의 체중이 그녀의 몸을 무겁게 짓누르자 그의 몸을 밀쳐냈다.

"하아. 하아."

그녀는 거친 숨을 토해 내면서 몸을 일으켰다. 그리고 자신이 입고 있는 블라우스를 내려다보고는 얼굴을 찡그렸다. 그가 거칠게 옷을 잡아당겨 단추가 떨어져 버렸다.

"깰 때까지 기다려야 할까? 오늘이 아니면 다시는 내 얼굴을 보지 않으려고 할지 몰라. 그렇다면……."

연주는 룸을 나가는 대신 그의 옷장으로 걸어가 그의 옷 중에서 티를 꺼냈다. 그러고는 블라우스를 벗어 던지고 티를 입었다. 엉덩이까지 내려오는 헐렁한 티에 그녀는 아랫부분을 잡아당겨 묶었다. 하지만 네크라인이 깊고 넓어서 그녀의 한쪽 어깨가 드러났다.

"그래, 이렇게 된 거 깰 때까지 기다리자. 이런 차림으로 갈 수는 없잖아. 그런데 화나네. 잠자고 있는 얼굴에 물벼락을…… 아니야, 그러면 내 이야기도 듣지 않고 곧바로 쫓아낼 거야. 그리고 절대 이대로 헤어질 수 없어. 진작 말할 걸 그랬나? 아냐, 그럼 시작도 못 했을지 몰라. 어느 선택이 옳았던 걸까? 아아아. 이 남자 때문에 누드모델 되고 나서 처음으로 후회했어. 시작한 후에는 한 번도 후회한 적이 없었는데, 사랑하면서 두려움이 생기다니 아이러니하네. 그렇게 누드모델 일이 날 버티게 해 줬는데."

그녀는 착잡한 심정으로 침대로 걸어가 잠들어 있는 그에게 이불을 덮어 주고는 의자로 걸어갔다. 테이블 위에 있는 위스키와 잔을 본 그녀는 위스키를 따라 마셨다.

"크윽."

독한 위스키였지만 그녀는 연거푸 두 잔을 마시고는 소파에 기댔다. 눈꺼풀이 무겁게 내려앉았다. 우빈 때문에 제대로 잠을 이루지 못한 상태에서 위스키를 마시자 알코올 기운이 순식간에 온몸으로 퍼졌다.

"으음."

그녀는 비틀거리며 침대로 걸어갔다. 그러고는 그의 등을 포옹하면서 눈을 감았다. 엄마가 아이를 업은 모습처럼 그녀는 그의 몸에 자신의 가슴을 밀착시켰다. 그리고 왼쪽 다리를 들어 그의 허벅지 위에 얹었다. 그의 따뜻한 체온에 그녀의 입가에 만족스런 미소가 번졌다.

"으음."

우빈은 몸을 반대방향으로 돌렸다. 그리고 팔을 뻗었는데 따뜻하고 부드러운 몸이 닿았다. 그는 반사적으로 그 몸을 끌어당겼다. 달콤하고 익숙한 체취에 그의 입가에 미소가 번졌다.

하지만 어느 순간 그의 몸이 경직되더니 눈을 번쩍 떴다. 그의 가슴에 안겨 있는 연주를 발견한 순간 그의 미간에 주름이 잡혔다.

하지만 그녀의 얼굴 반을 가리고 있는 머리카락과 또렷한 이목구비, 하얀 치아가 보이는 붉은 입술이 클로즈업되어 그의 눈을 사로잡았다. 그의 눈빛이 흔들리면서 저절로 손이 올라갔다. 그는 그녀의 머리카락을 조심스럽게 쓸어 귀 뒤로 넘겼다.

"아, 젠장."

그는 스스로의 행동에 얼굴이 잔뜩 굳어 그녀의 몸을 힘껏 밀쳐내고는 침대에서 일어섰다. 연주의 몸이 밀쳐지면서 침대에서 떨어졌다.

쿵.

"아얏."

연주는 바닥에 떨어지면서 엉덩이, 허리 그리고 머리를 세게 부딪쳤다. 잠자다 갑자기 날벼락을 받은 그녀는 비명을 질렀다. 그러나 낯선 방의 풍경에 그녀는 고통을 잊고 주위를 두리번거렸다. 그러면서 서서히 떠오르는 기억의 편린들에 입이 벌어졌다.

"왜 여기에 있는 거지?"

우빈이 그녀를 위에서 차갑게 내려다봤다.

"그게…… 오라고 했잖아요."

그녀는 머리가 멍했다가 서둘러 대답했다.

"말은 정확히 하자고. 내가 오라고 한 게 아니라 온다고 한 거였잖아."

"그래요, 내가 온다고 했어요. 하지만 오라고 승낙은 했잖아요. 그런데 여기에 와 보니까 자고 있더라고요."

그녀는 엉덩이와 허리로 이어지는 찌릿한 통증에 호흡을

가다듬으면서 천천히 몸을 일으켰다.

"출근 준비해야 돼. 가 줘."

"……"

연주는 그의 냉소적인 말투에 입술을 깨물었다. 그는 그런 그녀를 등지고 전화기를 들었다.

"아침 식사 룸서비스 시킬게요. 간단하게……."

"나도 배가 고파요. 밥은 줄 수 있는 거 아닌가요?"

"좋아, 할 얘기 있으면 하고 가. 그런데 왜 내 옷을 입고 있는 거야?"

"내가 왜 이 옷을 입고 있겠어요? 이 옷이 왜 이렇게 됐다고 생각해요?"

그녀는 입고 왔던 단추가 떨어진 구겨진 블라우스를 들어 보여 줬다.

"내가 그랬다고? 기억이 잘 안 나는군. 여보세요? 식사 2인분 준비해 주세요."

그는 눈을 가늘게 뜬 채 생각에 잠겼다가 식사를 주문했다. 그러고는 다리를 꼬고 앉았다. 그녀는 흘러내린 티를 어깨 위로 올리고는 그의 맞은편 의자에 앉았다.

"……"

"시간은 많이 줄 수 없어. 하고 싶은 말 있으면 빨리 해."

그는 의자 팔걸이에 팔꿈치를 대고는 그녀를 응시하면서 턱을 괬다. 그녀는 마른침을 꿀꺽 삼켰다.

"미안해요. 하지만 누드모델이라는 게 부끄럽다고 생각한 적은 한 번도 없었어요. 그런데 우빈 씨를 만난 순간 처음으로 후회했어요. 당당하게 말할 수가 없었으니까. 이런 날이 오리라고는 한 번도 상상한 적이 없었어요. 아니, 알고 있었는데 피하고 싶었어요. 아니, 영원히 몰랐으면 했어요."

연주는 횡설수설하다가 씁쓸한 미소를 머금은 채 고개를 숙였다. 하지만 몇 초 후 그녀는 다시 고개를 들고는 그의 눈을 똑바로 응시했다.

"……."

"누드모델도 평범한 직업 중 하나로 받아 줄 수 없어요? 누드모델이라고 사생활이 문란한 건 아니에요."

"독일에서 누드모델을 만났더라면 쉽게 받아들였을지 몰라. 그런데 연주는 내 상상력을 완전히 벗어났어. 그리고 아저씨하고……."

그때 초인종이 울렸다.

"룸서비스가 온 것 같군."

그는 자리에서 일어나 문을 열었다. 직원이 카트를 끌고 들어와서 테이블 위에 음식을 세팅했다. 우빈은 직원에게 팁을 건넸다.

"커피 향이 좋군."

그는 직원이 나간 후 그녀의 잔에 커피를 따르고 자신의 잔에도 커피를 따랐다.

"우빈 씨도 나한테 말 안 해 준 거 있잖아요? 세레나 화장품 회장이 할아버지고, 부회장이 아버님이시고. 그리고 우리 회사와 손잡고 한국에 진출하려고 한다는 걸 한 번이라도 언급한 적 있어요? 없잖아요."

"연주밖에 보이지 않았으니까. 같이 있는 시간들이 너무 행복해서 다른 건 안 보였어. 그리고 내 배경이 아닌 나만을 바라봐 주길 바랐어. 그리고 조만간 청혼…… 아니, 이런 말을 해 봤자 무슨 소용이 있겠어? 화실에서 그렇게 마주쳤을 때 정말 피가 거꾸로 솟아오르는 기분이었어."

그는 감정이 격해지자 진정시키려고 말을 멈추고는 물을 마셨다.

"내가 왜 누드모델을 했는지 말할게요. 제……."

"듣고 싶지 않아. 그 이유가 뭐가 중요하겠어?"

그는 스스로에게 화가 났다. 그녀에 대한 배신감으로 화가 치솟는데도 불구하고 그녀를 잊을 수 없었다.

"우빈 씨! 저 많은 걸 욕심내지 않을게요. 이런 식으로는 헤어질 수 없어요."

"……."

"같은 회사에 다니는 게 불편하다면 제가 그만둘게요. 그러니……."

"그만해."

그는 그녀의 가슴이 서늘해질 정도로 차갑게 말했다.

"믿지 않을지 모르지만 우리가 마주친 그날이 마지막으로 모델 서는 날이었어요. 그리고 선생님과도……."

"거짓말하지 마."

"거짓말 아니에요. 그건 선생님한테 여쭤 보면 금방 알 수 있는 일인데 왜 거짓말하겠어요?"

"그만해. 집까지 태워다 줄게. 그런 모습으로 갈 수는 없으니까."

"우빈 씨! 당신이 시키는 일이라면 뭐든지 다 할게요. 제발 날 버리지 마요."

"뭐든지 다 하겠다고?"

"네."

그녀는 고개를 강하게 끄덕거렸다.

"널 철저히 이용만 해도 좋아?"

"……네."

"그래? 좋아."

"정말이에요?"

"한 가지만 더 약속하면…… 아저씨는 만나지 마."

그는 그 말만 하고 식사도 마치지 않고 자리에서 벌떡 일어섰다. 그녀는 그런 그를 복잡한 눈빛으로 쳐다봤다.

11. 감정의 찌꺼기들

　연구실에 출근하자마자 경미가 바퀴의자를 밀고 그녀 옆으로 다가왔다. 그러고는 주위를 두리번거리더니 작은 목소리로 연주의 귀에 속삭였다.

　"어떻게 됐어? 그 여자 뭐래?"

　연주는 아차 하는 심정이 되었다. 그를 붙잡느라 그 여자에 대한 질문을 전혀 하지 못했다. 회사 로비에서 모든 사람들이 보는 자리에서 금발머리 외국 여자와 키스까지 했는데 그것에 대해서는 한 마디도 따지지 않았다는 생각에 스스로도 어이가 없었다.

　'나 정말 바보 아니야? 나만 잘못한 것 같아서 다른 생각은 제대로 못 했으니…… 그렇게 잠들지 않았으면…… 그리고 아침이라서 머리가 제대로 돌지를 않았어.'

그녀는 스스로가 한심해서 어처구니가 없었다.

"바보."

"왜 그래?"

경미는 당혹스런 얼굴로 쳐다봤다.

"아, 아니에요."

그녀는 노트북을 켰다.

"진짜 그 외국 여자 누구야? 양다리인 거야?"

"아, 아니에요. 외국에서는 친구끼리도 키스를 하잖아요. 별 의미 없는 키스예요."

"뭐? 그 말을 지금 나한테 믿으라는 거야? 친구라면 살짝 입맞춤은 할 수 있어도 딥 키스는 안 해."

연주도 지금 자신이 한 말이 억지라는 사실을 알기에 어색한 미소를 지었다.

"……."

"그리고 그때 연주 자신의 얼굴 못 봤지? 완전 창백해서 밀랍인형이 서 있는 느낌이었어. 나 같으면 당장 달려가서 뺨따귀를 날렸을 거야."

경미는 마치 자신의 일이라도 되는 듯 울분을 터뜨리면서 씩씩거렸다.

"모르겠어요. 그리고 그때 둘이 싸웠거든요. 헤어지자고 했었고요. 그래서 나설 수가 없었어요."

"뭐? 그럼, 더 나쁜 자식 아니야? 헤어지자고 말하자마자 다른 여자를 다른 곳도 아닌 회사로 끌어들여 키스했다고? 연주와 팀장이 사귄다는 거 벌써 회사 안에 파다하게 소문이 퍼졌는데 말이야. 진짜 연주를 무시하는 행위 아니야? 그렇게 안 봤는데 팀장 별로다. 헤어져 버려. 앞날이 뻔한 것 같다."

"그것보다 대리님한테 말씀드릴 게 있어요."

경미의 격한 반응에 그녀는 다시 우빈과 시작할 거라는 말은 입 밖으로 할 수 없었다.

"표정 보니까 별로 좋은 소식 아닌 것 같은데."

"회사 그만두려고요."

"뭐? 왜? 팀장하고 헤어졌다고 그만두려는 거야? 그건 아니지 않아?"

연주의 충격 발언에 경미의 목소리가 찢어지듯 높아졌다. 그러자 일하고 있던 다른 직원들까지 그들을 쳐다봤다. 연주는 당황스런 상황에 경미의 팔을 잡고 연구실 밖으로 나갔다.

"대리님!"

"아, 미안해. 나도 모르게 흥분했어. 왜 연주가 그만둬? 양다리를 걸친 남자가 그만둬야 하는 거 아니야? 이거 불공평한 거 아니냐고?"

"대리님, 저희 헤어지지 않았어요. 그런데 조금만 싸우거나 무슨 일이 생기면 금방 주위 사람들이 알아채잖아요. 그래서 이번 기회에 제가 하고 싶었던 일을 하려고요. 물론, 갑자기 그만두게 되긴 했지만 그 시기가 조금 빨리 앞당겨졌을 뿐이에요."

그녀는 말하지 않으려고 하다가 경미의 반응에 더 이상 모르쇠로 일관할 수 없었다.

"뭐? 다시 만난다고? 오해를 푼 거야?"

"네."

연주는 거짓말을 했다. 안 그러면 경미가 계속 꼬치꼬치 캐물을 게 분명했다.

"다행이네. 그럼, 남들 눈 신경 쓸 필요가 뭐 있어? 두 사람만 확실하면 되지."

"아뇨, 사내연애가 왜 힘든 줄 알겠어요. 제가 강심장도 아니고, 또 쉬고 싶은 마음도 있고요. 너무 쉼 없이 지금까지 달려온 것 같아요. 에너지가 다 바닥났어요."

"진짜야? 연주가 얼마나 이 일을 좋아하는지 잘 아는데."

경미가 그녀의 손을 잡고는 손등을 토닥였다.

"진짜예요. 쉬면서 연애만 하고 싶어요."

그녀는 일부러 웃음소리를 내면서 말했다.

"하긴 연주가 지금까지 너무 삭막하게 살아오긴 했지. 그런데 진짜 후회하지 않겠어?"

"안 해요."

"하긴 요 근래 연주가 많이 바뀌긴 했어. 오랫동안 같이 근무해서 연주는 이런 사람이다 하고 머리에 박혔는데, 요즘 보여 주는 연주의 모습은 갈피를 못 잡게 해."

"솔직히 저도 그래요."

연주도 순순히 경미의 말에 수긍했다. 부모님과 사별했을 때를 제외하고는 지금처럼 버라이어티한 경우도 처음이었다. 그런데 그 모든 게 한 남자로 인한 파장이라는 생각에 쓴웃음이 나왔다.

"많이 고민해서 결정한 거지?"

"네."

그녀는 단호하게 대답했다.

"그래, 그렇다면야 나도 말릴 수 없지. 네 인생인데. 그런데 이 중요한 시기에 그만둔다고 하면 소장이 좋아할까?"

"좋아하지 않을까요? 이 회사로 데려오고 싶어 하는 직원이 더 있는 것 같은데요."

"아, 맞아. 그리고 연주가 마케팅 팀장하고 사귄다는 거 알고부터는 꽤 불편해하지? 사표를 내면 곧바로 수리하겠네. 아, 나도 연주 따라 회사 그만두고 싶다. 그런데 내 사정 알지? 아이 낳고 키운 다음에 일자리를 구하려고 하면 경력단절로 지금 자리를 유지할 수 없어. 누구처럼 여유롭지가 못해."

"대리님은 오래오래 근무하셔야죠."

"그 말을 들으니까 어째 기분이 이상한데."

경미가 장난스럽게 고개를 갸웃거렸다.

"순수하게 받아들여 주세요."

"알았어. 근데 회사 그만둔다고 우리 인연 끊는 거 아니지?"

"절대 그럴 일은 없어요."

"그래야지. 그럼, 앞으로는 대리님이라고 부르지 말고 언니라고 불러. 회사 그만두게 되면 난 더 이상 연주한테 상사가 아니잖아, 오케이?"

"네, 그럴게요. 하지만 회사 그만둘 때까지는 대리님이라고 부를게요."

"그래, 그런데 그 금발머리 여자 건은 확실히 매듭짓고 넘어가. 대충 넘어가면 다음에 또 그런 일이 발생할지 몰라. 남자들이란 어물쩍 넘어가 주면 다음에도 또 그래도 되는 줄 알거든. 인생 선배로서 그리고 같은 여자로서 충고해 주는 거야. 짚고 넘어갈 건 확실히 짚고 넘어가라고. 그래야 깔끔하게 정리되어서 뒤탈이 없는 거야, 오케이?"

"네."

연주는 그녀의 걱정이 가슴에 와 닿아 고개를 끄덕거렸다.

며칠 후 우빈이 짐을 싸서 다시 그녀의 집으로 들어왔다. 연주는 혹시라도 그의 마음이 바뀔까 두려워 서둘러 그의 옷들을 정리했다.

"하아."

옷 정리가 끝난 후 그녀는 흡족한 표정을 지었다. 그가 집을 나가 버린 후의 며칠간은 그렇게 긴 시간은 아니었지만 다시는 겪고 싶지 않은 끔찍한 시간들이었다.

"이래서 나간 자리는 허전하다는 건가? 참, 그 여자에 대해서는 물어봐야지."

"뭘 물어본다는 거지?"

"아, 깜짝이야."

갑자기 등 뒤에서 들리는 우빈의 목소리에 그녀는 놀라 가슴에 손을 얹고는 숨을 크게 내쉬었다.

"놀랐다면 미안해."

"괜찮아요."

"그런데 뭘 물어본다는 거야?"

"그게…… 그 금발머리 여자요."

그녀는 잠시 망설이다가 질문했다.

"아! 나타샤!"

"그 여자 이름이 나타샤예요?"

"그래, 독일로 갔어. 날 보러 온 날 그 말이 제일 먼저 나올 줄 알았는데."

"그땐 제정신이 아니었으니까요. 그 여자하고 어떤 사이예요? 솔직히 말해 줘요."

그녀는 로비에서 봤던 그 장면을 떠올리자 질투심이 다시 스멀거리면서 올라왔다.

"내가 말하지 않았나? 한국에 오기 전 여자친구랑 헤어졌다고."

"그런 사람이 회사 로비에서 키스를 해요? 모든 사람들이

다 보는 자리에서? 믿을 수 있는 말을 해요."

"그건 연주 탓이 커."

"내가요?"

그녀는 어이없는 표정을 지었다.

"그래, 연주에 대한 배신감이 너무 커서 키스했어. 우릴 보고 있는 걸 알고 있었으니까."

그는 빈정거리듯 말했다.

"그렇다고 그런 식으로 행동해요?"

"두 여자한테 제대로 뒤통수를 맞은 것 같았거든. 그 여자도 연주처럼 내 뒤통수를 쳤어."

그는 냉소적인 눈빛으로 그녀를 뚫어지게 응시한 채 문기둥에 기대고 섰다.

"……."

"그런데 그 여자보다 연주한테 당한 게 더 화가 나."

"난……."

그녀는 그의 말에 그 어떤 변명도 할 수 없었다. 피할 수 없는 진실이기에.

"됐어. 더 이상 그런 부질없는 이야기 하지 말자. 배고파."

"기, 기다려요. 금방 준비할게요. 어?"

연주는 주방으로 가려고 그의 곁을 지나가는데 그가 그녀의 허리를 낚아챘다. 그들의 얼굴이 마주하자 그녀의 호흡이 거칠어졌다. 그가 그런 그녀의 뺨을 감쌌다. 그의 입술이 그녀의 입술에 닿을 듯 가까워지자 연주는 반사적으로 입술을 내밀면서 눈을 감았다. 하지만 아무 느낌이 없자 조심스럽게 눈을 떴다.

"뭘 원하는 거지? 배고파. 빨리 밥 줘."

그는 그녀의 허리를 감았던 팔을 풀고는 그대로 그녀를 지나갔다. 그 순간 그녀는 무안해서 얼굴이 벌겋게 달아올랐다.

'젠장. 젠장.'

그런 그녀의 등 뒤에서 그의 웃음소리가 들렸다.

일주일 후 그녀는 다녔던 회사를 퇴직했다. 그녀의 예상대로 연구소장은 그녀가 사표를 내민 순간 입술이 실룩거리면서 웃음을 삼키느라 바빴다. 계속 다니라는 빈말조차 하지 않았다. 오히려 앓던 이를 뽑아버린 것처럼 개운한 표정을 지었다.

"아!"

그녀는 우빈이 출근하고 난 후 침대로 기어 들어갔다. 그러고는 지금까지 제대로 자지 못한 잠들을 몰아 자기 시작했다. 이상하게도 그녀는 자도 자도 잠이 늘 부족했다.

"으음."

그녀는 몸을 옆으로 돌리면서 이불을 끌어당겼다. 유리창에서 햇살이 들어오는 걸 막기 위해 커튼을 쳤지만 햇살은 그 커튼까지 뚫고 들어왔다. 휴대폰이 울렸다. 그녀는 받기 싫어 머리까지 이불을 뒤집어썼지만 휴대폰은 지치지도 않고 계속 울려 댔다.

"아아아."

그녀는 견디지 못하고 이불을 신경질적으로 내렸다. 그녀는 고양이 같은 귀찮은 몸짓으로 침대 옆 탁자 위에 있는 휴대폰을 잡아 귀에 가져다 댔다.

"여보세요?"

그녀의 목소리는 짜증과 잠기운이 가득했다.

[여보세요? 김연주 씨 휴대폰 맞죠?]

"네, 전데요."

[목소리가 이상해서 아닌 줄 알았어. 지금 회사 아닌가?]

"어? 선생님?"

연주는 잠이 확 깨면서 몸을 벌떡 일으켰다. 그러고는 탁자 위에 있는 알람시계로 손을 뻗었다.

[어디 아픈 거야?]

"아, 아녜요. 어젯밤에 늦게 자서요. 그런데 무슨 일이세요?"

[우리가 무슨 일 있어야 전화하는 그런 사이인가?]

섭섭한 티를 내면서 김태준 화백이 말했다.

"죄송해요. 제가 잠이 덜 깨서요."

그녀는 자신의 뺨을 토닥였다. 휴대폰을 귀와 어깨 사이에 끼고는 흘러내린 머리카락을 하나로 모아 큰 핀으로 꽂았다.

[나중에 전화할까?]

"아니에요. 말씀하세요. 이제 괜찮아요."

연주는 속옷 차림으로 거실을 지나 주방으로 걸어갔다. 그러고는 커피머신에서 커피를 내리고 토스트기에 식빵을 집어넣었다.

[연락이 없어서 먼저 전화했어. 아쉬운 사람이 먼저 우물 파야 하잖아.]

"선생님도 참."

그녀는 멋쩍은 미소를 지었다.

[사실은 내 제안을 생각해 봤나 해서 전화했어.]

"아직 결정을 못 내렸어요."

그녀는 솔직하게 우빈이 그와 더 이상 만나지 말라고 했다는 말을 할 수가 없었다.

[그래? 알았어. 하지만 긍정적으로 생각해 줘.]

"네, 그리고 선생님한테 드릴 말씀 있어요."

[그래?]

"전화상으로 할 말은 아니고요. 찾아뵙고 말씀드릴게요."

[그래, 언제든지 찾아와.]

휴대폰을 끊은 연주는 토스터에서 식빵을 꺼내 접시에 담고는 커피 잔을 챙겨 베란다로 나갔다. 의자에 앉아 식빵을 한 입 깨물자 바싹하게 익은 식빵의 식감이 그녀의 식욕을 돋웠다.

그때 또 휴대폰이 울렸다. 그녀는 휴대폰을 받으려고 주위를 두리번거리다 주방에 두고 왔다는 걸 깨닫고는 주방으로 걸어갔다. 휴대폰을 막 잡으려는 순간 벨이 멈췄다.

'똥개 심부름도 아니고. 누구야? 어?'

연주는 이름을 확인한 순간 얼른 그 번호로 전화를 걸었다. 신호음이 한 번 울리자마자 상대편이 받았다.

"여……."

[전화 좀 빨리 받을 수 없어?]

그녀가 대꾸도 하기 전에 우빈이 먼저 소리쳤다.

"밖에 있었어요. 무슨 일이에요?"

[집에 서류를 두고 갔어. 가져다줄 수 있을까?]

"서류요?"

[거실 소파에 있을 거야. 내가 가져간다고 챙겨 놓고서는 깜빡 잊었어. 부탁할게.]

"알았어요."

[빨리 부탁할게. 사무실까지 올라오지 말고 로비 데스크에 맡겨 두면 돼.]

"그러지 말고 제가 사무실……."

그녀가 말을 끝마치기도 전에 휴대폰이 끊겼다. 연주는 허탈한 표정으로 거실 소파 위에 놓여 있는 노란 서류봉투를 들어 올렸다. 그러다 허둥지둥 욕실로 뛰어 들어가 세수를 하고는 화장도 못 하고 머리만 질끈 묶은 채 옷방으로 들어갔다.

그녀는 허벅지까지 내려오는 검정색 니트에 청바지를 입고 아이보리 카디건을 걸쳤다. 그러고는 모자를 깊게 눌러 썼다. 그녀는 가방과 서류봉투를 챙겨 나오려고 부츠를 신다가 창백한 자신의 낯빛을 보고는 가방을 뒤져 립스틱을 칠했다. 그리고 마지막으로 선글라스를 썼다.

"첩보작전을 방불케 하는군."

얼마 전까지만 해도 당당한 직원으로 일했던 회사에서 007 첩보원처럼 행동하는 자신의 모습에 그녀는 씁쓸한 미소를 지었다.

그녀는 회사에 도착해 로비 데스크에 서류를 맡기고는 휴게실에 앉았다. 그만둔 지 일주일밖에 되지 않았는데도 몇 년씩이나 다닌 회사가 낯설고 어색했다. 연주는 선글라스를 쓴 채 주위를 두리번거렸다. 다들 목적을 갖고 움직이는 모습에 휴대폰을 들어 우빈에게 문자를 남기고는 김경미 대리한테 전화를 걸었다.

[회사 그만두고 잘 쉬고 있어?]

"네. 대리님은……."

[대리님이라고 부르지 말라고 했지. 언니라고 불러.]

"네, 지금 바빠요? 저 회사에 와 있어요."

[회사에?]

"네, 일이 있어서 지나가다 들렀어요. 점심 같이 하실래요?"

[그럴까? 알았어. 30분이면 점심시간이니깐 같이 먹자. 직장

인인 내가 쏠게. 그런데 어디서 기다릴래?]

"1층 휴게실에 있을게요. 일주일밖에 안 됐는데 이상하게 회사가 낯설어요."

[벌써 그래? 그럼, 점심시간 되자마자 총알같이 내려갈 테니까 기다려.]

연주는 휴대폰을 끊고는 유자차를 주문해 창가에 앉았다. 일하는 시간이라 휴게실에는 사람이 몇 명 없었다. 그녀는 한창 일할 시간에 느긋하게 여유를 만끽하고 있자 묘한 기분이 들었다.

'이제 슬슬 올 시간이 다 됐는데.'

시간을 확인한 후 그녀의 시선은 자연스럽게 엘리베이터로 향했다. 엘리베이터에서 사람들이 내려섰다. 그런 그들 사이에 우빈이 있었다.

"어?"

그는 다른 사람들 속에 섞여 있어도 도드라지게 눈에 띄었다. 그의 단정한 이목구비와 개성 있는 카리스마에 연주는 그가 바로 그녀의 남자라는 생각에 가슴이 뿌듯해졌다. 그때 한 여직원이 싱글거리면서 그에게 말을 건넸다. 그러자 그가 이를 드러내면서 환하게 웃었다. 그 순간 차갑고 냉소적인 얼굴이 부드러워졌다. 그와 반비례해 연주의 입가에 어렸던 미소는 딱딱하게 굳었다.

'나한테 웃는 얼굴을 보여준 지가 언제인데…….'

그녀가 누드모델이라는 사실을 알고 난 이후 그는 그녀에게 단 한 번도 진심이 우러나는 미소를 지어 보인 적이 없었다. 그래도 그녀는 그가 다시 옛날의 따뜻한 남자로 돌아올 거라 의심치 않았다. 그런데 그가 다른 여자에게 환한 미소를 짓고 다정하게 속삭이는 모습을 보게 되자 가슴이 무거워졌다. 그녀는 그가 건물 밖으로 나가는 모습을 끝까지 지켜본 후 길게 한숨을 내쉬었다. 그런 그녀의 얼굴은 어느새 어둡고 우울해져 있었다.

"표정이 왜 그래?"

"대리…… 아니, 경미 언니!"

그녀는 얼른 호칭을 바꿔 부르면서 자리에서 일어섰다.

"무슨 일 있어?"

"아니에요. 어디로 갈까요?"

"오늘 새로 오픈하는 식당이 있는데 그리로 갈까?"

"오늘 오픈했다면 사람들이 엄청 많을 텐데요."

"걱정 마. 식당이 커서 괜찮을 거야. 한식 뷔페라서 맘껏 먹을 수 있고 주머니가 가벼울 정도로 음식 값도 싸. 오늘이 첫날이라 50프로 세일이거든. 가자."

경미는 그녀의 팔을 잡아당겼다. 식당으로 들어서자 홀은 사람들로 붐볐고, 직원들은 빈 그릇을 치웠다.

"분위기 괜찮지? 그리고 첫날이라 음식도 꽤 신경 썼을 거야. 출산일이 임박해지니까 돌아서면 무조건 배고파. 먹어도 먹어도 배가 고픈 거 있지? 그런데 병원에 가니까 체중이 너무 불었다고 식사량을 조절하라고 하더라고. 애가 커서 출산할 때 힘들지도 모른대. 그런데 먹는 걸 멈출 수가 없어."

경미는 입안에 음식들을 넣으면서 계속 쫑알거렸다.

"그래요?"

그녀는 식욕이 없어 음식들을 깨작거리기만 했다.

"지금 뭐야? 꽉꽉 먹어. 이런 뷔페에 오면 많이 먹어야 하는 거야. 안 그러면 손해야."

"네."

"맛도 괜찮은데. 어, 미안해. 내가 식탐이 너무 많아서 연주와 별로 이야기도 못 나눴네. 그래, 집에서 쉬니까 어때?"

경미는 볼이 불룩할 정도로 음식을 넣고 말했다.

"좋아요. 아침에 늦게 일어나고, 산책도 다니고……."

"데이트는 많이 하지 못하지? 마케팅팀 바빠서 늘 늦게 퇴근하던데. 매일 얼굴 보기 힘들어서 어떡해? 퇴근 시간이 자정이 넘을 때도 있던데."

"그, 그렇죠?"

연주는 얼굴에 감정이 드러날까 봐 얼른 고개를 숙이고 두부를 입에 넣었다.

"어? 저기 팀장 있는데."

"네?"

"저기! 직원들하고 식사하고 있잖아. 여직원들한테 둘러싸여 있는데 괜찮아?"

아까 로비에서 봤던 마케팅실 여직원들이었다.

"직원끼리 식사하는 건데요."

"로비에서 외국 여자랑 그런 일이 있고, 또 네가 회사를 그만두니까 여직원들이 엄청 들이대고 있어. 그리고 팀장이 외국에서 살다 와서 그런지 한국남자보다 매너가 좋잖아. 그러니 더 홀딱 반할 수밖에."

"그런가요?"

"그래, 그러니 연주도 잡은 물고기라 생각하지 말고 열심히 노력해."

"네."

연주는 씁쓸한 미소를 지었다.

경미와 헤어져 집으로 돌아온 연주는 거실 소파에 멍한 표정으로 앉았다. 오늘도 회사 일로 늦을 거라는 그의 연락을 받았다. 그녀는 무의식적으로 손톱을 물어뜯다가 벌떡 자리에서 일어섰다.

"오지 말라고 했다고 안 가는 건 바보야. 내 남자를 건드리게 할 수 없어. 그런데 무조건 찾아갈 수는 없으니까……."

그녀는 주방으로 가서 냉장고 문을 열었다. 반찬가게에서 산 매콤한 고추장 돼지볶음, 상추, 밥, 연근조림, 시래기된장 국, 과일을 도시락에 담았다. 그러고는 낮에 회사에 갔던 수수한 모습과 달리 화려하게 꾸몄다. 택시를 타고 회사 앞에 내려선 연주는 마케팅실이 있는 6층을 올려다보고는 안으로 들어갔다.

"안녕하세요? 팀장님 계시죠?"

마케팅 부서로 들어서자마자 연주는 솔음의 목소리 톤으로 인사했다.

"네."

여직원은 그녀의 등장에 놀란 듯 눈이 커졌다.

"도시락을 싸 왔어요. 같이 먹으려고요. 식사는 하셨어요?"

"먹으러 가려고요."

"매일 늦게 퇴근해서 어떡해요? 제가 우빈 씨한테 말할게 요. 일찍 퇴근시키라고요."

그녀는 우빈은 내 남자니까 절대 눈독 들이지 말라는 경 고성 의도가 담긴 멘트를 날렸다.

"아니, 전……."

여직원은 얼떨떨한 표정을 지었다.

"들어갈게요."

"제가 말씀……."

"아니에요. 깜짝 놀래주려고요."

여직원을 쳐다보는 연주의 입술은 웃고 있지만 눈빛은 차 가웠다. 연주는 팀장실 문을 노크했다.

[네.]

우빈의 목소리가 들리자 그녀는 심호흡을 크게 하고는 문을 열었다. 그는 고개도 들지 않고 노트북에서 시선을 떼지 않았다. 소매를 걷어 올린 채 열심히 일하고 있는 그의 모습은 그녀의 심장을 쿵쿵 뛰게 만들었다.

"우빈 씨, 저녁 싸 왔어요. 먹고 일해요."

고개를 드는 우빈의 미간에 깊은 주름이 잡혔다. 하지만 그녀는 이미 마음을 단단히 먹고 왔기에 아무렇지도 않은 척 행동했다. 그녀는 테이블 위에 도시락을 펼쳤다.

"바빠서 먹을 수 없어."

"저녁 안 먹고 일할 수는 없잖아요."

"됐어. 이미연 씨!"

그는 그녀에게 차갑게 말하고는 인터폰을 눌러 여직원을 불렀다.

[네.]

"이미연 씨 식사했어요?"

[아직 안 먹었습니다.]

"도시락 가져왔는데 가져가서 먹어요."

[네?]

"도시락을 싸 왔는데 난 배고프지 않아서 그래요. 가져가서 먹도록 해요. 그 대신 허브 차 두 잔만 부탁할게요."

[네, 알겠습니다.]

연주는 그의 말에 마치 뺨을 맞은 것처럼 얼굴에서 핏기가 사라졌다. 그를 위해서 정성스럽게 도시락을 싸 왔는데 그의 매몰찬 말 한마디에 온몸이 서늘해졌다. 그녀는 테이블 위에 펼쳐 놓은 먹음직스런 음식들을 참담한 표정으로 내려다보다가 도시락을 다시 차곡차곡 쌓았다. 노크하는 소리가 들리더니 여직원이 차를 들고 들어왔다. 여직원은 테이블 위에 찻잔을 내려놓았다.

"이미연 씨, 거기 도시락 있죠? 가져다 먹어요."

"그래도 괜찮을까요?"

여직원은 불편한 눈빛으로 연주를 쳐다봤다.

"괜찮아요. 드세요."

연주는 폭발할 것 같은 감정을 꼭꼭 눌렀다. 하지만 그녀의 눈동자에는 전혀 웃음기가 없었다.

"그럼, 잘 먹겠습니다."

여직원이 도시락을 챙겨 밖으로 나가자 연주는 자리에서 벌떡 일어섰다.

"갈게요. 그리고 저도 오늘 집에 늦게 들어갈 거예요."

"허브티 마시고 가지?"

"됐어요."

그녀가 팀장실을 나오자 여직원이 어색한 표정으로 쳐다봤다.

"벌써 가시게요?"

"네, 수고하세요."

연주는 아무렇지도 않은 척 말했다. 하지만 마케팅 부서를 나선 순간 그녀의 눈에 눈물이 핑 돌았다. 그녀는 비상구로 향했다.

"나쁜 자식! 어?"

그녀가 비상구 문을 열고 막 들어서려는 순간 누군가 그녀의 몸을 잡아당겼다.

"누구한테 나쁜 자식이라고 하는 거야?"

그녀의 몸이 돌아가면서 우빈의 품에 안겼다.

"놔! 놓으란 말이야."

그녀는 꾹꾹 눌렀던 감정을 폭발시키면서 힘껏 그의 가슴을 때렸다.

"때리고 싶은 만큼 때려. 그런데 나한테 뭘 원하는 거지? 다시 동거하기로 했을 때 이 정도는 예상한 거 아닌가?"

그의 말이 비수가 되어 그녀의 가슴을 후벼 팠다. 그의 말대로 이미 이 정도쯤은 예상했지만 현실로 직접 겪는 건 생각보다 견디기 힘들었다. 그리고 그녀를 단순히 섹스파트너로 여기는 듯한 그의 태도는 수치심까지 들게 만들었다. 마치 그녀가 돈 받고 성을 파는 윤락녀가 된 기분이 들면서 그의 욕망의 배출구처럼 여겨졌다.

"난……."

"나한테 원하는 건 이런 거 아니야?"

그의 입술이 그녀의 입술을 덮쳤다. 그러고는 거침없이 그의 손이 그녀의 치마를 올려 그녀의 팬티 속으로 파고들었다. 그의 거친 손길에 그녀는 고통스러웠고 가슴이 찢어질 정도로 아팠다. 그녀는 그의 거친 행동에 반항했지만 그의 강한 힘에 의해 짓눌려졌다. 그녀는 그의 혀를 깨물었다.

"아얏."

그가 비명과 함께 입술을 뗐다. 그는 입술에 손을 가져다 댔다. 피가 묻어났다.

"미, 미안해요. 난……."

그녀는 피를 보게 되자 당황해서 말이 제대로 나오지 않았다.

"훗. 흐흐흐."

그가 히스테릭한 웃음을 크게 터뜨렸다.

"미안해요. 이러려고 한 거 아닌데."

갑자기 그의 웃음이 멈췄다. 순식간에 변하는 그의 눈빛에 연주는 뒷걸음질 쳤다. 하지만 등이 벽에 닿자 그녀는 그대로 얼음이 되었다. 그녀의 눈동자가 초조한 듯 좌우로 움직였다. 그의 손이 그녀의 뺨을 감쌌다.

"가만히 있어."

그의 얼굴이 점점 다가왔다. 그녀는 눈을 질끈 감았다. 그의 거친 키스를 떠올린 순간 그의 입술이 닿았다. 섬세한 그의 키스에 연주는 서서히 무너져 내려갔다. 그녀는 그의 목에 팔을 두르고는 반응하기 시작했다. 그녀는 점점 더 그의 키스에 빠져들어 갔다. 그녀의 숨결이 가빠지면서 몸이 뜨거워졌다. 그때 그가 그녀에게서 입술을 뗐다.

"안 돼."

연주는 떨어지지 않으려는 듯 그의 입술을 향해 움직였다.

"그만."

그가 단호하게 소리쳤다. 그녀는 그 순간 찬물을 뒤집어쓴 것처럼 온몸이 굳었다.

"……."

"나한테 너무 많은 걸 원하지 마. 내가 줄 수 있는 건 이것뿐이니까."

그는 그녀에게서 몸을 떼더니 자신의 입술을 검지로 문질렀다.

"……."

"잘 가."

그는 차가운 눈빛으로 옷을 매만지고는 비상구를 열고 나갔다. 홀로 남겨진 연주는 등을 벽에 기댄 채 서 있었다. 그러다 웃음이 입 밖으로 흘러나왔다.

'그래, 내가 너무 많은 걸 원했어. 이젠 날…… 날…… 날…… 하아, 이대로 좋은 걸까?'

우빈은 사무실로 돌아와 의자에 앉았다. 그의 시선은 허공을 헤매다가 노트북 화면에 고정되었다. 하지만 그의 눈동자는 초점을 잃은 채 공허하게 빛났다. 연주에 대한 자신의 감정이 뭔지 혼란스러웠다. 독일 전시회에서 본 김태준 화백의 작품을 떠올렸다. 연주의 누드그림이었다. 소녀와 여인의 중간쯤에 있는 듯한 여인은 설명하기 묘한 표정과 분위기를 연출했다. 여린 듯하면서도 기품이 느껴지는 모습은 그가 꿈꿔 왔던 여인의 모습과 비슷했다. 그리고 동양적인 미모는 판타지세계에 발을 들여놓은 기분이었다.

"하아."

그는 길게 한숨을 내쉬면서 눈을 감았다. 비상계단에서 우연찮게 마주친 연주를 본 순간 그는 첫눈에 반했다. 어디선가 본 듯한 느낌이 들었지만 인연이 될 사람은 첫눈에 알아볼 수 있다는 아버지의 말이 떠오르면서 진짜 그런가 보다 여겼다. 그는 그녀의 꾸미지 않은 청순하면서도 수수한 외모와 순박한 성품에 더 사로잡혔다. 그렇게 그들은 뜨겁고 격렬한 사랑을 했다.

그런데 그 모든 게 거짓이라는 사실을 알게 된 순간 그는 나타샤에게 받았던 배신감보다 더 큰 배신감이 들었다. 그래서 더 매몰차게 연주를 몰아붙였고, 더 차갑게 대했다. 그런데 그렇게 하는 만큼 그는 더 고통스러웠다.

"젠장. 어떻게 해야 하는 거야? 돈 때문에 옷을 벗은 여자한테⋯⋯. 그리고 아저씨까지 유혹했는데. 그런데 왜 난 아직도 이렇게 미련을 못 버리는 거야?"

12. 이별 후에

　전신 거울 앞에 선 연주는 자신의 모습을 훑어 내렸다. 길게 늘어뜨린 웨이브 진 긴 머리카락이 그녀의 갸름한 얼굴을 돋보이게 했다. 그녀의 눈매는 섹시하면서도 묘한 분위기를 풍겼고, 콧날은 오뚝했으며, 도톰한 입술은 장밋빛 립스틱이 칠해져 촉촉했다.

　그녀는 풍만한 가슴 굴곡이 드러나는 시스루 원피스를 입고 있었다. 그런 그녀의 잘록한 허리를 타고 이어지는 각선미는 아름다웠다.

　"하아, 마지막으로 한 번 더 시도해 보는 거야. 그래도 안 된다면……."

　그녀는 말을 잇지 못하고 슬픈 빛이 감도는 미소를 머금었다. 손을 뻗어 얼굴을 음미하듯 어루만졌다. 그러고는 향수를 꺼내 목덜미, 손목 등에 뿌렸다.

"어?"

현관문이 여닫히는 소리가 들렸다. 그녀는 긴장으로 입안이 바짝바짝 탔고, 숨소리가 거칠어졌다.

"김연주! 긴장하지 말자. 그리고 실수하지 말자."

그녀는 가슴에 손을 얹고 스스로에게 다짐하고는 방을 나섰다. 그때 마침 들어서는 우빈과 시선이 마주쳤다.

"우빈 씨!"

그녀의 목소리가 떨렸다.

"오늘 무슨 날인가?"

그는 피곤에 잔뜩 절은 목소리로 말했다.

"이야기를 나누고 싶어요."

"이야기? 그런 모습으로? 날 유혹하려는 건 아니고? 피곤해."

그는 전혀 감흥 없는 모습으로 넥타이를 잡아당기면서 그녀 곁을 스쳐 지나갔다.

"난 꼭 얘기하고 싶어요."

그녀는 그런 그를 따라 몸을 돌려 그의 등 뒤에 대고 소리쳤다.

"내일 하자."

그는 여전히 무뚝뚝하게 말했다.

"아니, 오늘이어야 해."

"우리 서로 솔직해지는 거 어때? 대화보다 나와 자고 싶은 거 아니야? 그런 모습으로 대화를 나누고 싶다는 건 이상하잖아. 그렇게 할 일이 없어? 회사에 쳐들어오질 않나, 의부증 있는 와이프처럼 수시로 전화를 하고, 이젠 그런 모습으로……."

그의 비아냥거리는 말이 그녀의 심장에 비수가 되어 박혔다.

"맞아, 유혹하고 싶어요. 그런데 그게 전부는 아니잖아. 나한테 마음을 열 수 없어요? 내가 누드모델이었던 게 그렇게 용서할 수 없는 일인가요? 날…… 날 있는 모습 그대로 사랑해 줄 수 없어요? 그 사실을 알기 전까지만 해도 날…… 날……."

그녀는 말을 이을 수가 없었다.

"그래, 좋아했어. 처음 본 순간 내 여자라는 느낌이 왔으니까. 그런데 연주가 그 믿음을 깨 버렸어. 여자들이란 다 그런 건가? 그리고 내가 누드모델 그것 하나 때문에 그러는 거야? 그래, 처음엔 누드모델이라서 놀랐어. 지금까지 내가 알고 있던 연주가 아니었으니까. 그런데 거기에 아저씨까지 유혹했잖아. 두 사람 어디까지 갔지?"

"그건 아니……."

"바보같이 두 번씩이나 여자한테 당하다니……."

그는 그녀의 말을 들을 생각도 하지 않고 신경질적으로 말했다.

"난 당신을 속인 적 없어요. 그리고 아저씨와 내 사이를 오해하지 마요. 우린 당신이 생각하는 그런 사이가 아니니까. 당신 이 집에 들어올 때는 다시 나랑 시작해 보겠다는 마음 아니었어요?"

"아니, 날 이 집으로 초대한 사람이 누구지? 호텔까지 쫓아와서 이 집에 들어왔을 때의 장점들을 늘어놓더니……. 이제 와서 말이 달라지는 건가?"

"다 내 탓이군요."

그녀는 자조적인 어투로 허탈하게 말했다. 그한테 잘 보이려고 화장을 하고 옷에 신경을 쓴 자신이 한없이 바보스럽고 우스웠다. 그런데 그와 보냈던 시간들이 주마등같이 그녀의 눈앞으로 스쳐 지나갔다.

첫 만남, 첫 키스, 첫 섹스 그리고 동거.

사랑이라는 거대한 토네이도가 그를 사랑하게 만들었다.

"……피곤해. 자야겠어."

그는 하품을 크게 하고는 방으로 들어가 버렸다. 연주는 그런 그의 등을 슬픈 눈으로 응시하다가 그를 따라 방으로 들어갔다. 그는 넥타이를 풀고는 와이셔츠를 벗기 시작했다. 그녀의 시선은 그런 그의 움직임 하나하나에 쏠려 있었다.

"우빈 씨!"

"……."

그는 그녀가 불러도 쳐다보지 않았다.

"이제 미련 버릴게요."

순간 그의 몸이 경직되더니 천천히 그녀에게로 돌아섰다. 그들의 눈이 마주친 순간 그녀의 눈빛이 한순간 흔들렸다.

"……."

"마음도 없는 이런 동거는 아무 의미도 없다는 걸 깨달았어요. 믿음, 신뢰가 없는데 같이 산다는 건 당신에게 못할 짓을 하는 것 같아요. 괜찮을 줄 알았는데 저도 견디기가 힘들고요."

"역시 제멋대로군. 난 연주가 원하는 대로 무조건 따라야 하는 건가? 그렇게 날 유혹하려고 한껏 꾸몄는데 시선조차 주지 않아서? 그렇다면 좋아."

그는 성큼성큼 그녀에게 다가갔다. 그의 위협적인 분위기에 연주는 뒷걸음질 치고 싶은 충동이 일었지만 꾹 참았다. 하지만 그녀의 눈동자는 바람 앞의 등불처럼 이리저리 흔들렸다.

"그러지 마요."

그녀의 목소리가 떨렸다.

"뭘 그러지 말라는 거지? 네가 그토록 원하는 걸 해 줄게."

그가 그녀의 뺨에 손을 가져다 대더니 목덜미로 내려갔다. 연주는 짜릿한 전율과 두려움을 동시에 느꼈다. 그런 그녀를 바라보는 그의 입술이 삐딱하게 올라가면서 그의 눈매가 가늘어졌다. 그의 손이 그녀의 어깨에 닿았다.

찌이익.

그의 두 손에 의해 잡아당겨진 그녀의 옷이 찢어졌다.

"헉. 이게……."

원피스가 찢어져서 가슴이 드러났다. 그녀는 반사적으로 가슴을 가리려고 손을 뻗는데 그가 강제적으로 그녀의 어깨를 잡아 눌렀다.

"가만히 있어."

"……."

그는 그녀의 어깨에서 브래지어 끈을 내렸다. 불빛 아래 그녀의 풍만한 가슴이 드러났다. 꼿꼿하게 선 유두가 도드라져 보였다. 그의 손은 거침없이 그녀의 가슴을 부여잡았다. 그의 눈은 충혈되어 있었고 무섭도록 반들거렸다.

"그만해요. 이러고 싶지 않아요. 아."

그녀는 그의 손을 밀어내려고 했지만 그는 요지부동이었다. 오히려 그녀의 몸을 번쩍 안아 들고는 침대로 걸어가 그녀를 내려놓았다. 연주는 그 빈틈을 이용해 도망가려고 했지만 그가 재빨리 그녀의 허리를 잡았다.

"가만히 있어."

그의 몸이 그녀의 몸을 짓눌렀다. 그의 입술이 그녀의 입술에 닿았고 거칠게 그녀의 몸을 애무했다. 연주는 그의 품에서 벗어나려고 발버둥 치면서 그의 등을 마구 때렸다.

"으음."

하지만 부드럽게 변한 그의 키스와 애무에 그녀는 서서

히 무너져 내렸다. 그녀는 그의 와이셔츠를 벗겼고, 바지로 손을 뻗었다. 그들은 아무것도 걸치지 않은 누드가 되었다.

"헉헉."

"하아."

그의 잘 단련된 근육질 몸매와 부드러운 곡선을 이룬 그녀의 뽀얀 나신이 하나로 엉겼다. 그의 손이 그녀의 가슴을 강하게 움켜쥐었다.

"아, 아파요."

"아파? 그럼, 이건 어때?"

그의 입술이 그녀의 유두를 깨물었다.

"우, 우빈 씨! 제발!"

"제발이라고? 하."

그는 그녀의 다리를 들어 올리고는 그대로 남성을 밀어 넣었다. 그녀가 아직 준비가 안 된 상태에서 그의 남성이 그녀의 숲으로 파고들었다.

"으으으."

너무 아파서 그녀는 고통스런 신음을 토해 냈다.

"네가 원하는 거잖아."

"난……."

그녀는 그를 밀어내려고 했다. 하지만 그는 전혀 물러서지 않았고 그녀는 고통으로 얼굴이 일그러졌다. 잠시 후 그가 그녀의 몸에서 떨어지더니 욕실로 들어갔다.

"우빈……."

그녀는 그를 향해 손을 뻗었다가 베개에 얼굴을 묻었다. 잠시 후 그가 욕실에서 나와 침대에 누웠다. 그녀는 그의 일거수일투족을 의식했지만 꼼짝하지 않았다. 그의 규칙적인 숨소리가 들렸다. 그가 잠들었다는 걸 확인한 순간 연주는 천천히 몸을 일으켰다. 그는 그녀를 등지고 잠들어 있었다. 그의 널찍한 등, 어깨, 뒷모습을 바라보는 그녀의 심장이 조여 오면서 아팠다.

"아."

그녀는 그의 머리를 만지려고 손을 뻗었다가 움츠렸다. 그러고는 나체로 가운만 손에 든 채 침실을 나섰다. 방문을 닫은 순간 그녀의 긴장이 한꺼번에 무너졌다. 그녀는 가운을 쥐고 있는 자신의 손과 나신을 보고는 신음을 뱉었다. 그와의 격한 섹스가 남기고 간 흔적이 고스란히 몸에 남아 있었다. 그녀는 가슴에 손을 갖다 댔다가 배로 내려갔다.

"그래, 여기까지야. 이제 놔 줘야 해. 감정 없는 섹스는 육체적인 소모일 뿐이야."

그녀는 가운을 걸치고는 단호한 눈빛으로 그가 잠들어 있는 침실을 쳐다봤다가 그의 짐들이 있는 방으로 걸어갔다. 그의 여행 가방 2개를 꺼내 펼쳤다. 내일 그가 입을 옷을 제외하고 그의 옷들을 차곡차곡 정성스럽게 개켜 넣었다. 그리고 혹시 그가 두고 가는 게 있나 싶어 주위를 둘러봤다. 그녀는 그의 손수건 한 장을 발견하고는 넣으려고 하다가 얼굴에 가져다 댔다.

"그래, 이 손수건 한 장은 내가 챙기자. 이 집 방세라고 생각하자."

그녀는 그 손수건만 서랍장 깊숙이 밀어 넣고는 여행 가방을 챙겨 거실 현관문 입구에 세워 놓았다. 그러고는 내일 그가 입을 옷을 챙겨 방에 가져다 놨다. 그런 후 그녀는 아무 일도 없었다는 듯이 침실로 들어갔다. 하지만 그녀는 깊은 잠에 빠져들지 못하고 선잠을 자야만 했다.

"으음."

우빈이 숨을 크게 내쉬면서 몸을 돌렸다. 그는 그녀의 몸을 끌어당겼다. 그녀의 얼굴이 그의 목덜미에 닿았다. 그의 턱이 바로 그녀의 눈 위에 놓였다. 그녀는 잠이 깨면서 눈을 치켜떴다. 수염이 듬성듬성 나 있는 그의 턱이 보였다. 그녀는 그의 턱을 조심스럽게 만졌다. 까칠까칠한 감촉이 손바닥을 간질였다. 그녀는 뇌리에 새겨 넣으려는 듯 그의 이마, 눈썹, 눈, 코, 뺨, 입술, 턱 그리고 귀까지 하나하나 만졌다.

'그래, 이제 당신은 내 눈에, 내 손에 남아 있어. 이 정도면 됐어. 그래, 된 거야. 더 이상 당신을 잡고 늘어지게 된다면…… 당신의 기억 속에 난 추한 모습으로 남아 있을 거야. 그건 싫어.'

그녀는 그의 목덜미에 얼굴을 묻었다.

새벽에 눈을 번쩍 뜬 연주는 그가 깰세라 조심스럽게 침대에서 내려와 옷을 입었다. 주방으로 걸어간 그녀는 아침식사 준비를 하기 시작했다. 구수한 된장찌개, 밥 냄새가 퍼져나갔다. 그녀는 거실에 있는 욕실로 걸어가 세안을 하고 메이크업을 한 후 거울에 비친 자신의 눈을 똑바로 응시했다. 갈색 톤이 도는 우수에 깃든 눈이 바로 앞에 있었다. 연주는 씩 웃어 보이고는 욕실을 나와 식탁을 차렸다.

"된장찌개 끓인 거야?"

우빈이 와이셔츠에 넥타이를 매면서 방에서 나왔다. 그녀는 그런 그를 쳐다보지도 않고 반찬들을 식탁 위에 내려놓았다.

"우렁이 된장찌개예요. 와서 먹어요."

그들은 마치 어젯밤 아무 일도 없었다는 듯이 식탁을 마주하고 앉았다. 그는 숟가락으로 된장찌개를 떠서 입안에 넣었다.

"맛있군."

그 후 그들은 대화도 없이 식사만 했다. 그녀는 그의 밥그릇이 비자, 숭늉을 건넸다.

"고소할 거예요."

그녀는 그의 앞에 그릇을 내려놓았다.

"누룽지라니…… 꽤 오랜만인데."

그는 조심스럽게 숟가락으로 떠서 입에 넣었다.

"할 얘기 있어요. 헛흠."

그녀는 목구멍에 말이 걸려 나오지 않자 심호흡을 크게
했다.

"……."

"남녀관계는 믿음과 신뢰가 밑바탕이 되어야 하는데 우리
사이에는 그게 전혀 없는 것 같아요. 우빈 씨 짐은 현관 앞
에 세워 놨어요. 이제 서로 각자의 길을 가요."

그는 아무 말도 없이 숭늉을 끝까지 다 마신 후 그녀를 쳐
다봤다. 그런 그의 눈매가 가늘어지면서 날카롭게 빛났다.
마치 그녀의 의도를 알아내려는 듯한 눈빛이었다.

"진심이야?"

"네, 행복했어요. 이건 진심이에요."

연주는 더 이상 흔들리고 싶지 않아 단호하게 대답했지만
우습게도 그의 반응을 살폈다.

'바보같이. 도대체 뭘 기대하는 거야? 후우.'

그녀는 씁쓸하게 웃었다. 그때 그가 자리에서 일어섰다.
그녀도 그를 따라 일어섰다.

"이런 식으로 헤어지게 돼서 미안해. 어젯밤은…… 미안해."

그 순간 그녀의 얼굴에서 핏기가 사라졌다. 그는 재킷을
입고는 여행 가방 손잡이를 잡았다. 그는 잠시 그녀의 얼굴

을 빤히 쳐다보더니 현관문을 나섰다. 문이 닫혔다.

"안 돼."

그녀는 뒤늦게 정신이 번쩍 들면서 밖으로 뛰어나갔다. 하지만 그가 탄 엘리베이터는 이미 내려가고 있었다. 연주는 그대로 그 자리에 털썩 주저앉았다. 참고 참았던 눈물이 뺨을 타고 흘러내렸다.

'바보같이 왜 자꾸 눈물이 나오는 거야?'

그녀는 손등으로 눈가를 훔쳤다.

빛줄기 하나 들어오지 않게 두꺼운 군청색 커튼을 친 방 안 침대에 연주는 누워 있었다. 밖은 한낮인데도 방은 한밤중처럼 캄캄했다.

"후우. 하아."

그녀의 한숨소리만 컸다. 그러다 그녀는 힘겹게 몸을 일으켰다. 휴대폰을 챙겨 흐느적거리는 걸음으로 거실로 나갔다. 훤한 빛이 그녀를 눈 찌푸리게 만들었다. 그녀는 주방으로 걸어가 생수를 꺼내 물을 마시고는 식탁 앞에 앉았다. 그녀의 긴 머리카락은 엉켜서 푸석푸석했고, 눈은 퀭했으며 눈 밑엔 다크서클이 짙게 드리워져 있었다. 홀쭉해진 그녀의 볼이 열 살은 더 많아 보이게 만들었다. 그녀는 식탁에 얼굴을 묻었다. 서늘한 기운이 그녀의 얼굴을 타고 온몸으로 내려갔다.

우빈과 헤어진 지 어느새 보름이 되어 가고 있었다. 하지만 그에게서는 연락 한 번 오지 않았다. 그런 그에 비해 그녀는 그가 혹시라도 전화할까 싶어 휴대폰을 자신의 생명이라도 되는 듯 한시도 몸에서 떨어뜨린 적이 없었다.

"후우. 훗."

말라서 갈라진 그녀의 입에서 허탈한 웃음이 흘러나왔다.

"바보같이……."

그녀는 긴 손톱으로 식탁을 긁었다. 소름끼치는 소리가 들렸지만 그녀는 전혀 표정의 변화가 없었다. 휴대폰이 울렸다. 그 순간 그녀의 눈빛이 반짝거리면서 고개를 번쩍 들고는 휴대폰 액정을 쳐다봤다. 하지만 이름을 확인한 순간 그녀의 얼굴에 실망의 기색이 번졌다.

"정신 차려, 김연주! 헤어졌으면서 왜 이렇게 궁상을 떠는 거야? 후우."

그녀는 심호흡을 크게 하고 머리카락을 쓸어 올리고는 휴대폰 통화버튼을 눌렀다. 그러고는 이마를 만지작거렸다.

"안녕하세요? 선생님!"

[날 아직도 기억하고 있는 건가?]

"죄송해요. 연락을 빨리 했어야 했는데요."

[무슨 일 있었나?]

김태준 화백이 걱정스런 목소리로 질문했다. 연주는 그 마음이 가슴에 와 닿는 것 같아 희미하게 미소를 지었다.

"아무 일도 없어요. 평화로운 시간을 보내고 있었어요. 게으름도 피우면서요."

[나한테 솔직히 말하는 거 어때?]

그녀를 오랫동안 알아온 탓에 그녀의 미묘한 반응조차 그는 재빨리 알아챘다. 그녀를 그려 온 화가로서 그녀의 얼굴, 몸짓만 봐도 그녀의 생각을 어림짐작할 수 있었고, 직접 보는 건 아니지만 그녀의 목소리로도 충분히 감지할 수 있었다.

"없어요."

[거짓말하지 마. 내가 연주를 안 지가 몇 년인데. 솔직히 털어놔 봐.]

"아니에요."

그녀는 고개를 흔들었다.

[후우, 알았어. 하지만 언제든지 힘들 땐 말해. 크게 도움은 되지 않더라도 먼저 살아온 인생선배로서 도움이 될 수 있으니까. 그리고 혼자 머리 질끈 매고 고민하면 작은 일도 크게 느껴지는 법이야.]

"네."

연주는 그의 따뜻한 마음이 가슴에 와 닿는 것 같아 입가에 미소가 번졌다. 하지만 우빈을 잘 아는 김태준 화백이기에 쉽게 입을 열 수는 없었다.

[그래. 그럼, 그건 그거고. 내가 제안한 일은 많이 생각해 봤

어? 연주의 얼굴을 그리고 싶어.]

"아직 고민 중이에요."

[흐음, 그렇게 결정하기가 힘들어? 연주가 어떤 결정을 내려도 그 의견은 존중해 줄 거야. 그러니 부담 없이 말해. 그리고 언제 한번 놀러오도록 해. 같이 식사하자.]

"네."

그녀는 휴대폰을 끊고는 눈을 감았다. 그때 손에 들고 있던 휴대폰이 울려 댔다.

"어? 할 말이 더 있으신 건가? 어? 효진 선배?"

휴대폰 액정에 뜬 이름을 확인한 순간 연주는 휴대폰에 귀를 가져다 댔다.

[안녕? 잘 지내고 있어? 그런데 누구랑 통화를 그렇게 오랫동안 한 거야? 애인이랑 하고 있었어?]

"아니에요."

[그럼, 누구?]

"김태준 선생님이랑 통화 중이었어요."

[아, 선생님! 연주가 그만둔다고 하니까 굉장히 아쉬워하시지?]

"네."

[진짜 마음 바꿀 수 없는 거야? 정 안 되면 일반모델이 되어 줬으면 한다고 한 것 같은데. 그건 받아들이는 게 어때?]

"생각 중이에요."

[그래? 그런데 내일 시간 낼 수 있어?]

"내일요?"

[너한테 소개시켜 주고 싶은 사람이 있어서 그래.]

"소개시켜 주고 싶은 사람요?"

[응. 지금 진지하게 만나고 있는 남자가 있거든.]

"축하해요. 그런데 저한테 소개시켜 준다는 건?"

[연주 짐작이 맞아. 결혼하고 싶은 남자야. 만난 지 얼마 안 됐는데 이 남자 아니면 안 되겠다는 생각이 드는 거 있지? 나도 아직 이런 내가 믿겨지지 않아. 남자라면 다 거기서 거기라고 생각했는데 이 남자는 확실히 달라. 이 남자를 놓치면 평생을 후회할 것만 같아. 우습지?]

"우습긴 왜 우스워요?"

[고마워. 그래서 네가 봐 줬으면 해서. 그래 줄 수 있어?]

효진의 목소리는 흥분으로 떨리고 있었다. 그런 그녀의 마음이 가슴에 와 닿자 연주의 입가에 미소가 번졌지만 곧 우울하게 눈빛이 가라앉았다.

"선배! 사랑하면 놓치지 말아요."

[연주도 사랑하는 남자가 생기니까 그런 말도 할 줄 아네?]

"······저 헤어졌어요."

그녀는 망설이다가 솔직히 말했다.

[뭐? 헤어져? 언제? 어머, 미안해. 그럼, 소개시켜 주는 건 나중으로 미룰게.]

"아니에요. 헤어진 지 보름 넘었어요. 그리고 저 이제 괜찮아요. 형부 되실 분 꼭 뵙고 싶어요."

[형부? 야! 그건 너무 빠른 호칭인데. 그리고 헤어진 지 보름 됐으면 새로운 남자를 만나는 거 어때? 경험자로서 말하는데 남자는 남자로 잊는 거야.]

"아직은 그럴 마음이 없어요. 완전히 감정정리를 하고 나서 생각할게요."

[알았어. 내일 시간 괜찮다는 거지?]

"네."

휴대폰을 끊은 연주는 우빈의 전화는 절대 오지 않을 거라는 사실을 깨달았다. 하긴 이미 알고는 있었지만 인정할 수가 없었다.

'바보. 바보.'

머리카락은 푸석푸석하고, 피부는 까칠해진 외모를 더 이상 방치할 수 없다는 생각에 연주는 미용실과 스킨 숍에 갔다. 그러자 언제 후줄근했냐는 듯이 그녀의 얼굴에서는 빛이 났고 머리카락에서는 윤기가 흘렀다. 연주는 택시정류장에 서 있는 택시를 잡아탔다.

"K호텔로 가주세요."

연주는 목적지를 말하고는 창문으로 고개를 돌렸다. 호텔 정문에 도착하자 도어맨이 문을 열었다.

"어서 오십시오."

연주는 호텔 로비로 들어섰다. 그 순간 그녀의 눈빛이 흐려지면서 입술이 떨렸다. 하필이면 약속 장소가 우빈이 머물렀던 호텔이었다.

처음 약속 장소를 들었을 때 연주는 다른 장소로 바꾸자는 말이 목구멍까지 치밀어 올라왔지만 그와 마주칠 확률이 몇 퍼센트나 될까 하는 생각과 또 마주치면 어때 하는 마음에 아무 말도 하지 않았다. 하지만 막상 호텔로 들어서자 심장이 두근거리면서 어깨가 움츠러들었다. 연주는 심호흡을 크게 하고는 에스컬레이터를 타고 2층으로 올라갔다. 2층은 식당가로 일식당, 중식당, 양식당, 한식당 그리고 바까지 구비되어 있었다. 그녀는 양식당으로 걸어갔다. 입구에 서 있던 직원이 다가왔다.

"어서 오십시오. 예약하셨나요?"

"네, 서민욱 씨라고 예약되어 있을 거예요."

"이쪽으로 오십시오."

예약자 확인을 한 매니저가 앞서 걸음을 옮겼다. 그녀는 그 뒤를 따라 걸음을 옮겼다. 그녀를 본 남자들의 눈빛에 찬탄이 어렸다. 연주는 그런 반응에 어깨를 쭉 펴고는 고고한 자태로 걸음을 옮겼다.

"여기야!"

그녀를 먼저 본 효진이 손을 흔들었다. 그녀의 옆에는 남자답게 생긴 호남형의 남자가 앉아 있었다. 그리고 그 맞은 편에도 한 남자가 앉아 있었다. 연주는 그 순간 한쪽 눈썹이 살짝 올라갔다가 내려갔다.

"효진 선배!"

"어서 와. 민욱 씨! 학교 후배인 김연주예요. 그리고 연주 야! 내가 말한 서민욱 씨!"

"만나서 반갑습니다. 후배가 미인이라고 하더니 진짜 미인 이신데요."

"감사합니다."

"연주야! 이쪽 분은 민욱 씨 친구 장진호 씨야."

"네, 안녕하세요?"

연주는 어색한 표정으로 인사를 했다.

"장진호입니다. 만나서 반갑습니다."

"김연주예요."

"어? 영화배우 이름하고 똑같은데요. 제가 그 배우를 엄청 좋아하거든요. 똑같은 이름만 들으면 호감이 먼저 가요. 그 리고 미인이시네요."

"감사합니다."

"효진 씨, 이런 미인을 소개시켜 주셔서 감사합니다. 잘 되 면 제가 거하게 쏘겠습니다."

"아, 네."

효진은 어색하게 대답하면서 연주의 표정을 살폈다. 연주는 그 시선에 억지로 미소를 지어 보였다. 진호의 가벼운 말투와 태도가 썩 유쾌하지는 않았지만 그녀는 내색하지 않으려고 노력했다. 지금은 효진을 위한 자리이기에 최대한 그 분위기에 맞추려고 노력했다.

"효진 선배한테 말씀 많이 들었어요."

"저에 대해서 무슨 말을 했나요? 불안한데요."

"좋은 말만 하셨어요."

"그렇다면 다행이고요."

민욱은 연주의 말에 효진의 손을 잡아 입술에 가져다 댔다. 그러자 항상 자신감 넘치고 오만하기까지 했던 효진의 얼굴이 붉어졌다.

연주가 청순한 얼굴에 풍만한 가슴과 잘록한 허리를 가진 베이글녀 스타일이라면 효진은 섹시한 눈매와 이목구비로 육감적인 스타일이었다. 그러면서 쉽게 범접할 수 없는 센 언니 같은 느낌이 들었다.

"민욱 씨, 다른 사람들 보잖아요."

효진은 주위를 둘러보면서 그에게 타박을 줬지만 행복해하는 표정을 감출 수는 없었다. 연주는 그런 그들의 모습을 부러운 눈빛으로 쳐다봤다.

"좀 보면 어때요? 손등에 뽀뽀한 거로 날 잡아 죽이기야 하겠어요? 그런데 연주 씨는 어떤 남자를 좋아하죠? 이 친구 어때요?"

"민욱 씨, 연주는 아직 누굴 만날 마음의 준비가 안 됐어요. 남자친구랑 헤어진 지 얼마 안 됐다고요."

"그래요? 저도 헤어진 지 얼마 안 됐어요. 홀로 된 두 사람끼리 친해집시다. 아, 그런 눈으로 보지 마세요. 작업 거는 멘트 아니니까요. 그리고 아까는 농담이었어요. 저도 아직은 누굴 만날 마음의 준비는 안 됐어요. 제가 말을 가볍게 해서 그렇지 꽤 진중한 성격이에요. 이런 제 말투 때문에 억울하게 가끔 오해 아닌 오해를 받곤 하죠. 우리 친구로 지내요. 서로 마음이 맞으면 그때 진지하게 고민해 보기로 하고요. 오늘은 부담 없는 식사친구 하죠. 아니, 그게 아니지. 이 두 사람을 축하해 주는 친구가 되죠."

"네."

연주는 진호의 말에 한결 마음이 편안해졌다.

"샴페인부터 마실까요? 제가 미리 샴페인을 주문해 놨습니다. 그리고 식사는 코스로 미리 주문해 놨고요. 혹시라도 싫다면……."

민욱이 조심스럽게 말했다.

"전 좋아요."

"나도."

"저도요."

"알았습니다."

민욱이 손가락을 튕기자 웨이터가 그 모습을 보고 고개를 끄덕이고는 준비해 놓은 샴페인을 가지고 왔다.

"주문하신 샴페인입니다."

웨이터는 샴페인을 따서 그들의 잔에 따랐다.

"식사도 준비해 주세요."

"네, 알겠습니다."

웨이터는 샴페인을 내려놓고는 자리를 떠났다.

"그런데 연주 씨도 모델이에요?"

민욱의 질문에 연주의 몸이 움찔했다. 그녀의 시선이 효진에게로 향했다.

"우리 사이에 비밀은 없어. 이 남자 사진작가야. 우리 회사에 모델을 구하러 왔었다가 만나게 된 거야. 그리고 나도 한때 누드모델로 일했었다고 말했어. 연주도 이제 누드모델 접었어요."

"아, 그렇군요."

"연주는 화가 한 분한테만 모델로 섰어요."

"전 누드모델이라는 일이 부끄럽다고 생각하지 않아요. 누드모델이 되려면 자신감이 있어야 하고 스스로를 잘 관리해야만 한다는 것도 알아요. 확고한 직업관도 있어야 하고요."

"나도 그렇게 생각해."

진호가 민욱의 말에 맞장구를 쳤다. 그들은 화기애애한 분위기로 이야기를 나눴다. 그녀는 오랜만에 편안한 마음이 되었다. 그녀의 머릿속에는 더 이상 K호텔이 우빈이 머물던 호텔이라는 인식이 사라졌다.

"이쪽으로 오시죠."

우빈은 웨이터를 따라 걸음을 옮겼다. 부드러운 미소를 머금었던 그의 얼굴은 강파하게 변해 있었고, 눈빛은 매서우면서 입술은 일자로 굳게 다물려 있었다.

"식사는 늘 먹던 걸로 주세요. 하우스 와인 한 잔하고요."

"네, 알겠습니다."

우빈은 자리에 앉자마자 주문을 했다. 특별한 일이 없으면 대부분 이곳에서 저녁식사를 했다. 그리고 주문도 항상 똑같았다.

웨이터가 와인을 한 잔 가지고 왔다. 그는 재킷 단추를 풀고는 와인 잔을 흔들었다. 잔을 코에 가져다 대고 향을 음미한 후 입에 가져다 댔다. 한 모금을 들이켠 후 혀끝을 돌렸다. 그는 와인 잔을 내려놓고는 유리창 아래로 펼쳐지는 야경을 응시했다. 그런 유리창에 실내 정경이 어렴풋이 비쳤다. 아무 생각 없이 쳐다보던 그의 눈동자가 순간 커졌다가 가늘어졌다.

"연주?"

그의 고개가 돌려졌다. 홀 정중앙에 앉아 있는 여인이 눈에 들어왔다. 그의 눈빛이 싸늘해졌다. 그의 기억 속 모습 그대로 그녀는 아름다웠다. 그는 숨이 막혔다. 그녀를 잊으려고 노력했던 일들이 바보 같은 일처럼 느껴졌다. 그녀에게 드는 감정은 이율배반적이었다. 그녀와는 최대한 거리를 둬야 한다는 마음과 동시에 그녀를 만지고 싶다는 욕망으로 들끓었다.

'날 자유롭게 놔 주겠다고? 하아. 자신이 자유롭게 연애를 하고 싶다는 뜻이었나? 누군 힘들게 하루하루를 버텨 가는데. 후우. 난⋯⋯.'

그의 눈은 그녀의 얼굴에서 떨어질 줄 몰랐다. 그는 당장이라도 그녀를 끌고 이 레스토랑을 나가고 싶었다.

'안 돼.'

그는 와인 잔을 꽉 움켜쥔 채 뜨거운 욕망으로 그녀를 응시했다.

'흔들리면 안 돼. 저 여자는 순진한 척, 연약한 척하는 파렴치한 여인이야. 내가 아저씨를 만나지 않았더라면 끝까지 저 입으로 거짓말만 늘어놨을 거야.'

그는 와인을 끝까지 단숨에 마신 후 계산서를 들고 일어섰다.

"고객님! 식사가 나왔⋯⋯."

웨이터는 그가 주문한 음식을 가지고 오다가 자리에서 일어나는 그를 보고 놀라 말을 잇지 못했다.

"계산은 할 테니 걱정 마요."

그는 웨이터에게 말하고는 계산대로 걸어갔다. 그는 일부러 연주가 앉아 있는 자리 쪽으로 걸음을 옮겼다.

"연주 씨, 오늘이 첫날입니다."

"네?"

"잘해 봐."

"저도 팍팍 밀어드릴게요."

그들의 즐거운 웃음소리가 커지는 만큼 그의 눈빛은 어둡게 가라앉았고 얼굴은 잔뜩 경직되었다. 그는 계산을 한 후 흘낏 연주가 앉아 있는 자리를 쳐다봤다. 그들의 웃음소리가 바로 가까이에서 들리는 듯했다.

13. 충고

연주는 핸드드립 커피에 생크림을 올린 '아인슈패너'와 망고주스를 들고 김태준 화백의 화실로 올라갔다.

"선생님!"

연주는 문을 두드린 후 화실로 들어섰다.

"왔어? 잠깐만 기다려."

"네."

연주는 커피를 탁자 위에 내려놓고는 천천히 화실을 둘러봤다. 누드그림과 인물화 그리고 풍경화가 즐비했다. 그런 그녀의 시야에 그녀가 아닌 다른 여인의 누드그림이 보였다. 연주는 한 걸음 다가가서 그 그림을 쳐다봤다. 그녀보다 자그마한 체구의 여인이었고, 가냘픈 몸매로 여인이라기보다는 소녀 같았다. 이목구비도 또렷하기보다는 전체적으로 동그스름한 동양적인 미를 간직하고 있었다. 연주도 처음 누드 모델로 섰을 때는 여인이라기보다는 소녀였다. 그 당시 그녀도 이 소녀처럼 살집이 있어 전체적으로 둥글둥글했다.

"새로운 모델이야."

"네에."

연주는 등 뒤에서 김태준 화백의 목소리를 듣고는 몸을 돌려세웠다.

"자네가 보기에 어떤 것 같아?"

"제가 뭘 아나요? 그런데 저와는 분위기가 다른 것 같아요. 좀 더 몽환적인 분위기라고 할까요?"

"모델이 바뀌었는데 똑같은 이미지면 안 되잖아. 하지만 연주가 나한테는 최고의 모델이었어."

"감사합니다."

"어? 역시 연주야. 내가 좋아하는 커피를 사 오고. 항상 고마워."

"아니에요."

"으음, 역시 이 맛이야."

그는 커피를 마시고는 흡족한 미소를 지었다.

"바로 아래 카페에서 사 오는 건데요."

그녀는 그의 과장된 반응에 멋쩍은 미소를 지었다.

"그래도 내가 사서 마시는 것보다 연주가 사다 주는 게 더 맛있는 것 같아. 손맛이 있다고 할까?"

"배달만 하는 건데요?"

"하하하. 연주는 대충 넘어가는 법이 없다니까. 그런데 내 제안은 생각해 봤어?"

"하겠습니다."

연주는 그의 질문이 끝나자마자 생각할 필요도 없다는 듯이 곧바로 대답했다. 누드모델이 아닌 일반모델을 하는 것이기 때문에 큰 부담이 되지 않기도 했고, 뭔가 집중해야 할 일이 필요했다.

"고마워. 지금 당장 시작할 수 있을까? 연주를 보고 있으면 자꾸만 그리고 싶어서 손이 간질 간질거려."

그는 손가락을 폈다 접었다 했다.

"아무 준비도 안 하고 왔는데요."

그녀는 당혹스런 마음에 자신의 모습을 살폈다. 머리는 느슨하게 하나로 땋아 내렸고, 타이트한 원피스에 품이 넉넉한 재킷을 입고 있었다.

"지금 모습 그대로 예뻐. 그리고 연주만 있으면 돼. 그런데 참, 남자친구는 언제 소개시켜 줄 건가? 약속을 했으면 지켜야지."

순간적으로 연주는 입꼬리가 올라갔다가 내려갔다. 그런 그녀의 눈빛은 어둡고 촉촉하게 빛났다.

"……"

"왜 무슨 일 있어?"

급격히 바뀐 그녀의 안색에 김태준 화백은 당혹스러웠다.

"헤어졌어요."

"뭐? 도대체 어떤 놈이 연주를 차?"

"제가 차인 걸 어떻게 아셨어요?"

"어? 그거야. 속 시원해 하는 눈빛이 아니라 아파 보이는 눈빛이라 그렇지."

"그렇군요."

"그런데 감히 어떤 놈이 연주를 찬 거야? 내가 십 년만 어렸어도…… 그건 무리인가? 이십 년만 어렸어도 연주에게 고백했을 거야."

"진담이세요?"

"농담이야. 하하하."

"정말 놀랐잖아요, 선생님. 그런 농담하지 마세요. 농담이라도 사모님이 들으시면 어쩌시려고요?"

"지금 없으니까 하는 말이지. 그런데 지금 그림을 그릴 수 있을까?"

"네. 그런데 어떤 표정을 지을까요?"

"연주가 짓고 싶은 표정 지어. 난 연주의 진실된 모습을 그리고 싶어. 꾸민 거짓된 얼굴은 싫어."

연주는 의자에 앉았다. 그녀는 편안한 포즈를 찾아 이리저리 몸을 움직이다가 제일 편한 자세를 찾았다. 정면으로 응시하는 게 아니라 옆얼굴이 보이는 포즈로 살짝 고개를 숙이고는 입꼬리가 올라갈 듯 말 듯한 표정을 지었다. 그녀의 눈빛은 그윽하면서도 애틋한 슬픈 기운이 감돌고 사랑을 아는 여인의 모습이었다. 하지만 그 사랑이 끝나고 남겨진 여인의 아련한 모습이기도 했다.

"흐음."

그는 그녀의 얼굴을 빤히 응시하다가 천천히 그리기 시작했다. 그의 눈빛은 날카롭게 빛나면서도 진지했다. 연주는 시간 가는 줄도 모르고 사색에 잠긴 채 포즈를 취했다.

"수고했어. 오늘은 여기서 끝."

그녀가 가만히 있자 김태준 화백이 옆으로 다가와 어깨에 손을 얹었다.

"네? 벌써 시간이 그렇게 됐어요?"

"응, 역시 연주는 타고난 모델감이야."

"고맙습니다. 전 이만 갈게요."

"저녁식사 하고 가."

"아니에요, 저녁 약속이 있어요."

"그래? 알았어. 다음에 올 때는 약속 잡지 마. 같이 식사해야지."

"네, 갈게요."

"잠깐만!"

"네?"

그녀가 가려는데 김태준 화백이 불렀다.

"헤어진 남자를 아직도 잊지 못하고 있는 거지?"

"……."

그녀는 그의 질문에 대답은 못 하고 엷은 미소로 대신 대답했다.

"그렇군."

그는 그녀의 대답을 듣지 않았지만 이미 그녀의 눈빛이나 분위기로 알 수 있었다. 연주는 김태준 화백에게 인사를 하고는 화실을 나섰다.

우빈은 차에서 내리려고 차 손잡이를 잡은 순간 김태준 화백의 건물에서 나오는 연주를 발견했다.

"으음."

그는 신음을 흘렸다. 그의 시선은 그녀의 뒷모습에서 떨어질 줄 모르다가 완전히 그의 시야에서 사라지고 나서야 정신이 들었다. 그는 천천히 건물로 들어갔다.

"아저씨, 저 왔어요."

그는 화실로 들어서면서 인사했다.

"어서 와. 방금 전에 연주 나가는 거 봤어?"

"아, 네. 차에서 내리다가 봤어요. 오늘도 그림 그리신 거예요?"

"응. 연주같이 마음에 쏙 드는 모델 만나기가 얼마나 힘든지 알아? 연주는 내 그림의 뮤즈이자 여신이야."

그 말을 듣는 우빈의 얼굴은 잔뜩 경직되어 있었고, 눈빛은 어둡게 빛났다.

"그렇군요."

"그런데 무슨 일 있어? 안색이 안 좋은데."

김태준 화백은 그의 얼굴을 빤히 쳐다봤다.

"아, 아닙니다. 그런데 그 모델이 뮤즈라고 하는데 특별한 감정이 있으신 거예요? 여자로 본다든가? 아니, 이런 일을 하는 여자라면 돈 때문에 시작했겠네요?"

우빈은 직접적으로 캐묻지 못하고 우회해서 질문했다.

"으음."

우빈의 눈빛과 목소리, 태도에서 이상한 낌새를 눈치챈 김태준 화백의 눈매가 가늘어지면서 진지한 얼굴을 하고 의자에 앉았다.

"아닌가요?"

"여기 앉아 봐."

그는 의자를 툭툭 두드렸다. 우빈은 그의 맞은편에 앉았다.

"……."

"솔직히 말해 봐."

"……."

"너, 내 모델한테 왜 이렇게 유독 민감한 반응을 보이는 거지? 아, 그러고 보니 독일에서 전시회 할 때 연주 그림을 넋을 빼고 봤었잖아, 아니야?"

우빈은 입술을 꽉 다물고 있다가 심호흡을 크게 하고는 김태준 화백의 눈을 똑바로 쳐다보고 입을 열었다.

"회사에서 그 여자를 봤을 때는 아저씨 그림 모델인 줄 몰랐어요. 아니, 연관조차 짓지 못했었죠. 그저 많이 알고 있던 여자라는 느낌이 들었다고 할까요? 그리고 첫눈에 반했죠. 순식간에 사랑에 빠져 버렸어요. 그 여자는 소녀처럼 청순해서 보호해 주고 싶은 마음이 들었거든요. 그런데 그 모든 게 거짓이었어요. 그 여자는 까도 까도 다른 모습이 나오는 양파 같은 존재예요. 그 여자는 절 가지고 놀았어요. 첫 만남에서부터 의심했어야 했는데."

그는 신경질적이면서도 자조적인 어투로 말하면서 고개를 푹 숙였다.

"너였어?"

"네?"

"연주가 나한테 소개시켜 주고 싶은 남자가 있다고 했었어. 그 남자를 사랑한다고 한 번 봐 달라고 말이야."

"네?"

처음 듣는 그의 말에 우빈의 눈이 커졌다.

"네가 이 화실에 처음 찾아온 날! 그날 연주가 나한테 좋아하는 남자를 소개시켜 준다고 했었어. 그래서 그날 저녁에 식사하기로 했는데. 느닷없이 취소됐다고 하더군."

"네?"

우빈은 그 말에 눈동자가 흔들렸다. 그 순간 김태준 화백의 눈빛이 달라졌다.

"이 이야기는 술 한잔하면서 해야 할 것 같은데. 일어서! 이 근처에 작은 술집 있어. 그리 가서 이야기하자."

김태준 화백은 자리에서 일어나 그의 어깨를 토닥였다.

발라드 음악이 흐르는 세 테이블뿐인 작은 술집이었다. 인테리어는 고급스러웠지만 편안하면서도 안락한 분위기였다. 테이블 위에는 위스키, 소시지와 마른안주가 놓여 있었다.

"자, 한 잔 마셔."

김태준 화백은 우빈의 잔에 술을 따랐다. 그들은 한 잔씩 마신 후 다시 서로의 잔에 술을 따랐다.

"연주랑 만난 지 얼마나 됐지?"

"에스테 화장품에 출근한 둘째 날에 만났어요."

"연주에 대해서 얼마나 알아?"

"부모님이 교통사고로 돌아가시고 난 후 혼자 살았다는 것 정도요? 그리고……."

그는 말을 계속 이을 수 없었다. 그녀에 대해 제대로 알고 있는 게 뭐가 있나 하는 생각에 마음이 착잡해졌다.

"나도 이제 나이를 먹었나 보다. 내 주변에서 일어나는 일을 전혀 눈치채지 못했다니…… 예전엔 누가 누구한테 눈짓만 해도 금방 알아챘는데. 둘이 무슨 일이 있었던 거야?"

"돈이라면 옷을 홀라당 벗어 버리는 여자는 싫어요. 청순하고 순진한 얼굴을 해 가지고 그 가증스런 짓이라니."

그는 한 단어 한 단어를 차갑게 뱉어 냈다.

"네가 연주에 대해 얼마나 안다고 그런 식으로 말하는 거지?"

음악소리를 뚫고 김태준 화백이 소리쳤다.

"선생님!"

술집 주인이 놀라서 고개를 돌렸다.

"흐음. 미안합니다."

김태준 화백은 코뿔소처럼 숨을 거칠게 토해 낸 후 술집 주인에게 사과를 하고는 위스키를 단숨에 들이켰다.

"……."

"너한테 정말 실망했다. 연주가 얼마나 여리고 착한 아이인지 알아? 그 애가 왜 누드모델을 하게 된 건지 넌 모르잖아. 대학교 입학 축하 기념으로 부산 여행을 갔다가 돌아오는 길에 교통사고로 부모님이 돌아가셨어. 그 자리에 연주만 살아남았지. 무엇이든 해야만 견딜 수 있었던 연주가 누드모델이라는 일을 알게 되었고, 자신의 상처를 치유하려고 누드모델 일을 시작한 거야. 그래, 어떤 사람들한테는 어이없는 선택일지도 모르지만 상처를 치유하는 방식은 여러 가지 아니겠어? 함부로 판단하고 결론 내지 마."

"……."

우빈은 그 어떤 말도 할 수 없었다.

"그리고 네가 처음 화실에 찾아온 날 연주가 누드모델 일을 하지 않겠다고 했어. 내 영감을 불러일으키는 뮤즈가."

"오늘 모델로 섰잖아요? 아닌가요?"

"그래, 했어."

"훗."

그 말을 듣는 순간 우빈의 입술이 실룩거리면서 비웃음이 흘러나왔다.

"그런데 네가 생각하는 누드모델이 아니라 일반모델이야. 더 이상 누드모델은 하지 않겠대. 안 믿는 거야?"

"그건 믿는다고 해도, 아저씨와 연주는 순수한 관계가 아니잖아요?"

"그게 무슨 말이야?"

"아저씨가 선물한 다이아몬드 목걸이와 편지 읽었어요."

"너 지금 무슨 상상하는 거야?"

김태준 화백은 우빈의 비난하는 눈빛을 본 순간 황당해서 헛웃음이 나왔다.

"아닌가요?"

"믿을 수 없군. 네가 그런 생각을 했다니…… 사랑한다고 다 남녀 간의 사랑만 있는 게 아니라는 거 몰라? 부모와 자식 간의 사랑도 있고, 형제간의 사랑도 있고. 사랑에도 여러 종류가 있어. 그런 면에서 연주는 나한테 딸 같은 아이야. 수정이를 저세상으로 보내고 슬픔에 젖어 있을 때 만난 게 연

주었어. 그 아이는 나한테 수정이를 대신하는 딸이라고. 한
번도 연주한테 이상한 맘먹은 적 없어. 이 세상에서 여자로
사랑하는 사람은 오직 내 아내뿐이야. 너 연주한테 큰 실수
한 거야. 그리고 나한테도."

"아!"

그는 충격으로 머릿속이 멍해졌다.

"일어나."

"네?"

김태준 화백이 자리에서 일어서더니 주인장에게 소리쳤다.

"잠시 화실에 다녀올 테니 이 자리 치우지 말게."

"알았습니다."

화실로 들어간 김태준 화백이 벽에 있는 커튼을 치우자 작
은 문이 드러났다. 그는 호주머니에서 열쇠를 꺼내 돌렸다.

달칵.

"이 안에는 한 번도 전시한 적 없는 그림들이 걸려 있어."

"……."

우빈은 영문을 모르겠다는 듯한 눈으로 김태준 화백을 쳐
다봤다.

"들어가서 직접 눈으로 확인하게 되면 내가 뭘 보여 주고
싶은 건지 알 수 있을 거야."

"네? 그게 무슨……."

"아무 말도 하지 마. 한 가지 충고를 해 주자면 화가가 보는 눈은 정확하다는 말뿐이야. 그 사람의 진정성을 꿰뚫어 본다고 할 수 있어. 자! 들어가 봐. 오른쪽부터 보면 될 거야."

김태준 화백이 문을 열었지만 우빈은 차마 발을 내딛지 못했다.

"……."

"들어가."

우빈이 꼼짝하지 않자 김태준 화백이 그의 등을 떠밀었다. 그가 안으로 들어가자 문이 닫혔다.

"아!"

우빈은 눈앞에 펼쳐진 그림들에 감탄했다. 그는 김태준 화백이 말한 대로 오른쪽에서부터 왼쪽으로 천천히 걸음을 옮겼다. 앳된 연주가 있었다. 토끼 눈을 한 채 상처를 입은 듯 두려움이 가득한 소녀의 모습이었다. 그 소녀의 눈에 슬픔이 드리워져 있었다. 그는 한 걸음씩 옆으로 옮겼다. 그 소녀가 서서히 여인으로 바뀌어 갔다. 하지만 여전히 그녀에게서는 애틋하면서도 보호해 주고 싶은 아픔이 감춰져 있었다. 그 눈빛은 공허하면서도 몽롱했다. 그가 독일 전시회에서 봤던 그림도 있었다. 뭔가를 기대하는 듯하면서도 두려워하는 꿈꾸는 눈빛이었다.

"아!"

연주의 얼굴이 환하게 빛나고 있었다. 사랑으로 반짝거리는 여인의 눈빛이었다. 지금까지 봤던 그림하고는 차원이 다른 여인의 냄새를 물씬 풍겼다. 우빈의 시선이 그림 아랫부분으로 내려갔다. 그 밑에 그려진 날짜가 새겨져 있었다.

올해 10월.

그의 몸이 휘청거렸다. 그는 그림 앞으로 걸어가 손을 뻗어 그녀의 얼굴을 어루만졌다. 마치 그녀가 그의 눈앞에 서 있는 것 같았다. 그의 눈동자에 눈물이 솟아오르더니 뺨을 타고 흘렀다. 김태준 화백의 그 어떤 말보다도 그림이 그에게 해 주는 말들이 더 가슴에 와 닿았다.

"내가…… 내가 무슨 짓을……."

그는 당장이라도 연주에게 달려가고 싶었다. 그는 곧바로 몸을 돌려 걸음을 옮겼지만 몇 걸음도 옮기지 못하고 휘청거리면서 문기둥에 기대고 섰다. 이젤 위에 그리다 만 미완의 그림이 보였다. 그가 볼 수 있게 김태준 화백이 정면에 세워 놓은 듯했다. 섬세한 터치가 느껴지는 작품이었다. 연주의 입술 끝은 올라가 있었지만 눈에서 내뿜어지는 아픔과 고통이 절절하게 묻어났다. 그 이율배반적인 모습이 그의 가슴을 아프게 파고들었다.

"이제 알았나?"

김태준 화백의 목소리가 들렸다. 하지만 우빈은 그 그림에서 시선을 떼지 못했다.

"네가 괘씸하지만 연주를 위해서 보여 주는 거야. 연주는 상처를 극복하기 위해 누드모델이 된 거야. 그런데 그런 연주를 네가 또 아프게 해? 연주는 고슴도치처럼 상처를 감추려고 온몸에 가시를 세웠던 녀석인데 그 가시가 사라지고 있었어. 그런데 네가 다시 그 고통 속으로 밀어 넣었어."

"전⋯⋯."

"사랑한다면 연주를 아프게 하지 마. 보듬어 주고 사랑해 주란 말이야. 후회하지 않게. 내가 할 수 있다면 내가 진작 해 줬을 거야. 내가 너만큼 나이가 어렸더라면 든든한 버팀목이 되어 줬을 거라고."

"아저씨!"

"어서 가 봐. 연주를 놓친다면 내가 널 용서하지 않을 거다. 바보 같은 짓 하지 마. 빨리 가지 않고 뭐 해?"

"네, 감사합니다. 아저씨!"

우빈은 그를 껴안았다가 떨어지면서 90도 각도로 꾸벅 인사를 했다. 그러고는 번개같이 화실을 뛰어나갔다. 김태준 화백은 그런 우빈의 뒷모습을 흡족한 미소를 머금은 채 바라보았다. 그러고는 이젤 위에 있는 그리다 만 작품으로 다가갔다.

"지금 내가 들은 말이 뭐죠?"

나지막하지만 차가운 음성에 그의 머리카락이 곤두섰다.

"어? 언제 왔어? 내 말 들었어?"

그는 돌아서면서 비굴할 정도로 상대방의 눈치를 살폈다.

"들으라고 한 소리 아닌가요? 머리는 희끗희끗해졌으면서 아직도 다른 여자들이 눈에 들어와요?"

"아니, 내가 뭐. 내가 사랑하는 사람은 오직 당신뿐이라는 거 잘 알잖아? 알면서 왜 그래?"

"그럼, 내가 들은 말은 뭐죠? 내가 너만큼 나이가 어렸더라면 든든한 버팀목이 되어 줬을 거라는 말은 뭐죠?"

"하하하. 그 말은 신경 쓰지 마. 저 녀석이 정신을 못 차리고 있는 것 같아서 자극받으라고 한 소리야. 그다음 말은 못 들었어? 난 지금의 아내를 사랑한다는 말?"

"못 들었는데요."

"아니, 그 중요한 말을 왜 못 들었다는 거야? 아, 피곤해. 왜 이렇게 피곤할까? 가서 잡시다."

그는 과장되게 입을 크게 쩍 벌려 하품을 하고는 그녀의 어깨에 팔을 얹었다.

"좋아요, 이번만은 넘어갈게요. 하지만 다음에 또 걸리면 그땐 알아서 해요. 그리고 연주에 관련된 일이라 넘어가는 거예요. 저도 그 아이가 좋으니까요."

"갑시다. 그런데 여행은 즐거웠어?"

"네, 다음엔 같이 가요."

"알았어. 그런데 내 맘 알지? 연주가 그림 그리는 데 영감을 주는 뮤즈라면 당신은 내 삶 자체의 뮤즈야. 그리고 연주는 우리가 아이를 잃고 힘들어할 때 와 준 고마운 아이야."

그의 목소리는 잔뜩 잠겨 있었다. 그런 그들 사이에 애틋한 감정이 흘렀다.

연주는 눈을 감은 채 음악에 맞춰 몸을 흔들었다.

"하아."

그러다 번쩍 눈을 뜬 그녀의 눈빛이 공허하게 반짝거렸다.

"시간이 흐르면 괜찮아질 거야."

그녀는 스스로를 위로하듯 속삭이고는 심호흡을 크게 했다. 그리고는 테이블 위에 있는 다이어리를 무릎 위에 올렸다. 볼펜을 입술에 가져다 댄 채 다이어리를 넘겼다. 날짜들을 체크하면서 넘어가던 연주의 손이 멈췄다.

"설마? 아니야. 아닐 거야. 으엑."

연주는 머리를 흔들었다. 그 순간 속이 미식거리면서 구역질이 났다. 그녀의 눈이 커졌다. 그녀는 자리에서 벌떡 일어나 롱코트를 입고 지갑만 챙겨 밖으로 나갔다.

매서운 바람이 그녀의 머리카락을 사방으로 날렸다. 얼굴은 추워서 얼얼했고 핏기가 없었다. 그녀는 롱코트를 꽉 움켜쥔 채 아파트 단지 근처에 있는 약국으로 뛰어 들어갔다. 6시 정도밖에 안 됐지만 거리는 이미 어두웠다.

"어서 오세요."

연주는 허둥지둥 약국으로 뛰어 들어갔지만 약사의 얼굴을 마주하게 되자 강력본드를 붙여 놓은 것처럼 입이 떨어지지 않았다. 그녀는 지갑을 꼭 쥔 채 몸을 떨었다.

"괜찮으세요? 말씀하세요."

"그게 그러니까……."

"네?"

약사는 연주의 불안해하는 모습에 고개를 갸웃거렸지만 더 이상 재촉하지 않고 기다렸다.

"저기 그러니까…… 밴드하고 소화제 좀 주세요."

약사는 밴드와 소화제를 약 봉투에 넣고 그녀에게 내밀었다.

"오천 원입니다."

"네? 아, 네."

연주는 멍한 표정으로 대답했다가 허둥대면서 지갑을 열고는 오만 원짜리 지폐를 건넸다.

"잔돈 여기 있습니다."

"네, 감사합니다. 그런데 저, 저기요."

연주는 약 봉투를 만지작거렸다.

"네?"

"……임신 테스트기도 주세요."

그녀는 얼굴이 뻘겋게 되어 더듬거리면서 말하고는 시선을 아래로 내리깔았다.

"여기 있습니다."

약사는 약 봉투에 임신테스트기를 넣고 잔돈을 건넸다.

"감사합니다."

연주는 작은 목소리로 말하고는 약국을 나섰다. 그러고는 옆 카페로 들어갔다.

"어서 오세요."

"여기 코코아 한 잔 주세요. 화장실이 어디 있죠?"

"4,500원입니다. 화장실은 왼쪽에 있습니다."

그녀는 계산을 하고는 화장실로 들어가 임신테스트기를 꺼냈다. 그녀의 심장이 쿵쾅쿵쾅 빠르게 뛰었다. 그녀는 임신 테스트를 했다. 빨간 선이 한 줄이었다.

"한 줄? 맞아, 너무 빨리 테스트하면 잘 모를 수도 있다고 했어. 병원! 그래, 병원에 가 보는 거야. 확실하게 해야 돼."

연주는 화장실을 나와 카페 밖으로 뛰어나갔다.

"손님! 코코아······."

직원이 소리쳤지만 연주의 귀에는 그 어떤 말도 들리지 않았다. 그녀는 밖으로 나오자마자 주위를 둘러봤다. 그런 그녀의 시선에 산부인과가 눈에 들어왔다. 그녀는 마른침을 꿀꺽 삼킨 채 뭔가에 홀린 듯 산부인과로 향했다.

"임신이 아니십니다."

"네? 그럴 리가요? 저 구역질도 하고, 가슴도 좀 커진 것 같아요. 아니, 생리일이 꽤 규칙적인데 벌써 보름이나 지났어요."

연주는 의사가 뭔가 잘못 알고 있다는 듯이 두서없이 말을 늘어놓았다. 그런 그녀의 모습을 쳐다보는 의사의 눈빛에 안타까움이 묻어났다.

"김연주 씨!"

의사는 그녀의 이름을 확인하고는 단호한 어투로 불렀다.

"네?"

"김연주 씨! 상상임신 같으세요. 아이를 애타게 원하면 그럴 수가 있습니다. 하지만 안타깝게도 임신은 아니세요."

"아!"

연주는 자신의 배에 손을 가져다 댄 채 신음을 뱉었다. 그녀가 기대하는 마지막 끈이 끊어져 버렸다.

"힘내세요. 나이도 많지 않으시니까 임신할 기회는 많으실 겁니다."

"그럴 기회가 없단 말이에요."

'아니, 그 남자를 잊을 수 있을까? 아직도 그 남자를 떠올리면 가슴이 이렇게 아픈데⋯⋯.'

"걱정 마세요. 자궁도 깨끗하고 건강합니다. 초조해 하실 필요 전혀 없으세요. 정 걱정이 되시면 다음에 오실 땐 남편분하고 같이 오세요. 요즘은 남자 쪽에 문제가 있을 수도 있으니까요."

연주는 쓸쓸한 미소를 지었다. 산부인과를 나온 그녀는 아파트로 다시 걸음을 옮겼다.

'다행이라고 생각해야 하는 거 아니야? 임신하면 어쩔 뻔했어? 아이를 혼자 키울 수나 있어? 싱글 맘으로 산다는 게 얼마나 힘든 건데. 아이가 크면 아빠가 누구냐고 물을 텐데, 말해 줄 수도 없잖아. 그 남자는 결혼해서 자신의 아이를······.'

그가 그녀가 아닌 다른 여자의 남편이고, 한 아이의 아버지라는 상상만 해도 벌써부터 숨이 턱 막혔다. 그녀는 어깨를 늘어뜨린 채 집 안으로 들어섰다.

"후우."

그녀는 롱코트를 벗었다. 주방으로 걸어가 따뜻한 물을 마시고는 원피스와 속옷을 벗고 욕실로 들어갔다. 욕조에 물을 받고는 빈쯤 차오르자 몸을 담갔다. 따뜻한 물이 그녀의 언몸을 녹여 줬다. 뿌연 습기가 피어올랐다. 그녀는 얼굴을 물에 담갔다. 그녀의 머리카락이 해초처럼 퍼졌다.

"물에 빠져 죽으려고 하는 거야?"

그녀는 눈을 번쩍 떴다. 수면 위로 우빈의 얼굴이 보였다. 연주는 숨을 거칠게 토해 내면서 공기 밖으로 얼굴을 내밀었다.

"푸아. 하. 당신이 왜 여기에······."

손으로 얼굴의 물기를 닦아낸 그녀는 우빈의 등장에 눈이 커졌다. 그가 그런 그녀를 포옹했다. 그녀는 그의 품에 안겨 숨을 헐떡였다.

"옷 젖어요."

그녀는 그의 몸을 밀쳐냈다.

"옷이 젖으면 어때? 그것보다 난 이게 더 급해."

그는 그녀의 젖은 머리카락을 감싼 채 그녀의 입술에 그의 입술을 포갰다. 그의 혀가 그녀의 입속으로 빨려 들어갔다. 그들은 서로의 입술을 탐닉했다. 그녀는 그의 어깨에 손을 가져다 대고는 눈을 감았다. 그들의 거친 숨소리만이 들렸다. 그는 그녀의 등을 쓰다듬으면서 욕조로 들어갔다.

푸악.

그들은 입술을 떼고는 숨 가쁜 소리를 내면서 얼굴을 공기 중에 내밀었다. 그녀는 입을 크게 벌린 채 공기를 빨아들였다.

"왜, 왜 당신이 여기에 있는 거예요? 나가요, 당장!"

그녀는 뒤늦게 정신이 번쩍 들면서 팔을 들어 문을 가리켰다. 그러다 자신이 올 누드라는 사실을 깨닫고는 얼른 팔로 가슴과 하반신을 가렸다.

"나갈게. 그런데 꼭 할 말이 있어. 어? 그런데 옷이 다 젖어 버렸어. 이대로 나가면 거실이 물바다가 될 거야."

"그래서 뭘…… 어머야."

"뭘 그래? 내 몸을 처음 보는 것도 아닌데."

그는 뒤돌아서더니 옷을 벗기 시작했지만 젖은 옷이라 벗기가 수월치 않았다. 간신히 옷을 다 벗은 그는 목욕타월을 하반신에 두르고는 욕실을 나갔다.

"아니, 저 남자가……."

연주는 그가 나가자마자 욕조를 나와 욕실 문을 잠갔다.

그리고 몸의 물기를 닦고는 목욕타월을 가슴 위에 둘렀다. 옷을 미리 가지고 들어왔더라면 옷을 입었을 텐데 그가 올 거라는 걸 전혀 예상하지 못해 아무것도 가지고 들어오지 않았다. 그녀는 수건으로 머리를 말리고는 거실로 나갔다. 커피향이 은은하게 풍겼다.

"커피 마셔."

그가 쟁반에 커피와 쿠키를 챙겨 거실 탁자 위에 내려놓았다. 그의 자연스런 행동에 연주는 그들 사이에 아무 일도 없었던 것처럼 느껴졌다. 지금까지 일들이 꿈이 아닌가 하는 생각이 들었다. 그녀는 허벅지를 꼬집었다.

"아얏."

새된 비명소리가 흘러나왔다.

"어디 아파?"

그가 그녀에게 손을 뻗었다.

"건드리지 마요."

그녀는 뒷걸음질을 쳤다.

"알았어. 이쪽으로 앉아."

"어떻게 이 집에 들어온…… 아!"

그녀는 그에게 따지려고 하다가 현관문 비밀번호를 바꾸지 않은 걸 깨달았다.

"현관문 비밀번호를 바꾸지 않아서 들어올 수 있었어. 혹시 날 기다리고 있었던 거야?"

"아뇨. 깜빡했어요."

"그래? 알았어. 계속 그렇게 서 있을 거야? 앉아서 이야기 하지."

우빈이 그녀의 집이 마치 자신의 집이라도 되는 듯이 행동하자 연주는 기가 차서 헛웃음조차 나오지 않았다.

"지금 뭐 하자는 거예요? 다시는 보고 싶지 않다고 한 사람이 누군데? 느닷없이 왜 남의 집에 쳐들어온 거예요?"

그녀는 숨도 쉬지 않고 따발총처럼 말을 쏘아 댔다.

"미안해. 우리 다시 시작하자."

"아뇨, 그러고 싶지 않아요."

연주는 그의 말에 단호하게 말했다.

"그 남자 때문인 거야?"

"그 남자라뇨?"

연주의 한쪽 눈썹이 치켜 올라갔다.

"K호텔 양식당에서 봤어. 네 남녀가 화기애애하게 식사를 하고 있더군."

"아! 그랬어요? 그렇다면 왜 제가 만나고 싶지 않은지 답이 되었겠네요."

연주는 냉랭하게 말했다.

"미안해. 나한테 한 번만 기회를 줘."

"누드모델이라서 싫다면서요? 아니, 그보다 내가 선생님을 유혹해서 싫다면서요? 난 다시……."

"아저씨한테 들었어. 그리고 연주를 그린 그림들을 봤어. 가슴이 아팠어. 연주의 마음이 고스란히 느껴져서. 연주를 사랑하기 때문에 배신감이 컸던 거야. 내가 얼마나 후회하고 있는지 알아? 연주가 없다면 내 모든 게 무의미해. 사랑해."

그는 그녀의 뺨을 부드럽게 감쌌다. 연주는 그의 말에 감정이 격해지면서 눈동자에 물기가 차올랐다. 그리고 그의 아기를 가졌을지도 모른다는 생각에 약국과 병원을 헤맸던 일들이 떠오르면서 감정이 울컥해졌다. 무엇보다 그의 눈동자에는 숨길 수 없는 그녀에 대한 따뜻함과 사랑이 가득했다.

"……"

"다시는 울리지 않을게. 그런데 그 남자는 누구야?"

"히잇."

그녀는 그의 말에 가슴이 뜨거워졌다가 그의 질투 어린 말과 눈빛에 허탈한 웃음이 흘러나왔다.

"울다가 웃으면 어디에 털이 난다고 하는 속담이 있는 것 같은데."

"정말 이럴 거예요?"

"미안. 그런데 진짜 그 남자는 누구야?"

그는 정색한 표정으로 말했다.

"효진 선배가 사귀는 남자친구를 소개시켜 준다고 해서 나갔는데 동행이 있었어요. 그런 눈빛으로 보지 마요. 그냥 일행이었을 뿐이니까. 그 이상도 그 이하도 아니에요. 그런데 지금 너무 웃기지 않아요? 헤어지자고 한 사람이 누군데? 이런 식으로 절 취조하는 거예요? 마치 제가 바람피운 여자 같잖아요."

"아, 미안. 질투가 나서."

"흥."

"연주가 하는 말은 다 믿을 거야. 사랑한다면 그 사람을 그대로 받아들여야 한다는 걸 이번에 배웠거든. 내가 연주에 대해 제대로 알고 있는 게 하나도 없다는 사실도 이번에 깨달았어. 연주의 이야기를 해 주겠어? 모든 걸 다."

"지금? 굉장히 긴 이야기가 될 텐데."

"아니, 지금은 말고. 당장 내가 하고 싶은 건 다른 거야. 바로 이거."

"어머."

그가 그녀를 번쩍 안아 들자 연주는 반사적으로 그의 목에 팔을 둘렀다.

"들어갈까?"

"아니, 커피는……."

그녀는 탁자 위에 놓여 있는 커피로 시선을 돌렸다.

"지금 커피가 중요한 건 아니잖아, 안 그래?"

"난…… 읍."

그녀가 말하기도 전에 그의 입술이 그녀의 입술을 막았다. 그렇게 그들은 밤새도록 침대에서 뜨겁게 몸을 불살랐다.

14. 넌 내 거

그들은 김태준 화백이 살고 있는 건물 3층을 올려다봤다. 연주의 입가에 미소가 감돌았다.

"아저씨가 놀라겠는데."

그녀의 어깨 위에 우빈의 손이 놓였다. 다른 한 손에는 커피가 들려 있었다. 김태준 화백이 좋아하는 핸드드립 커피에 생크림을 올린 '아인슈패너'와 커피 세 잔이었다.

"그렇겠죠?"

그녀는 그런 그에게 기댔다.

"아니, 놀라지 않으실 거야. 그리고 고백할 게 있어. 내가 질투심에 사로잡혀서 아저씨까지 이상하게 쳐다봤다니까."

"이상하게요? 설마 그런 건 아니죠?"

"헛흠."

그는 무안해져서 그녀의 시선을 회피했다.

"하아, 진짜 그런 거예요?"

"제발 용서해 줘. 두 분이 그 사실을 알게 되면 날 엄청 야단칠 거야. 그러니까 비밀!"

"비밀을 지켜 주는 데는 조건이 반드시 따른다는 거 아시죠?"

연주는 의미심장한 눈빛으로 말했다.

"알았어. 뭐든지 말해. 그 비밀만 지켜 준다면 이곳에서 옷 다 벗고 춤추라고 해도 할 테니까."

"진짜요?"

연주는 눈을 동그랗게 떴다.

"물론이지, 그런데 사랑하는 남자한테 그런 일을 시키지는 않겠지? 경찰한테 끌려갈 텐데?"

"치."

"뭐든지 다 시키는 대로 할게."

"됐어요. 한 가지만 약속해 줘요. 앞으로 절대 나 외의 여자 앞에서는 옷 벗지 않기. 나만 사랑해야 돼요."

"내 인생에 여자는 오직 연주뿐이야. 약속할 수 있어. 그리고 앞으로 누드모델은 절대 하면 안 돼. 사랑해."

그가 그녀의 몸을 끌어당기더니 그녀의 이마에 뽀뽀를 했다.

"으음."

그녀는 아쉬운 신음을 뱉어냈다.

"들어갈까?"

오늘 그들의 목적지는 3층 화실이 아닌 2층 가정집이었다. 그는 초인종을 눌렀다.

[들어와요.]

50대로 보이는 여인이 그들을 반겼다.

"안녕하세요?"

"안녕하세요? 사모님!"

"어서 와. 우빈은 얼마 만에 보는 거야?"

"7년 만이죠. 전시회 때 왜 안 오셨어요?"

"장시간 비행기 여행은 힘들어서 포기했어. 그 대신 나만의 시간을 만끽할 수 있어서 그것도 괜찮은 것 같아. 누구나 가끔 혼자만의 시간이 필요하잖아. 이이도 혼자라서 좋았을 거야, 안 그래요?"

"내가 얼마나 당신을 사랑하는데. 난 항상 당신과 함께 있고 싶어."

"입에 침이라도 바르고 얘기해요."

"벌써 발랐는데 몰랐어? 하하하. 농담이야."

"농담같이 안 들리는데요. 그런데 두 사람 잘 해결됐나 봐."

그녀는 연주와 우빈을 번갈아 쳐다봤다.

"네. 아저씨 덕분에 제가 연주를 얼마나 사랑하는지를 깨닫게 됐어요."

"그럼, 나한테 양복 한 벌 맞춰 줘."

"선생님! 그건 맞선을 주선해서 결혼에 골인했을 경우 아니에요?"

연주는 웃음을 참을 수 없었다.

"그러니까 우빈이 연주를 처음 본 건 내 그림을 통해서였잖아, 안 그래?"

김태준 화백이 우빈에게 말했다. 조금이라도 허튼소리 하면 알지 하는 눈빛으로 쳐다보자 우빈은 마른침을 꿀꺽 삼켰다.

"네, 아저씨 그림이 맞아요."

"그것 봐! 그러니까 내가 두 사람을 소개시켜 준 거지. 양복 한 벌은 책임져야 해. 그리고 우리 연주 행복하게 해 줘야 하고. 안 그랬다가는 알지?"

김태준 화백은 그의 어깨를 힘 있게 두드렸다.

"네."

"두 사람 그만해요. 연주야, 남자들이란 저렇게 유치한 동물이어서 여자들이 수월하게 다스릴 수 있어. 그래서 남자는 여자 하기 나름이라는 광고성 멘트가 있는 거야."

"네."

연주는 사모님의 속삭이는 말에 얼굴이 발그레해졌다.

"커피랑 케이크 사 온 거야?"

사모님은 우빈이 들고 있는 커피와 케이크 상자를 봤다.

"네, 저녁식사 하기에는 아직 이른 시간인 것 같아서 사왔어요. 커피는 선생님이 좋아하는 걸로요."

"베란다로 가서 커피와 케이크 먹자. 달링! 당신이 와서 도와줄래요?"

"어?"

"아니에요, 저희가 준비할게요. 저쪽에 앉아 계세요."

연주가 사모님을 베란다로 밀었다.

"아냐, 우리 집에 온 손님들을 일 시킬 수는 없지. 그러니 두 사람 베란다에 먼저 가 있어. 당신 이리로 와요. 케이크 가지고요."

사모님은 김태준 화백에게는 단호한 어투로 말하면서 눈짓했다.

"알았어. 자네도 잘 봐 둬. 아내가 하자면 무조건 따라야 해. 안 그러면 인생이 고달파져."

김태준 화백은 우빈의 귀에 대고 속삭였다.

"빨리 와요."

"아, 알았어."

김태준 화백은 케이크 상자를 들고 가면서 그들에게 윙크를 했다.

"두 분 너무 보기 좋지 않아요? 그런데 가끔 적응이 안 되긴 해요. 카리스마 있는 선생님이 사모님한테 쩔쩔매는 모습을 보면……."

"그게 다 사랑하는 사람이기 때문 아니겠어? 남들이 우릴 볼 때도 저럴 거야."

그가 헛기침을 했다.

"칫."

연주는 피식 웃고 나서 김태준 화백 부부를 흘깃 쳐다보고는 그의 뺨에 입맞춤을 했다. 그녀는 그의 뺨에 입술 자국이 나자 얼른 지웠다. 그런 그녀의 허리를 우빈이 감싸면서 김태준 화백 부부의 시선이 닿지 않는 구석으로 그녀를 밀어 넣었다.

"그런 눈으로 보지 마. 시작은 연주가 먼저 한 거니까."

그녀의 가슴이 설레면서 호흡이 가빠졌다. 그의 손이 그녀의 길게 늘어진 웨이브 머리카락을 만졌다.

"아!"

그녀의 입술이 벌어지고 하얀 치아가 드러나면서 눈빛이 흥분으로 반짝거렸다. 그의 입술이 점점 가까이 다가왔다. 그녀는 눈을 감았다.

"키스해 주고 싶지만 지금은 안 돼. 우리가 어디에 있는지 알지? 난 시작하면 멈출 수 없을 것 같아."

그 말에 연주는 눈을 번쩍 떴다. 자신이 어디에 있는지를 깨닫고는 그녀의 얼굴이 붉어졌다.

"……."

"귀엽다니까."

그가 그녀의 머리를 쓰다듬었다.

"두 사람 지금 거기서 뭐 하는 거야?"

김태준 화백이 케이크접시를 들고 오다가 그들을 보고는 눈을 가늘게 떴다.

"당신은 왜 이렇게 눈치가 없어요? 이럴 때는 모르는 척하는 거예요. 당신도 기억 안 나요? 우리도 저 때는 정말……."

"하하하. 우리가 어땠는데?"

김태준 화백이 입가에 능글거리는 웃음을 가득 문 채 아내를 쳐다봤다.

"어휴, 그런 표정 짓지 마요. 지금은 전혀 사랑스럽지 않으니까요. 당신이 우빈이 같은 줄 알아요?"

"이게 바로 자네들의 20년 후 모습이야. 어서 와서 케이크 먹자고. 커피는 역시 연주가 내 취향을 안다니까."

그는 커피를 입에 가져다 댔다.

"아휴, 도대체 왜 이렇게 달달한 커피를 좋아하는 거예요?"

"난 생크림이 얹혀 있는 이 커피가 좋아. 이 커피를 마시고 나면 기분이 좋아진다고나 할까? 두 사람 축하해. 내가 좋아하는 두 사람이 이렇게 인연이 되다니 정말 좋아."

그들 넷은 햇살이 내리쬐는 베란다에 앉아 화기애애한 이야기꽃을 피우면서 행복한 웃음소리를 냈다.

"으음."

우빈이 연주의 나신을 끌어당기자 그들의 몸이 밀착되었다. 연주는 그의 숨결에 미소를 머금고는 나른한 표정으로 달짝지근한 한숨을 내쉬었다.

"내일 회사에 갈 거예요."

"회사?"

그가 몸을 떼더니 그녀의 얼굴을 내려다봤다.

"왜, 내가 회사에 가면 불편해요?"

연주가 매서운 눈빛으로 그를 쳐다보자 우빈은 마른침을 꿀꺽 삼켰다.

"아니, 내가 왜 불편해? 갑자기 회사에 온다고 하니까 그러는 거지."

"내가 왜 회사에 가는지 궁금해요? 우빈 씨가 내 남자라는 걸 명확히 하려고요. 회사를 그런 식으로 그만둬서 회사 내에 우리가 헤어졌다는 소문이 파다하게 퍼졌다잖아요. 그리고 그때 기억 안 나요? 도시락 싸 갔다가……."

"하하하. 그랬던가?"

"그랬던가?"

"아, 미안해. 그땐 내가 너무 치졸했어. 그런데 그런 소문에 연주가 흔들릴 필요 없어. 난 연주밖에 없으니까. 그 사실이 더 중요한 거 아니야?"

그는 그녀의 어깨를 감싸 안았다.

"이거 봐요. 얼렁뚱땅 넘어갈 생각하지 마요. 왜 그런 소문이 난 건지는 우빈 씨가 더 잘 알죠? 전에 그 금발머리 여자와 그렇게 진한 키스를 로비에서 했는데 당연히 그런 소문이 나지 않았겠어요?"

"그건……."

"아참, 바보. 내가 이렇다니까. 그 여자하고는 어떻게 헤어진 거예요?"

"이제서야 묻는 거야? 난 연주가 기억 못 하는 줄 알았지."

그가 장난스런 표정을 지었다.

"당신하고 있으면 생각 자체를 제대로 할 수 없어서 그랬어요."

"그 말은 섭섭한데. 그럼, 지금은 그때와 달리 나에 대한 감정이 식었다는 뜻이야?"

그가 그녀의 어깨에서부터 팔로 쓰다듬어 내려가더니 손가락을 만지작거렸다.

"아, 그만요. 내 질문에나 대답해요."

그녀는 그가 자꾸만 스킨십을 하자 그의 손을 뿌리쳤다.

"하하. 정말 나에 대한 사랑이 식은 것 같은데."

그가 섭섭한 내색을 팍팍 풍기면서 한숨을 내쉬었다. 그런 그의 표정에 반사적으로 '아니'라는 말이 튀어나오려 하자 연주는 얼른 입술을 깨물었다.

"자꾸만 말 돌릴 거예요? 그 여자가 왜 한국까지 날아와서 그랬던 거예요? 이번엔 얼렁뚱땅 넘어갈 생각하지 마요."

"알았어. 내가 여자한테 배신당한 적 있다고 했지? 바로 그 여자야. 그 여자 때문에 연주가 누드모델이라는 사실을 알게 됐을 때 배신감을 느꼈고, 또 아저씨와 깊은 관계라고 생각하자 견딜 수가 없었어. 그 여자는 출세를 위해서 상사와 섹스까지 했으니까. 그 여자는……."

그는 나타샤와 있었던 일들을 하나도 더하거나 빼지도 않고 담담한 어조로 말했다. 그 얘기를 듣는 연주의 눈빛은 여러 번 바뀌었다. 이야기를 다 듣고 난 연주는 그 어떤 말도 하지 못했다. 그가 느꼈을 감정들이 고스란히 파도가 되어 그녀의 마음으로 스며들었다. 그녀는 그를 껴안았다.

"사랑해요."

"사랑해."

그들의 입술이 포개졌다. 그들의 몸이 다시 뜨거워지면서 서로를 강렬하게 원했다. 그의 입술이 그녀의 목덜미에 닿더니 점점 더 내려가 그녀의 가슴에 닿았다. 그의 혀가 그녀의 유두를 핥았다.

"아아."

그녀는 격렬하면서도 짜릿한 쾌락에 신음을 흘렸다.

"아아아."

그녀는 그의 등을 어루만졌다. 그의 남성적인 근육이 그녀의 손 아래에서 긴장과 전율로 떨렸다. 그녀의 손은 점점 더 내려가 그의 힙에 닿았다. 야생마처럼 단단하면서 탱탱한 탄력적인 힙이었다. 그녀가 대범하게 그의 몸 위로 올라갔다. 그녀의 긴 머리카락이 흘러내리면서 여신처럼 아름다운 자태로 페로몬을 뿜어 댔다. 유혹적인 그녀의 나신이 그의 눈을 사로잡았다. 그녀는 그의 찬탄 어린 눈빛을 본 순간 입가에 미소가 걸렸다. 그녀의 입술이 천천히 그의 가슴을, 배꼽을 지나 아래로 내려갔다.

"어?"

그가 그런 그녀의 얼굴을 붙잡고는 강렬한 키스를 했다. 그들은 서로의 혀를 탐닉하고 음미했다. 그러면서 그는 다시 그녀의 몸 위로 올라가 힙을 움직였다.

"하아."

"하아. 하."

그들은 하나가 되어 전율했다.

"연주는 나에게 완벽한 연인이야."

"아아아."

그의 손이 그녀의 몸을 감싸 안고는 옆으로 눕혔다. 그 순간 누가 먼저랄 것도 없이 서로의 입술을 다시 탐했다. 뜨거운 폭풍이 지나갔다.

"연주는 참 아름다운 것 같아. 그런데 내가 말한 적 있나?"

그의 목소리는 잔뜩 잠겨 있었다.

"응?"

그녀는 졸음이 가득한 눈으로 그를 올려다봤다. 그런 그녀의 모습이 너무나 사랑스러워 그는 숨이 막혔다.

"연주한테 처음 고백하는데 열일곱이 될 때까지만 해도 사실 나 화가가 되고 싶었어."

"그랬어요?"

그녀는 하품을 참으면서 무심한 어투로 말했다.

"내가 연주를 그릴 수 있을까?"

"뭐, 뭐라고요?"

졸려서 자꾸만 감기던 연주의 눈꺼풀이 올라가면서 찬물을 뒤집어쓴 것처럼 정신이 번쩍 들었다.

"내 모델이 되어 줄래?"

연주는 그가 무슨 의도로 그런 말을 하는지 몰라 눈매가 가늘어지면서 몇 초간 그의 눈과 표정을 살폈다.

"그건 먼저 우빈 씨의 그림 실력을 보고 결정해야 할 것 같은데요."

"뭐?"

그는 그녀의 대답에 입이 벌어졌다가 웃음을 크게 터뜨렸다. 역시 그가 알고 있는 연주다웠다.

"싫어요?"

"아니, 그렇게."

"그리고 또 있어요."

"뭐? 또?"

"이래 봬도 전 유명한 김태준 화가의 전속모델이었어요.

누구나 인정해 주는. 희소성이 있는 모델이기도 했고요. 다른 화가들이나 사진작가 앞에 선 적이 한 번도 없는 모델이었다고요. 그런 모델을 지금 스카우트하려고 하면 그 액수가 얼마나 될까요?"

"지금 나랑 모델료 가지고 협상하자는 거야? 사랑하는 남자가 사랑하는 여자를 그려 주겠다는데 진짜 이러기야?"

그가 믿기 힘들다는 표정으로 연주를 쳐다봤다.

"공과 사는 구분해야 하지 않겠어요? 그리고 저 이제 실업자예요."

연주는 단호하게 말했다.

"여자를 만날 때는 조심하라더니 어머니 말씀이 맞는 것 같아."

"그래서 싫어요? 그리고 어떤 모델을 원해요? 어떤 모델이냐에 따라 가격 차이가 크거든요."

"누드모델이지. 내 눈으로, 내 손으로 연주를 직접 그리고 싶어. 내가 바라보는 연주의 모습이 어떤지 연주에게도 보여 주고 싶고."

그의 말에 연주의 눈빛이 살짝 흔들렸다.

"앞으로 누드모델은 안 된다면서요?"

"누가? 내가?"

"그럼, 누구겠어요?"

"난 예외로 쳐야 하지 않겠어? 연주를 이렇게 사랑하는데."

그가 그녀의 몸을 끌어당겼다.

"좋아요. 기분이다. 모델료 안 받고 설게요. 그 대신 다른 걸로 받을 거예요."

"다른 거?"

"네, 기대해도 좋을 거예요. 지금 계약금 먼저 받을까요?"

그녀는 새치름한 표정으로 그의 가슴을 어루만졌다.

"계약금?"

"네."

"계약금이라면?"

"쉿. 이제 더 이상 말하지 마요. 계약금에 말은 필요 없으니까."

그녀는 그의 입술에 손을 가져다 댔다. 그 순간 그는 그녀의 말뜻을 알아채고는 입가에 미소가 번졌다. 그리고 다시 그들 사이에는 뜨거운 열정의 폭풍우가 밤새도록 이어졌다.

우빈은 휘파람을 불면서 아파트를 나섰다. 그런데 그가 주차해 놓은 차 앞에 경찰차가 서 있었다.

"안녕하세요?"

우빈은 예전에 봤던 경찰이기도 하고 경찰차를 치워 줘야 나갈 수 있기에 먼저 인사를 했다.

"네, 안녕하십니까? 혹시 여기 1001호에 사시는 김연주 씨⋯⋯."

"네, 맞습니다."

우빈은 경찰이 연주의 아파트 호수까지 기억한다는 사실에 얼굴이 저절로 찌푸려졌다.

"김연주 씨는 괜찮으시죠?"

"네? 무슨……."

그는 경찰이 무슨 의도로 그런 질문을 하는지 몰라 머리를 갸웃거렸다.

"스토커 일 있잖습니까? 그러고 보니 벌써 작년 일이 됐군요. 수영장에서 만난 스토커가 김연주 씨가 자신을 받아 주지 않으니까 칼까지 들고 난리를 쳤잖아요."

"네?"

"엄청 무서웠을 겁니다. 그런데 지금은 결혼하신 건가요?"

"아, 네."

그는 동거 중이라는 말은 할 수 없어 고개를 끄덕거렸다.

"다행입니다. 지금은 결혼해서 이렇게 같이 사시니까요. 그런데 모르셨습니까?"

경찰은 우빈의 반응이 이상하자 조심스럽게 질문했다.

"네, 몰랐습니다."

"아, 저런. 제가 실수한 것 같군요."

"아닙니다. 그런 일이 있었다면 제가 알고 있어야죠. 그래서 그 스토커는 잘 처리된 건가요?"

"네, 그 점은 걱정하지 않으셔도 됩니다. 자세한 이야기는 아내분한테 직접 들으시는 게 좋을 것 같군요. 즐거운 하루 되십시오."

"아, 잠시만요."

"네?"

돌아가려던 경찰관이 돌아섰다.

"그 스토커 일이 언제쯤 일어난 거죠?"

"작년 8월 말쯤일 겁니다."

"네, 수고하십시오."

경찰차가 가 버린 뒤에 우빈은 차에 올라탔다. 하지만 그는 차의 시동도 걸지 않은 채 그 자리에 붙박이인형처럼 가만히 앉아 있었다. 그는 천천히 고개를 들어 아파트를 올려다봤다.

'왜 말을 안 해 준 거야? 스토커라니…… 그럼, 그래서…….'

그는 그녀가 처음엔 동거를 탐탁지 않게 여기다가 갑자기 동거하자고 말했던 일을 떠올렸다. 그 당시에는 기쁜 마음으로 받아들였지만 그녀가 김태준 화가의 누드모델이라는 걸 알게 되면서 그녀에 관한 모든 걸 나쁜 식으로 해석하고 받아들였다.

"바보 같은 자식."

그는 스스로에게 욕을 하고는 휴대폰을 들고 연주에게 전화를 걸었다.

[우빈 씨! 운전 중 아니에요? 집에다 뭐 두고 갔어요?]

"응. 두고 왔어."

[뭐요? 회사 갈 때 가져다줄게요.]

"내 마음."

[내…… 뭐요?]

"내 마음을 두고 왔다고."

[갑자기 무슨 뚱딴지같은 말이에요?]

어이없다는 듯이 말하는 연주의 반응에 그는 씁쓸하게 웃었다.

"사랑해."

[…….]

침묵이 흘렀다.

"사랑해. 사랑해, 연주야!"

[사랑해요.]

"이따가 봐. 오늘 제일 예쁘게 하고 와야 해. 모든 사람들한테 자랑할 거야. 내가 사랑하는 여자가 얼마나 예쁘고, 똑똑하고, 매력적인지 말이야."

[치. 예쁘고 매력적이라는 말은 알겠는데. 똑똑한 건 어떻게 보여 주려고요?]

"그거야 날 선택한 걸 보면 똑똑한 여자 아니겠어? 나 이래 봬도 일등신랑감이야."

[저도 못지않거든요.]

그녀가 콧등에 주름을 잔뜩 잡은 채 입술을 실룩거리는

모습이 바로 눈앞에 있는 것처럼 선명하게 보이는 듯했다.

"맞아, 그래서 우리가 천생연분인 거지. 나중에 봐."

[알았어요. 조심해서 운전해요. 그리고 내가 더 당신을 사랑해요.]

"하하하. 알았어."

그는 그녀의 말에 웃음을 크게 터뜨렸다. 가슴이 울컥해지면서 따뜻해졌다.

"후우."

연주는 회사 앞에 서 있자 면접 보러 오던 날이 떠올랐다. 그때의 초조하고 긴장했던 감정이 떠오르면서 손바닥에 땀이 흥건했다. 그날과 마찬가지로 연주는 자꾸만 호흡이 가빠졌고 눈 아래 근육이 떨렸다.

'왜 이러는 거야? 김연주! 긴장을 풀어. 에스테 화장품에 몇 년을 출퇴근했는데, 기껏 남자친구 만나러 오면서 불안해하다니 남들이 보면 웃겠다.'

"후우."

하지만 그런 그녀의 마음가짐과 달리 우습게도 심장이 두근거리면서 손이 떨렸다.

그녀는 분홍빛 원피스에 아이보리 코트를 입고 있었다. 머리는 길게 늘어뜨렸고, 청초하면서도 사랑스럽게 보이려고 분홍빛 립스틱을 발랐다. 그리고 뽀송뽀송해 보이는 맑은 피부를 강조한 메이크업을 했다.

또각또각.

그녀는 로비 회전문을 밀고 안으로 들어섰다. 로비 데스크 직원에게 걸어갔는데 처음 보는 얼굴이었다. 그녀는 다행이라는 생각에 안도의 숨을 쉬고 마케팅 부서 이우빈 팀장을 만나러 왔다고 말했다.

"네, 연락받았습니다. 들어가세요."

"감사합니다."

그녀는 그 곁을 스쳐 지나 엘리베이터에 올라탔다. 점심시간이 지나 엘리베이터를 이용하는 직원은 없었다. 그녀의 시선은 마케팅 부서가 있는 6층에 닿았지만 손가락은 7층을 눌렀다.

"어머."

그녀는 피식 웃음이 나왔다. 자신도 모르게 연구실이 있는 7층 버튼을 눌렀다.

'그래, 연구실에 들렀다 가자.'

7층에서 내린 연주는 연구실 문 앞에 섰다. 몇 달 만에 연구실 앞에 서게 되자 감개무량하기도 하고 기분이 묘해졌다. 노크한 후 문을 열자 사무실에는 빈 의자가 대부분이었다. 그렇게 빈 의자를 훑어보다가 칸막이에 가려진 칸에 머리가 보이자 연주의 입가에 장난스런 미소가 번졌다. 그녀는 최대한 발소리가 나지 않게 조심스럽게 걸음을 옮겼다. 그리고 그 뒤에 서서 그 어깨를 살포시 두드렸다.

"김경미 대리님!"

"어머야!"

경미가 새된 비명을 질렀다.

"놀라셨어요?"

"어? 이게 누구야? 김연주?"

연주를 본 경미가 믿기 힘들다는 듯이 말했다.

"네."

"애 떨어지는 줄 알았어."

"어? 또 임신한 거예요?"

"아니, 애 낳은 지 얼마나 됐다고 또 임신이야?"

"그렇죠? 그런데 왜 연락 안 주셨어요? 낳으신 거 알았으면 찾아갔을 텐데."

연주는 홀쭉해진 경미의 배를 보면서 말했다.

"애 낳고 나서 몸이 잔뜩 부었었어. 내가 봐도 내 얼굴을 전혀 못 알아보겠더라고. 그래서 아무도 안 불렀어."

"돌잔치 때는 꼭 불러 주세요."

"당연하지. 그런데 왜 이렇게 예뻐진 거야? 난 아이 때문에 여기 다크서클도 생기고 피부도 까칠해졌는데. 여기 기미 생긴 거 보이지? 장난 아니야."

경미는 기미를 가리키면서 한숨을 내쉬었다.

"그래도 예쁜 아기가 생겼잖아요."

"으음, 그건 그래. 우리 회수가 없었다면 살맛이 안 났을 거야. 그런데 혹시 청첩장 전해 주려고 온 거 아니야? 마케팅 팀장하고 오해 풀고 잘 되어가고 있는 거지?"

"네. 그런데 청첩장은 아니에요."

연주는 수줍은 얼굴로 말하고는 손사래를 쳤다.

"그래? 그랬다면 진짜 섭섭했을 거야. 연락도 없다가 청첩장 내밀었더라면. 요즘 그런 사람들이 많거든."

"전 아니거든요."

"그래, 연주는 아니지. 그런데 진짜 여긴 웬일이야? 나 보고 싶어서 온 거야? 진짜 청첩장 주러 온 거 아니야?"

경미의 시선이 그녀의 가방으로 쏠렸다.

"아니에요, 대리님! 자꾸만 왜 그러세요?"

"농담이야. 오랜만에 보니 너무 기뻐서 자꾸만 놀려 주고 싶어서 그래. 그런데 왜 자꾸 대리님이라고 부르는 거야? 내가 지금도 연주 상사야? 언니라고 불러."

"네, 그런데 습관이 됐나 봐요. 머리는 아는데 입은 자꾸만 대리님이라고 나오는 걸 보면요."

연주는 쑥스러운 미소를 지었다.

"4년 동안 같이 근무했었으니까. 괜찮으면 점심식사 같이 할까? 연주한테 하고 싶은 이야기들이 너무 많아."

"그건 다음으로 미룰게요. 오늘은 남자친구 만나러 왔거든요."

"난 곁다리였던 거야?"

"그건 아니에요. 겸사겸사해서 온 거죠."

"팀장이 걱정돼서 그런 거야? 내 남자친구니까 누구도 덤비지 말라고?"

"네, 제 남자친구가 너무 멋져서 여기 회사 여직원들이 꼬리칠까 봐 이렇게 예쁜 여자친구가 있으니까 눈길 주지 말라고 경고하러 왔어요."

"호오, 이젠 그런 말까지도 할 줄 알고. 사랑하게 되면 여자가 변한다더니 연주 너무 많이 변한 것 같아."

경미가 그녀를 위아래로 훑어 내리면서 휘파람을 불었다.

"좋은 쪽으로 바뀌었다면 좋겠어요. 그런데 다들 실험실에 있는 건가요?"

연주는 실험실을 힐끗 쳐다봤다.

"응. 새 제품 출시 때문에 정신이 없어. 그리고 독일 세레나 화장품이 런칭되면서 자체적으로 경쟁도 치열해졌고."

"힘드시겠어요."

"그렇긴 한데 이번에 성과급을 듬뿍 받았어. 부럽지? 아닌가? 남자친구가 빵빵하니 말이야."

"그런 말하지 마세요."

"농담이야. 하지만 우리 계속 친하게 지내자. 그런데 정말 청첩장은 언제 줄 거야? 연애도 좋지만 오랜 연애는 오히려 해가 되는 수도 있어."

"아직 일 년도 안 됐어요. 저 이제 가 봐야 할 것 같아요. 다른 직원들한테는 저 대신 안부인사 좀 전해 주세요."

"알았어. 다음에 올 땐 청첩장 들고 와."

연주는 연구실을 나와 엘리베이터를 타려고 하다가 비상구로 발걸음을 옮겼다. 계단을 보자 그녀의 입가에 미소가 번졌다.

우빈과의 첫 만남이 떠올랐다. 그녀가 천천히 계단을 밟고 내려갈 때마다 지난 추억들이 파노라마처럼 몰려왔다. 그녀는 6층까지 내려와 벽에 등을 기대고 섰다. 어둡고 삭막한 비상계단이 그녀에게는 사랑하는 남자를 만나게 해 준 오작교 같은 장소였다.

"아아."

그녀는 길게 한숨을 내쉬고는 미소를 지으면서 문을 열려고 손을 뻗었다. 그런데 그녀가 잡기도 전에 문이 벌컥 열리고 아는 얼굴이 들어왔다. 우빈이었다.

"우빈 씨!"

그녀는 놀라서 눈이 커졌다.

"여기서 지금 뭐 하는 거야?"

"우빈 씨야말로……."

"도착할 때가 됐는데 연락이 없어서 로비 데스크에 전화했더니 왔다고 하는 거야. 그런데 아무리 기다려도 오지 않아서 전화할까 하다가 설마 해서 이리 온 거였어."

그러면서 그가 비상구 문을 닫았다.

"연구실에 다녀왔어요. 그리고 여긴 꼭 들러야 할 장소잖아요. 우리의 첫 만남 장소니까요."

그녀는 수줍은 미소를 지었다.

"맞아, 나도 또렷이 기억해. 뿔테안경에 평퍼짐한 옷. 그런 여자가 날 유혹했지."

"뭐라고요? 내가 언제 유혹했어요?"

"그 큰 눈으로 날 올려다보면서 '키스해 줘요. 키스해 줘요.' 하고 마구 소리치던데. 그래서 키스를 안 할 수 없었어. 여자의 부탁을 안 들어 주면 안 되잖아. 그 키스 덕분에 잠자는 숲 속 공주님인 연주가 이렇게 깨어났잖아. 아니, 독사과를 삼킨 백설공주를 구해 주기 위한 키스라고 해야 하나?"

그가 장난스럽게 말했다.

"그건……."

"쉿!"

그가 그녀의 입술에 손가락을 가져다 댔다.

"그건……."

"우리 다시 확인해 볼까? 어떤 키스인지?"

그가 그녀를 벽으로 몰아붙인 후 그녀를 꼼짝 못 하게 했다. 그의 뜨겁게 달궈진 눈빛에 연주의 입술이 곡선을 이뤘다. 연주는 발꿈치를 든 후 그의 입술에 그녀의 입술을 포갰다. 그들은 손가락을 깍지 낀 후 서로의 호흡을 훔치고 서로의 입술을 훔쳤다.

"아!"

그의 입술이 떨어졌다. 그녀는 그의 입술에 묻어 있는 립스틱 자국을 보고는 손가락으로 그 입술을 닦았다.

"립스틱이 묻었어요."

"나만 그런 줄 아는 거야?"

그도 그녀의 입술을 매만졌다.

"이 입술엔 오직 제 립스틱만 묻어야 해요. 안 그랬다간 알죠?"

"하하하, 알았어. 이제 갈까?"

그가 문을 활짝 열었다. 그들은 함께 발을 내디뎠다.

'여러분! 이 남자가 바로 제 남자예요. 돈 터치(Don't touch)! 건드리면 국물도 없어요.'

그녀는 속으로 힘껏 외쳤다.

에필로그

햇살이 유리창을 통해 침대 위에 길게 드리워졌다. 하얀 침대보가 펼쳐진 침대 위에 한 여인이 누드로 앉아 있었다. 긴 머리는 말아 올려 커다란 핀으로 꽂았는데 흘러내린 몇 가닥 머리카락이 그녀의 뽀얀 피부와 대조를 이루면서 고혹적인 분위기를 자아냈다.

쓰슥 쓰슥 싹.

그런 그녀의 맞은편에 이젤 앞에 앉아 그림 그리는 한 남자가 있었다. 그의 시선은 여인과 캔버스 사이를 오갔다. 그의 눈에는 그 어떤 사심도 없었다.

"오늘은 여기까지. 수고했어."

그는 붓을 내려놓으면서 의자에서 일어섰다.

"후우."

연주는 길게 숨을 내쉬면서 베개에 얼굴을 묻었다. 그는 그녀에게 다가가 가운을 걸쳐 주고는 옆에 앉았다.

"수고했어. 힘들었지?"

"난 괜찮은데……."

연주는 말 대신 불룩 나온 배를 어루만졌다.

"맞아, 우리 아기가 힘들었겠는데."

"여기가 뭉친 것 같아요."

"부드럽게 마사지를 해 줄까?"

그가 그녀의 배를 부드럽게 쓰다듬어 주고는 입맞춤했다.

"그만해요. 이건 오히려……."

연주는 말을 잇지 못하고 그에게 눈을 흘겼다.

"왜?"

그가 그녀를 올려다보며 말했다.

"날 자극하지 마요."

"하하하. 이 정도도 자극이 돼? 그런데 출산일이 얼마 남았지?"

"한 달 반 남았어요."

"연주가 아이 출산하기 전까지는 다 마쳐야 할 텐데. 그래서 저 액자 옆에 내 그림을 걸어야지."

그의 시선이 침실 벽에 걸려 있는, 김태준 화백이 그린 그녀의 누드 그림에 닿았다.

탁자에 한 손을 얹고 바닥에 떨어진 책을 잡으려고 몸을 숙이고 있는 포즈였다. 그녀의 목선과 어깨 그리고 가슴이 아래로 처지면서 허리에서 힙으로 이어지는 긴 다리가 강조된 누드였다. 생각에 잠긴 듯한 나른하면서도 몽롱한 눈빛과 또렷한 이목구비가 인상적이었다. 그러면서도 청순한 이미지가 돋보이는 작품이었다.

"으음, 당신이 그린 그림 봐도 돼요?"

"아, 아직 안 돼. 내가 다 그리고 나서 봐. 그 전에는 절대 봐서는 안 돼. 약속해."

그는 그녀가 볼세라 자리에서 벌떡 일어나 캔버스 위에 천을 씌웠다.

"알았어요. 진짜 기대돼요."

"기대하지는 마. 아저씨 그림하고 비교하면 안 돼."

"그 정도로까지 기대하지는 않아요."

"내가 너무 오버했나? 그리고 다시 말하는데 절대 내가 보여 줄 때까지는 보지 마, 오케이?"

그가 손가락으로 동그라미를 그려 보이면서 과장되게 어깨를 으쓱거렸다. 그녀는 덩치에 안 어울리게 애교를 부리는 그의 모습에 웃음이 흘러나왔다.

"알았어요. 그런데 이 몸으로 부모님 뵈러 가는 건 힘들겠죠?"

"당연하지. 장시간 비행 여행을 하는 게 얼마나 힘든데. 그건 안 돼."

우빈은 타협의 여지가 전혀 없다는 듯이 단호하게 고개를 흔들었다.

"그래도 아버님 생신이 다음 주인데 가야지 않겠어요? 출산일은 아직 한 달 반이나 남아 있잖아요. 결혼하고 나서 처음 맞이하는 아버님 생신인데 전화 통화만 하고 가만히 있는 건 아닌 것 같아요. 그러지 말고 같이 가요."

"안 돼. 나 혼자 다녀올 거야. 부모님도 이해해 주실 거야."

"흥. 자기가 아직도 싱글이야? 혼자 가게?"

그녀는 일부러 말도 안 되는 억지주장을 펼치면서 화난 척 입술을 실룩거렸다.

"됐어. 아무리 그래도 소용없어. 계속 이러면 나 무진장 화낼 거야."

그는 씨도 먹히지 않을 말은 하지 말라는 듯 단호하면서도 냉정한 눈빛으로 말했다.

"알았어요. 옷 입을게요."

"미안, 감기에 걸리면 안 돼. 임신해서 감기 걸리면 약도 제대로 못 먹고 둘 다 고생해."

그는 언제 서릿발을 세웠냐는 듯이 따뜻한 눈빛으로 그녀에게 옷을 입혀 줬다. 그녀는 배가 불러 오면서 몸매가 D라인이 되어 버렸다. 처음엔 그에게 그런 몸매를 보여 주기 부끄러웠지만 그가 그런 그녀가 더 사랑스럽다고 말해 주자 더 이상 감추지 않게 되었다.

"난 행복한 남자야. 사랑하는 아내도 있고 몇 달 후면 아기 아빠가 되다니. 한국에 올 때만 해도 전혀 상상 못 했었는데. 그런데 오자마자 이렇게 내 이상형을 만나서 한 아이의 아빠가 되다니 너무 행복해."

그는 그녀의 머리카락을 부드럽게 쓸어내렸다.

"칫. 그런 사람이 그렇게 날 힘들게 했어요? 누드모델이라고 날 무시했던 걸 생각하면……."

"하하하. 그만 열 내. 그땐 내가 철없던 시절이었어. 그리고 그런 힘든 시간이 있었기에 우리의 사랑이 더 소중하고 고귀한 거야. 내가 사랑한다는 것만 잊지 마. 그게 제일 큰 핵심 아니겠어?"

그는 그녀의 입술을 손가락으로 애무하면서 뜨거운 눈빛을 보냈다. 연주는 그의 스킨십에 또 심장이 제멋대로 쿵쾅거리면서 뛰기 시작했다. 임신을 해서 그런지 조금만 자극을 줘도 몸이 뜨거워졌다. 하지만 출산일이 가까워지기 시작하자 그와의 러브신은 조심해야만 했다. 하지만 얼굴이 발그레해지고 눈빛이 바뀌는 건 막을 수 없었다.

"……."

"그런 눈으로 보지 마."

"그런 눈이라뇨? 무슨 말이에요?"

연주는 시치미를 뚝 떼고는 옷을 만지작거리면서 과장되게 눈을 깜빡거렸다.

"알면서 왜 그래? 안 되겠어. 난 빨리 그림을 마무리해야 겠어. 옆방으로 옮길게."

"모델 안 서도 돼요?"

그녀는 어깨를 드러내면서 유혹적인 포즈를 취했다.

"안 해도 돼. 이미 내 눈과 마음속에 연주의 모습이 자리 잡고 있으니까. 먼저 자. 난 새벽까지 그릴 거니까. 그리고 다시 한 번 부탁하는데 내가 집에 없다고 몰래 훔쳐보면 안 돼. 절대!"

그는 한 번 더 그녀에게 주의를 줬다. 연주는 솔직히 그런 마음이 조금은 숨어 있었기에 정곡을 찌르는 그의 말에 몸 이 움찔했다.

"……."

"어? 수상해."

"내가 뭘……."

그녀는 이불을 목까지 끌어당기고는 그의 얼굴을 외면 했다.

"먼저 자고 있어."

그는 그녀의 이마에 입맞춤을 하고는 그림도구를 챙겨 방 을 나갔다. 연주는 그런 그의 등을 보면서 묘한 미소를 머금 고는 혀를 날름거렸다.

'날 너무 만만하게 보고 있어. 무조건 하라고 해서 하는 줄 아나? 하지만 약속 지킬게요. 나도 다 완성된 작품으로 날

보고 싶으니까. 하지만 독일만은……'

"아함. 졸려. 아기 때문에 잠만 느는 것 같아."

그녀의 눈꺼풀이 스르륵 감겼다.

인천 국제공항에 도착한 우빈은 연주와 전화통화를 끝낸 후 비행기에 올랐다. 일등석에 앉은 우빈은 태블릿에 저장해 온 자료들을 살펴보기 시작했다.

"으음."

그는 입술을 만지작거렸다.

[승객 여러분! 잠시 후면 비행기가 출발할 예정입니다. 그러니 아직 자리에 착석하지 않은 승객분은 빨리 자리에 앉아 주시기 바랍니다. 그리고 안전벨트를 착용해 주십시오……]

"실례합니다. 다리 좀 치워 주시겠어요?"

그가 안전벨트를 매려는 순간 머리 위에서 여자의 목소리가 들렸다. 너무나 익숙한 목소리에 그는 설마 하면서 고개를 들었다.

"연주가 왜?"

그는 연주를 본 순간 눈이 휘둥그레졌다. 그녀는 불룩 나온 배 위에 손을 얹고 상큼한 미소를 지은 채 놀리듯 눈을 반짝거렸다.

"왜긴? 아버님 생신에 가려고요. 첫 생신인데 며느리가 참석 안 할 수 있어요?"

"예약 안 했잖아?"

그는 자리에서 벌떡 일어서면서 주위를 둘러봤다.

"저도 예약할 줄 아는 성인이에요. 그리고 미리 말해 줬으면 못 가게 했을 거 아니에요? 그런데 날 보게 돼서 좋지 않아요?"

"하!"

"저, 죄송합니다만 비행기가 출발할 건데 자리에 착석해 주시겠습니까?"

스튜어디스가 다가와 조심스럽게 말을 건넸다.

"네, 그래야죠."

그녀는 그의 살벌하면서도 어이없다는 눈빛을 무시하고 옆자리에 앉았다. 그러고는 스튜어디스의 도움을 받아 안전벨트를 맸다. 그런데 비행기가 이륙하고 다섯 시간이 넘어갈 때쯤 그녀의 배가 간헐적으로 아파 왔다. 하지만 우빈이 만류한 비행 여행이기에 산부인과에서 배운 호흡법으로 참아 냈다.

"어디 아파?"

태블릿을 들여다보던 우빈이 고개를 들었다가 그녀의 창백해 보이는 얼굴을 본 순간 놀라서 말했다.

"괜찮아요. 오랫동안 한 자리에 앉아 있어서 그런 것 같아요."

"그래서 내가 만류한 거잖아. 장시간 비행 여행이 얼마나 임산부한테 힘든 건데. 그런데 겁도 없이."

"나 괜찮아요."

"괜찮긴? 힘들어 보이는데."

그는 걱정스런 눈빛이 되어 쳐다봤다.

"걱정 마요. 의자를 최대한 뒤로 해서 누우면 괜찮아질 거예요."

연주는 의자를 뒤로 젖혀 누웠다. 그러고는 그의 시선을 피해 눈을 감았다.

'참을 수 있는 데까지는 참자. 별 거 아닐 거야. 아직 예정일이 한 달은 더 남았는데, 설마 무슨 일이야 있겠어? 비행기 여행이라서 그래. 편하게 마음먹자.'

그녀는 호흡을 가다듬으면서 최대한 내색하지 않으려고 노력했다. 하지만 서서히 규칙적으로 배가 아파 왔고 그 간격도 짧아졌다. 연주도 참는 데 서서히 한계를 느끼게 되었다. 질금질금 소변이 나오는 듯한 느낌이 들었다. 느낌이 이상했다.

"우, 우빈 씨!"

연주는 우빈의 팔을 덥석 잡았다.

"응?"

"양수가 터진 것 같아."

"뭐?"

그는 놀라서 손에 들고 있던 태블릿을 바닥에 떨어뜨렸다.

그리고 흥건히 젖어 있는 그녀의 치마와 의자를 뒤늦게 발견했다.

"어떡해?"

"하, 그래서 내가……."

그의 얼굴이 창백해지면서 입술까지 파랗게 변했다.

"지금 그딴 소리나 하고 있을 거야? 아기 나올 것 같아. 아아."

연주는 체면이고 뭐고 다 던져 버리고 소리쳤다. 그렇지만 차마 비명은 지를 수 없어 최대한 이빨을 깨물었다.

"여, 여기요. 스튜어디스!"

우빈은 당황해서 손을 번쩍 들었다.

"네?"

스튜어디스는 그가 부르자 기다렸다는 듯이 달려왔다.

"제 아내가 지금 아이를 낳으려고 하는 것 같아요."

"네?"

스튜어디스는 황당한 그의 말에 놀란 표정으로 연주에게 고개를 돌렸다. 연주는 지금 이런 상황이 부끄러웠지만 그보다는 아기가 더 걱정되었다.

"양수가 터진 것 같아요."

"도와주십시오. 산부인과 의사…… 아니, 도와줄 수 있는 의사가 있는지 알아봐 주세요."

"잠, 잠시만 기다려 주세요."

스튜어디스도 당황해서 우왕좌왕하더니 다른 스튜어디스를 불렀고, 곧 기장한테 연락을 취했다.

[안녕하십니까? 기장 이수철입니다. 다름이 아니라 승객 중한 분이 아이를 출산하려고 합니다. 혹시 산부인과 의사나 아니면 다른 분야 의사가 있으시면 스튜어디스에게 말씀해 주십시오. 다시 한 번 말씀드리겠습니다. 지금……]

기장이 안내방송을 했다. 다행히도 독일 메디컬 학회에 가던 산부인과 의사가 있어서 그녀의 아기 출산을 도와줬다. 그리고 한 시간 후 그녀의 품에 작은 생명을 안을 수 있었다.

"고맙습니다."

"아닙니다. 아기가 건강하게 태어나서 다행입니다."

이 소식을 들은 기장, 승무원 그리고 승객들이 축하인사를 하며 환호성을 질렀다.

독일에 도착한 연주는 곧바로 병원으로 직행했고, 아버님 생신파티를 마친 후에는 석 달을 홀로 독일에서 시간을 보낸 후에야 다시 한국으로 귀국했다. 그사이 우빈은 먼저 귀국해서 기존에 살고 있던 집을 처분하고 고양시 일산 단독주택으로 이사를 했다.

"여기가 우리 집이라니……"

그녀는 정원이 있는 2층 집을 보고는 감탄사를 터뜨렸다. 작은 정원에는 그네도 있었고, 파라솔이 있는 목재로 만든 작은 탁자와 의자가 구비되어 있었다.

"앞으로 우리 가족이 함께 살 집이야."

그가 그녀의 이마에 입맞춤을 하고는 그녀의 품에 안겨 있는 선우를 내려다봤다.

"너무 좋아요."

그녀는 그런 그에게 몸을 기댔다. 그때 현관문이 열렸다.

"어서 오세요."

50대로 보이는 아주머니가 나오면서 그들을 반겼다.

"누구세요?"

연주는 놀라서 그에게 고개를 돌렸다.

"우리 선우와 당신을 도와주실 분이야. 선우 낳은 지도 얼마 안 됐는데 혼자 살림을 꾸려가는 게 쉽지 않잖아."

"그렇게까지 안 해도 되는데."

"병나면 안 되잖아. 몇 달만 도움을 받도록 해. 그리고 이 정도는 충분히 해 줄 능력이 되는 남편이야. 고마우면 고맙다는 말 한마디면 돼."

"고마워요."

그녀는 가슴이 뿌듯해졌다. 선우만 안고 있지 않았더라면 당장이라도 키스를 해 주고 싶었다. 하지만 그들을 빤히 쳐다보고 있는 아주머니 때문에 그럴 수 없었다.

'스킨십은 이제 내 맘대로 할 수 없게 돼 버렸어. 오랜만에 보는 건데.'

그녀는 아쉬운 눈으로 그를 올려다봤다.

"아기가 참 예쁘네요."

"그렇죠? 제 눈에만 예쁜 건 아니죠?"

아주머니의 말 단 한마디에 그녀의 얼굴에 웃음꽃이 활짝 피었다.

"진짜 예뻐요. 부모가 선남선녀라서 그런지 아이도 똑 닮았네요."

"감사합니다."

아이 칭찬에 껄끄러웠던 그녀의 감정이 봄눈 녹듯이 녹아 버렸다.

"아주머니! 오늘은 이만 가셔도 돼요."

"아, 그래도 돼요?"

"네."

"알았어요. 저녁식사 준비는 다 해 놨어요. 내일은 몇 시에 오면 될까요?"

"아뇨, 3일 후에 오시면 돼요. 제가 휴가를 받았거든요. 그러니 그때부터 잘 부탁드리겠습니다."

"네, 알겠습니다."

아주머니가 가고 나자 그들 가족 셋만 남았다. 연주는 선우를 아기 침대에 눕히고는 거실로 나갔다.

"집은 마음에 들어? 연주가 있었으면 직접 꾸몄을 텐데."

"같이 꾸민 거나 마찬가지잖아요. 인테리어 할 때마다 사진으로 보내서 같이 고른 거잖아요. 벽지도, 가구도 다. 직접 보니까 더 마음에 들어요. 산뜻하기도 하고. 당신 정말 수고 했어요."

예전 아파트는 돌아가신 어머니가 꾸며 놓은 가구와 인테리어를 그대로 사용해서 올드한 느낌이었다면 지금 이 집은 그들 나이에 걸맞게 산뜻하고 캐주얼했다.

"알아주니 고마워. 이 집 인테리어 신경 쓰느라 머리카락이 엄청 빠졌어. 여기 듬성듬성 머리 빠진 흔적 보이지 않아?"

그가 그녀에게 머리를 들이대면서 어린아이처럼 좋아댔다.

"진짜요? 머리숱이 적어지면 대머리 되는 거 아니에요? 난 대머리는 싫은데."

연주는 그의 머릿속을 들여다보면서 말했다.

"진짜 대머리 되면 이혼할 기세인데?"

"아이, 그렇다고 제가 이혼은 무슨······."

"걱정 마. 우리 아버지와 형 보면 몰라? 숱이 많은 집안이야. 그런데 나 말고 또 보고 싶은 거 없었어?"

그가 그녀의 허리를 감싸면서 그의 몸 쪽으로 잡아당겼다. 그녀는 그의 숨결이 얼굴에 와 닿자 그의 뺨을 쓰다듬었다.

"당신 말고 없는데요. 또 있어야 해요?"

그녀는 그의 눈, 코 그리고 입술을 차례대로 쓰다듬으면서 의미심장한 눈빛을 보냈다.

"그렇게 말하니까 내가 쓸데없는 말을 한 것 같은데. 보고 싶었어."

그의 입술이 그녀의 입술에 포개졌다. 하지만 금방 그들의 입술이 떨어졌다. 그녀는 아쉬운 마음에 발꿈치를 들고 그의 목을 더 끌어당겼다.

"……."

"그만! 보여 주고 싶은 게 있어. 그러고 나서 연주와 진한 사랑을 나누고 싶어. 내가 몇 달을 홀로 지냈는지 알지?"

그녀의 볼이 붉게 달아오르면서 수줍은 듯 얼굴을 살짝 옆으로 돌렸다.

"자! 방으로 들어가자. 보여 줄 게 있어. 그런데 먼저 눈 감아."

그는 그녀를 돌려세우고는 그녀의 눈을 가렸다. 그녀는 그가 이끄는 대로 조심스럽게 방으로 들어갔다. 그러고는 그녀의 눈에서 손을 내렸다.

"……."

"눈 떠도 돼."

눈을 뜨자 정면에 풍경그림 액자가 걸려 있었다. 우빈이 리모컨을 누르자 그 액자가 옆으로 움직였다.

"어?"

김태준 화백이 그린 그림과 또 다른 그림이 드러났다. 불룩한 배를 어루만지며 행복한 미소를 머금고 있는 임신한 여인. 우빈이 그린 그녀의 누드화였다.

"어때?"

긴장이 잔뜩 묻어나는 그의 목소리에 연주의 눈동자에 물기가 차올랐다. 그의 그림은 김태준 화백이 그린 그림처럼 세련되지는 않았지만 그녀에 대한 그의 사랑이 느껴지는 따뜻한 그림이었다. 그녀는 그의 가슴에 등을 기대고 섰다.

"고마워요. 사랑해요."

그는 그런 그녀의 등을 껴안은 채 행복하면서도 달콤한 한숨을 내쉬었다. 그러다가 그녀를 번쩍 안아 들었다. 그녀는 반사적으로 그의 목에 팔을 둘렀다.

"내가 얼마나 굶주렸는지 모르지? 앞으로 3일 동안은 이 침대에서 벗어날 생각하지 마. 단단히 각오하는 게 좋을 거야."

"당신이야말로…… 어머."

그들은 배가 고파 꼬르륵 소리가 날 때까지 침대에서 그들만의 뜨거운 시간을 보냈다.

"기다려. 내가 밥 챙겨 올게. 당신은 절대 침대에서 내려올 수 없어."

"진짜요?"

"응. 3일 동안 당신은 무조건 내 거야."

"응애 응애."

하지만 사랑의 결실인 그들의 아기 선우의 울음이 터지자 연주는 곧바로 침대에서 내려서야만 했다.

"선우야, 엄마가 간다."

허둥지둥 선우한테 가는 연주의 뒷모습을 바라보는 우빈의 얼굴에 씁쓸한 미소가 번졌지만 눈빛만은 따뜻했다.

"강력한 라이벌이 등장했군. 그래, 너만은 인정해 줘야겠지. 하지만 내가 밥 챙겨 올 때까지만이야. 그다음에는 이 아빠가 엄마를 차지할 거다."

"지금 선우 질투하는 거예요?"

"질투하긴? 내 라이벌이라도 되나? 밥 가져올게."

우빈이 방을 나가자 그 뒤에 남겨진 연주는 선우를 안으면서 활짝 웃었다. 가슴이 벅찰 정도로 행복했다. 그녀에게도 이제 가족이 생겼다.

'엄마, 아빠. 행복하게 잘 살게요. 지켜봐 주세요.'

[The End]